文芸社セレクション

幻の橋

中山　謙治

NAKAYAMA Kenji

文芸社

目次

一　夜明け

十月の朝の五時、前橋の街はまだ暗い。国道五〇号の終点にある県庁を背に、軽快な足取りで走る十七歳の少年、松田直樹はまだ顔にあどけなさを残していた。利根川沿いを走りグリーンドームを過ぎて、国道五〇号に戻るいつもどおりの十キロのロードワークを、もう三年も続けていた。自宅の二階建てのアパートの前の小さな公園でシャドーボクシングをする。これも、雨の日も雪が降っても変わらないルーティンだった。ボクサーとしてのデビュー戦が、あと一カ月後に迫っていることで、自然と練習にも熱が入り気迫がほとばしっていた。汗をしぼりだして朝の練習を終わらせると、部屋に戻り、汗で濡れた練習着を洗濯機に放り込み、自分はシャワーをあびる。これも日課で、やはり三年も同じことの繰り返しだ。

直樹はボクシングの練習が辛いと感じたことはなかった。家族との絆が薄い直樹には、ボクシングは希望そのものだった。直樹は父親の顔を知らない。母親は不倫の末に直樹を私生児として生んだ。直樹が小学生の頃は、ずうっと水商売でホステスをしていた。直樹が中学に入ってすぐに店に客として来ていた、不動産会社の社長と結婚をした。母親の真知子は子連れだったが、初婚だった。このとき真知子は三十三歳で相手の男は六十歳だった。当然のように直樹は疎まれた。その結果、母親の結婚相手が所有する古いアパートに追いやられたのだ。寂しいとは思わなかった。幼い頃から部屋に一人でいることには慣れていたし、窮屈な思いをするよりはよほどいいと思った。

その頃いじめにあっていた直樹を助けてくれたのが、ボクシングトレーナーの中田隆二だった。学校帰りに不良グループにからまれ、かつあげをされているときに偶然通りかかり助けてくれたのだ。小さな公園のトイレの脇で直樹は上級生から金をせびられていた。

「おい、おまえの母ちゃんホステスだったんだって。それに最近社長夫人に収まったって言うじゃないか。金もっているんだろ、少しぐらいおれ達に分けてくれたって罰はあたらないよな」

「ぼくは金なんかもっていません」

直樹の顔を平手打ちが襲った。顔が熱くなるような感覚に襲われた。

「おい、今度は拳でなぐるぞ、さっさと金をだせ」

直樹は悔しく情けなかった。一度金を渡したら、ねちねちと何度も金をせびられることは分かっていた。しかし相手は五人だ、袋叩きにあうのも怖いが、脅しに屈したくもなかった。黙り込んだ直樹に焦れて、上級生が胸倉を掴み、拳を固めて殴りかかった。直樹は思わず目を閉じたが、顔を殴られる衝撃は襲ってこなかった。恐る恐る目を開けると、殴りかかろうとした拳は三十代ぐらいの男性に握られていた。そして男はたしなめるように怒鳴った。

「おい、おまえ達、何をやっているんだ。馬鹿なことするんじゃない」

一喝した男は、トレーニングウエアーを着ていて精悍な顔つきだった。手をつかまれた少年は、手を振りほどくと、顔を赤らめ怒鳴った。

「おっさん、いいかっこうするんじゃねえよ、痛い目にあうぞ」

男は笑いをこらえて諭すような口調で言った。

「子供が粋がるんじゃねえ、さっさとどこかに行きな」

引くに引けなくなった少年が殴りかかった。だが、その拳は、空しく空を切った。男はひらりと体をかわしたのだ。その動きで、少年は相手が何らかの格闘技を身につけていると感じ、恐怖が走った。その恐怖ががむしゃらなパンチを振り回させた。だが、パンチは、ただ空気を切るだけで、相手にかすりもしなかった。殴ることに意味がないことを悟った少年は攻撃をやめ、ただ茫然と男を見つめた。

「おれは、こうみえても、もとプロボクサーだ、おまえ達のガキのパンチなんかじゃ、おれに触ることも出来ねえよ。早く、どっかに行きな、さもないと、今度はおれが、おまえ達を殴るぞ」

不良グループ達は、自分達がかなう相手ではないと知り、いそいそと退散していった。

直樹は男にお礼を言った。

「どうもありがとうございました。おかげで助かりました」

「怪我はなかったか、ところでなんだい、あの連中は」

「野球部の連中です」

「野球部だって、なんだって野球部にあんな不良がいるんだ」

「あなたに殴りかかった奴、坂口っていうんですけど、あいつが番長で、その仲間達が、みんな野球部にいるんです」

「同じ学校なのか、このあとやっかいだな。おまえ大丈夫か」

　これが、直樹と中田隆二との出会いだった。直樹は助けてもらってありがたかったが、このあと、あいつらに、どんな嫌がらせにあうかと思うと気が重たかった。中田も偶然助けた、直樹のことが心配になったのか、ちょっと考えをめぐらせてから、直樹に「おれについてこないか」と、声をかけた。直樹は素直に中田に付いて行った。毎日が重苦しい、閉塞感に悩まされていた直樹にとっては、面白いことに出会えそうだという期待が膨らんだ。だから当然聞いて当たり前の質問をしなかった。『どこに行くんですか』そんな言葉より、『どこに連れて行ってくれるんですか』と聞きたかったが、その言葉を飲み込んだ。中田も直樹にどこに行くとも、なんの説明もしなかった。中田について十分ほど歩くとボクシングジムに着いた。直樹の期待どおりになった。不良少年の坂口のパンチをことごとくかわした、あの体さばきは直樹の眼に焼き付いていた。ジムに入ると、中田は会長の山本和夫に、ついさっきの出来事を話していた。六十代と思われる山本の顔に笑みが浮かんだ。交渉は成立したようだ。中田は直樹に近づいてくると、

「そういえば、名前を聞いてなかったな、おまえ、名前はなんて言うんだ」

　中田も直樹も口数が少ないというか、聞いて当たり前のことを、後回しにするところ

は、どこか、似たもの同士だった。

「松田です。松田直樹っていいます」

「おれは、中田だ。中田隆二だ。このジムでトレーナーをしている。山本会長が許可してくれたから、おまえ明日から、このジムでボクシングをやらないか、おれが教えてやるぞ」直樹は嬉しかった。中田に出会えたことも、ボクシングのことは何も解らなかったが、真っ暗な心の隅にかすかな光が差し込んでくる、そんな気がしたのだ。

「ぼく、ここに来てもいいんですか」

「ああ、月謝はいらない。ボクシングやってみろよ」

次の日から、学校帰りに、ジムに寄って汗を流すのが直樹の日課になった。それまでスポーツの経験はなかったが、直樹はボクシングに非凡な才能を秘めていた。トレーナーの中田は、すぐに直樹の才能の萌芽を感じて、指導にも熱が入った。会長の山本も直樹を孫のようにかわいがり、その才能に目を細めた。直樹は山本を会長と呼びトレーナーの中田を先生と呼んだ。父親も知らず、家庭の温かさに飢えていた直樹にとってはジムは楽園のようだった。いじめにあっていた学校でも、直樹がボクシングをやっているらしいという噂が広まり、不良グループも直樹から距離を置くようになった。直樹は早くリングに上がって戦いたかったが、十七歳にならなければプロテストを受けられなかった。山本や中田は高校に入って、アマチュアを経験してから、プロに行ってもいいじゃないかと言っていたが、直樹は義父から学費を出してもらい高校に行くのが嫌だった。むしろ早く自立したかった。義父だって、それを望んでいるだろう。直樹の意志は固く、中学を卒業すると、山本会長の紹介で、家具を作る木工会社に就職した。大人に近づけた気がした。出来れば、今まで住んでいたアパートも引き払い、新しい部屋に移りたかったが、経済的に、そこまでは出来なかった。直樹は完全な一人立ちをしたかったが、中卒で木工会社からもらえる給料ではとてもそこまでは手が回らなかった。仕方なく家賃がいらない部屋に住み続けた。しかし、この頃になると、母親とも義父とも、ほとんど会うこともなく、連絡も取ることはなかった。男関係の激しかった奔放な母親には、冷めた思いしかなかったし、むしろ親子の縁を切りたいと思っていた。そんな心境を、中田に打ち明けると、直樹の生い立ちや境遇に同情しつつも中田は、父親のような口調でこう言った。

「直樹、おまえの、お母さんを嫌う理由はわかるけど、この世で、たった一人の母親だろう。確かに、今はわかりあえないかも知れないけど、いつか、お互いにとっていい日が来るかも知れないじゃないか。だから、そんなに目くじら立てずに、結論は、まだまだ先ってことでいいんじゃないか」

この頃の中田は直樹にとってはボクシングだけじゃなく、生き方全般に対しての師だった。……

プロテストを受ける前に直樹はアマチュアで五戦を経験した。直樹にとってアマチュアのリングはスパーリングの延長でしかなかった。判定ではあったが、直樹は全て勝ちを収めていた。そして念願のプロテストに合格して、リングで戦う日が迫ってくると、直樹は心の昂りで、なかなか寝付けなくなった。それまでは、練習の心地よい疲れで、寝床に入れば、あっという間に寝られたのに、絶対に負けられないというプレッシャーに押しつぶされそうな自分を初めて意識した。それは、家族もなく、同世代の友だちと、一緒に遊びもせず、高校にも行かなかった自分にとって負けは許されないという思いからだった。ボクシングを失うこと、それは全てを失うことだと思っていたのだ。この一年で、直樹は身長が一〇センチも伸びて、フェザー級の選手としてデビューすることになった。会長の山本や、トレーナーの中田は直樹をフライ級かバンタム級で戦わせるつもりでいたが、成長期の直樹の身長が一〇センチも伸びてしまったので、仕方なくクラスをフェザー級に移したのだ。しかし直樹の身長は一七五センチあり、フェザー級としても、かなりの長身で、いつまでフェザー級にとどまっていられるのか、五七・一キロの体重をいつまで維持できるかは、十七歳の直樹には未知数だった。それでも直樹は普段の体重を六〇キロに抑えていたが、試合が近づき、プロとして初めての減量と戦っていた。成長期の身体での減量は、ボクシングの練習以上に苦しかったが、なんとしても乗り越えなければならない壁だった。そして、必ず勝つ。それ以外に自分の未来を切り開く道はないと、固く信じていた。試合へのプレッシャーと減量からくる空腹で直樹の眠りは浅くなった。……

試合前日の計量と身体検査は無事パスした。

控室で直樹は自分の手につけられたグローブを見つめていた。グローブをつけると、なんとも不自由だった。ペットボトルを掴み水をのむのもぎこちなかった。グローブという手錠をかけられたよう気分になっていた。直樹は「ハッ」と我に返った。『おれは弱気になっている。このグローブをとり、ここから逃げだしたい』それは気がつかぬうちに入り込んでくる恐怖だったのかもしれない。

『おれは、何のため、これまで苦しい練習をしてきたんだ。自分を信じろ。あの苦しかった練習は、裏切らない。きっとおれは勝てる』直樹は心の中で、必死に自分を鼓舞していた。

直樹の耳に「松田選手、試合です。リングに上がってください」係員の声で直樹は現実に戻されて、改めて自らに喝を入れた。『なんとしても勝つ』

「よし行くぞ」中田が直樹の肩を叩いた。直樹はグローブを固く握りしめると、

「よし」一声、発して自ら気合いを入れて立ち上がった。そんな直樹に会長の山本は、

「いよいよだな。なに、おまえなら大丈夫だ。思い切りやれ」

「はい」

三人は控室を出て通路を歩き、ボクシングの聖地の後楽園ホールの会場に入った。直樹は会場内が別世界のように感じられた。想像していた以上に後楽園ホールは狭く感じた、その狭い会場に、客はまばらだった。しかし客がいようがいまいが直樹にとってはどうでもよかった。とにかく試合に勝つ、それだけだった。リングアナウンサーの紹介が終わると、リング中央でレフリーから細かく反則の注意を受けた。直樹の耳にはノイズのようにしか聞こえていなかった。目の前の相手に神経はそそがれていた。身長は直樹より十セン

チほど低く、筋肉質の体だった。年齢は二十歳で、お互いがデビュー戦だった、どんなボクシングスタイルなのかは分からないのはお互いさまだ。

「いいか直樹、いつもの練習どおりに肩の力を抜いて、リズミカルに左を突いていけ」中田の指示も、どこか遠くで聞こえてくるようだった。

ゴングが鳴った。直樹はリング中央へ真っすぐに飛び出していった。相手の金田竜司は少し遅れて、コーナーを出てきた。金田は左手をゆっくりと真っすぐに、よろしくと伸ばしてきた。戦う気満々だった直樹は「そうか」と思い、直樹も軽く右手を伸ばして相手のグローブと重ねた。少しはぐらかされたような気分になった。『少し様子を見よう』と思った。その刹那、相手がいきなり仕掛けてきた。頭を低くして直樹の懐に飛び込んできた。そして左ではなく、いきなり右のロングフックを直樹の顔にもってきた。直樹は対応が遅れた。顎を引き、顔をそむけて、左肩を上げた。パンチはショルダーブロックに弾かれ、直樹の頭をかすめた。直撃だったら一発で意識が飛んでいただろう。重く強いパンチだった。『落ち着け、落ち着け』直樹は自分に言い聞かせていた。

直樹の耳にセコンドの中田や山本の「足を使え、回りこめ」という声が聞こえてきた。『そうだ』と我に返った。金田はなおもラフな攻撃を仕掛けてきた。とにかく直樹の懐に入り、相手にロープを背負わせて戦おうとしていた。直樹は距離を取るために後ろに下がったが、それが間違いだった。直樹の退路はロープに遮られた。『しまった』

普段の練習で直樹はロープを背負うことは、ほとんどなかった。リングの広さは感覚で分かっていた。完全に舞い上がっていた。いつもの動きが出来ない。浮き足立っている直樹に金田は体当たりのように身体を預けてきた。狙いどおりに直樹をロープに張り付かせると、情け容赦のない、左右のボディーブローで攻めてきた。直樹は腹に力を込めて耐えた。回り込んで逃げたいのだが、金田の圧力とテクニックが、それを許さなかった。そして、直樹は顎に衝撃を受けた。この体勢からどんなパンチを打ってきたのか、それはパンチではなく、肩だった。金田の老獪な反則だった。『デビュー戦で、こんな反則が使えるなんて、なんて奴だ』

この場合、相手の両腕を上から抱えるように抱き込めば、この窮地から逃げられるだろう。ボクシングの試合ではよく見られる、ホールディングの反則だ。相手が汚い反則をしているのだから、ホールディングを使えばいいのだが、直樹のボクシングへの美意識がそれをさせなかった。直樹は相手のパンチを受けながら、タイミングを計っていた。金田の左のボディーフックの打ち出しに合わせて、左のショートフックを金田の右のテンプルにもっていった。確かな手応えを得ると同時に、体を入れ替えた。今度は金田がロープを背負った。直樹の速射砲のような左ジャブが金田の顔面を襲った。ウィービングやダッキングなどでかわすが、速い直樹のジャブは少しずつ金田の顔をとらえ始めた。リーチとパンチのスピードに勝る直樹に、この距離で戦われては、勝ち目のない金田は、強引に前に出た。だが、今度は直樹はするりと体をかわした。闘牛のマタドールのように華麗な動きだった。直樹は、やっと自分の動きを取り戻していた。相手の動きやパンチが見えてきた。自分の距離を取れなくなった金田は焦り始めた。なんとしても直樹の懐に飛び込まなければ、勝機はない。ストレートのようなジャブを出しながら強引に前に出た。直樹はまたしても、タイミングを計っていた。ノーモーションの右ストレートが金田の左目を直撃した。見えないパンチで前進を止められた金田は、顔を両手でブロックしたが、情け容赦のない直樹の左がガードをかいくぐって襲ってきた。直樹のパンチは巧みだった。完全に金田の前進は止められてしまった。下がれば一方的になるのは分かっていたが。前に出ることが出来ない。今度、あの右ストレートを急所にもらったら、それで試合が終わってしまう。直樹のパンチは恐ろしいものだった。邪魔なジャブを殺そうとして、金田は頭を下げて、直樹のパンチを額で受けようとした。ハードパンチャーが試合で、相手の額を殴り、拳を痛めることは、よくあることだ。だが、直樹には金田の狙いも動きもよく見えていた。直樹は距離を詰めて、しゃくるような左アッパーで金田の顔を打った。顎を狙ったパンチだったが、当たりが浅く金田の鼻をかすめた。金田の鼻から、血が噴き出した。たまらず顔を上げて両手で顔ガードしたが、今度は直樹の左フックが右耳を打った。どんなにガードを固めても、巧みな直樹のパンチがガードをくぐりぬけて襲ってくる。たまらずに金田は後退した。この試合で、初めて金田は下がらせられた。

『よし、倒せる』

直樹が距離を詰めようと、踏み込んだ瞬間、レフリーが直樹の身体を抱きかかえるように阻んだ。直樹の耳にゴングの連打が聞こえた。一ラウンドが終了していたのだった。

コーナーに戻ると、中田が笑みを浮かべながら言った。

「出だしは冷やっとしたぞ。でも後半は完全におまえのペースだった。いいか、次も相手をよく見て、冷静に左を突いていけ。それから、決してロープを背負うな。分かったな」

「はい」

直樹は金田のパンチの強さは警戒しなければいけないと思ったが、一ラウンドの後半で、自分の戦い方に自信をもった。一方の金田のコーナーでは鼻血の止血や、腫れ上がった左顔面を氷袋で冷やしたりと、セコンド達は大忙しだった。トレーナーの土井は、どんな指示を出したらいいのやら思いつかぬまま金田に声をかけていた。

「いいか、ガードを固めて頭を振りながら、相手の懐に入って行け。空振りでもいいから、パンチ出して、相手に的を絞らせるな」

土井は自分の出した指示がいかに難しいか、金田の顔を見て、痛感していた。しかし、他に方法がなかった。金田も一ラウンドの最初に直樹をロープに追い込んで、ボディーを打てたときは、これで、自分のペースで戦えて、勝てると思った。だが、追い込んだロープ際で左フックのカウンターで体を入れ替えられて、その後、強引に出ていくと右ストレートのカウンターが待っていた。

『おれは、何をしたらいいだろう』

金田の心の中に迷いが生まれていた。パンチ力には自信があった。だから、少々相手にテクニックがあっても強引な攻めで倒せると思っていたのだ。だが直樹のテクニックとパンチ力は金田の想像を凌駕していた。かすったパンチで鼻血が止まらなくなり、右耳は耳鳴りがしていた。そして一ラウンドにたった一発しか打たなかった右ストレートで左目は焦点が合わず、物が二重に見えていた。そのうえに人相が変わってしまうほど顔が腫れ上がってしまった。直樹のパンチの怖さを身をもって知ってしまった。自分とは、まるで質の違うパンチだった。金田のパンチは相手を体ごと吹っ飛ばしてしまうもので、ハンマーパンチと呼ばれているものだが、直樹のパンチは、顎にもらったら下半身の自由が奪われて、前のめりに崩れてしまう毒針のようなパンチだった。一ラウンドにもらった左アッパーと左フック、そして右ストレート、そのどれもが顎にもらっていたら試合が終わっていただろう。『どうしたらいいんだ』

金田は心に何の準備も出来ないまま、二ラウンドのゴングを聞いてしまった。金田はこのままで終わってたまるかと闘志をかきたてた。

『おれは相手の顔を一発も殴っていない』なんとしても一矢報いたい。同じデビュー戦で、一方的に殴られて負けるなんて、何のために苦しい練習に耐えてきたのか。……

金田は二ラウンドになり、自分から前に出なくなった。前に出ることが直樹の思うつぼだと判断したからだ。直樹は軽いジャブで様子を見たが、金田はずるずると後退した。そして自らロープを背負った。何を狙っているのか、直樹は迷ったが、すぐに面倒とばかりに攻めて出た。亀のようにガードを固めた金田のガードの上から、ジャブを当てた。少しでもガードを開けたら必殺の右ストレートを顔にもっていくつもりだった。だが金田はガードを開けなかった。仕方なく直樹は踏み込み、金田の右脇腹を左フックで打った。金田はこの攻撃を待っていた。金田は右手で直樹の左手を抱えた。そして右足で、直樹の左足を踏むと同時に、左アッパーを打つような動作で、頭を直樹の顎にもっていった。直樹は衝撃で仰向けに倒れた。金田の罠にまんまとはまってしまった。直樹の眼にリングを照らすライトがまぶしかった。顔をあげて相手を見るとレフリーからホールディングとバッティングの注意を受けていた。

「おい、今度やったら反則負けだぞ」レフリーはジャッジに減点一を告げていた。

『そうか、あいつの頭突きで倒されたのか』

足を踏まれたために、仰向けに倒れてしまったが、意識は、はっきりしていた。一ラウンドの肩といい、今度の反則の三連発といい、直樹はさすがに頭に血が上ってきた。『汚たない真似しやがって』怒りと悔しさを滲ませ、必死になり立ち上がると、レフリーが顔を覗き込みながら聞いてきた。「おい、大丈夫か、出来そうか」

「大丈夫です。やれます」

セコンドからは「無理をするな、少し休め」と声が聞こえてきたが、冷静さを失っている直樹の耳には入らなかった。プロのリングの上では、きれいごとではなく、『食うか食われるかだ』と思い知らされていた。金田は、初めから、判定では勝てないと判断して、いくら減点されても、倒せば勝ちだという戦い方をしてきている。それなら、『おれも遠慮はしない。痛めつけてやる』直樹の心には冷酷な炎が燃えはじめた。それは、自分でも知らなかった、心の奥の野生が目覚めた瞬間だった。レフリーは直樹の眼を凝視していた。少し迷ったようだが続行を決めた。

「ＢＯＸ」

今度は、金田は真っすぐに直樹に迫ってきた。ガードを固めて身体ごと張り付き、直樹の身体を押してきた。直樹の左足に鋭い痛みが走った。足を踏まれたまま倒されて、捻挫したようだ。金田の反則で直樹のフットワークは奪われてしまった。足に力が入らない直樹はロープに追い込まれ、ガードの上から金田に殴られた。カードをしていても、このままではＫＯされてしまう。直樹の耳に中田や山本の必死の声が聞こえてきた。

「相手に抱きつけ。このラウンド何とかこらえろ」

確かに、この窮地ではそれが最善だろうが、ここでも直樹の美意識がそれを拒んだ。直樹は殴られながらも、相手のパンチのリズムと軌道を計っていた。金田は、反則で直樹の足の自由を奪ったが、直樹の動体視力まで奪えなかったことで、この後、直樹の恐ろしさを痛感することになる。金田の右フックがガードの上から顔面を打った後に、直樹の右脇腹を狙った左フックを打ってきた。直樹はこのパンチを待っていた。右ガードを下げて肘で脇腹を守った。直樹の肘に金田の左パンチが直撃した。エルボーブロックで金田の左拳を破壊したのだ。反則ではないが、えげつない守りだった。激痛で顔をしかめた金田の両肩を両手の平で押して身体を起こした。直樹と金田の間に三十センチほどの隙間が出来た。間髪をいれずに、直樹は左アッパーを打った。当たりは浅かったが、金田の顎をかすった。金田はこの試合で初めて顎にパンチを受けて脳を揺らされてしまった。たまらずに膝をついた。金田は自分は打たれ強いと思っていたが、こすったパンチで倒されてしまった。内心『ちきしょう、なんてパンチを打ちやがるんだ』

悔しさで、思わずマットを叩いた。

レフリーのカウントが始まっても、足に力が入らない。このまま負けたくない。金田は目の前のロープに手をかけて、必死に自分の身体を起こした。やっと立ち上がり、振り向きファイティングポーズをとったが、両膝が小刻みに震えていた。レフリーは「やれるか」と、やはり目を見つめながら聞いてきた。

「大丈夫、やれます、やれるよ」金田はレフリーの眼を力強く見つめながら答えた。金田の試合にかける執念が試合を終わらせなかった。レフリーは一瞬の逡巡の後に続行を決めた。

「BOX」

金田は左拳を破壊され、足も動かなくなった。勝算もないのに、今、立っているのは、意地だけだった。だがKO負けだけはしたくない。両腕で必死に顔をガードした。足が動かないので、これしか方法が残っていなかった。まだ右は使える。一発、顎に当てられれば逆転だって可能だ。金田は闘志を振り絞って、直樹の攻撃を待った。直樹は左足を引きずりながら間合いを詰めてきた。意表をつく右ストレートが金田の腹に突き刺さった。

「ぐえ」金田は思わず膝をつき、たまらずにマウスピースを吐き出した。

レフリーのカウントが始まっても、金田は苦しさで、顔を上げることが出来なかった。レフリーは金田の苦悶の表情を見て、カウントをファイブで止めて、頭の上で両腕を交差させて試合を止めた。直樹の鮮やかなＴＫＯ勝ちだった。レフリーは直樹の右手を高々と上げた。コーナーから中田と山本が飛び出してきた。

「よくやった、よくやった」と二人とも、狂喜乱舞していたが、すぐに表情が曇りだした。直樹が足の痛みで歩けなくなっていたのだ。

「大丈夫か、痛むのか」

「試合が終わったら、急に痛み出しました」

直樹は中田と山本の二人の肩を借りてコーナーに戻った。中田は左足のシューズを脱がした。そして痛みが出ている場所を氷で冷やしてくれた。だが、応急処置で治る怪我ではなかった。次の試合があるので、早く控室に戻らなければならなかった。直樹は二人の肩に両腕を回して、左足を浮かせたまま、リングを降りた。このとき直樹の胸に去来したのは『負けなくてよかった』という思いだった。勝った喜びよりも、自分は生き残ったのだという思いが強かった。……

ゆっくりと通路を抱えられて移動しているときに、直樹は視線を感じて、顔を上げた。そして客席に、その視線の主を探すと、男と目が合った。その男は四十代と思われる中年で、色つきのメガネをかけていた。男はただ、じっと直樹を見つめていた。

『どこかで見たことがある』直樹は思い出せなかった。だが、この男が後に直樹の運命を大きく変えるのだが、直樹も何かを感じていた。……

　そんな直樹の内面には気がついていなかったが、中田は今日の試合で、直樹のボクサーの素質は世界を狙える器なのではないかと思い始めていた。デビュー戦を終えたばかりの選手に、そんなことを考えるのは早計かもしれないが、それほど今日の試合は直樹の素質を遺憾なく発揮していた。山本も思いは一緒で、指導者として、初めて出会った、ダイヤモンドの原石だと思っていた。相手の金田も決して弱いボクサーではなかった。だが圧倒した。直樹が負ったダメージは、すべて反則で受けたものだ。二ラウンドの戦いで、右のパンチは二発しか打たなかった、だが、その二発で相手に致命的なダメージを与えた。教えて出来る芸当ではない。明らかに直樹の素質が打たせたパンチだった。中田も山本も、期待に胸が膨らんでいた。一方の直樹は、技術では圧倒したが、金田の反則を犯しても勝ちに来た、勝負への執念に、改めて、身の引き締まる思いだった。これからプロのリングの上で、どんな強敵に当たるのだろうか、もっともっと強くならなければ食われてしまう。プロとは、そういう世界だと痛感していた。……

　こうして、直樹はプロボクサーとして一歩を踏み出した。直樹の上に、たえずのしかかっていた闇という扉を自らの力で、少し開けたのだった。

二　飛翔

試合が終わり、直樹は足を引きずりながら、出社した。職場の同僚達も皆、直樹の勝利を喜んでくれた。中卒で入社した直樹は職場の中では、一番年下だった。そのため、皆から可愛がられた。社長も直樹に、

「松田、足は大丈夫なのか、山本会長も心配していたぞ。おれに無理をさせないでくれって言ってきたんだ。あいつとは子供の頃からの付き合いだからな。痛かったら無理をしなくていいぞ」

「社長、ありがとうございます。足は痛みますが、仕事は出来ます。大丈夫です」

直樹は気丈に答えた。足を引きずりながらの作業は社長も心配だったようだ。実際、直樹の足の状態は良くなかった。骨折はなかったが、かなりひどい捻挫という診断だった。

医師は少し休めといったが、直樹は骨折やアキレス腱の断裂でもないかぎり、捻挫では休めないと思った。そして無理をして会社に出てきていた。それでもボクシングの練習は出来なかった。いつ始められるのかも、目途が立たない状態だった。中田や山本は、しばらく休んで足を完全に治せと指示した。実際に痛みがひどく走ることも出来なかった。直樹は練習を休むことが怖かった。少しでも強くなりたいのに、どんどん弱くなりはしないかと不安だった。自分にはボクシングしかないという思いが、直樹の心を不安定なものに

していた。前進か後退しかないと考えていた直樹にとって、今の状態は、折角、デビュー戦をＫＯで勝って、暗く重い扉を少し開いたのに、また扉が閉まってしまうのではないか、そんな思いに苛まれていた。……

誰もいない自分の部屋にいるのは苦痛だったので、直樹は仕事の後にジムに寄っていた。練習は出来なかったが、他の練習生達の練習を見学して、時間を潰していた。直樹の所属する山本ボクシングジムは、地方のジムということもあってプロの選手が直樹一人しかいなかった。以前は何人かいたそうだか、選手として大成できずに、皆、去って行ってしまったそうだ。現在では、高校や大学のアマチュアの選手が多く練習に来ていた。そしてダイエットや運動不足解消のためにボクササイズで汗を流しに来る女性達も結構来ていた。ジムの経営を維持するために始めたボクササイズだが、ジムの雰囲気は和やかだが、直樹には、プロボクサーの闘争心をそがれてしまうようで、同じ時間帯に、一緒に練習をしたくなかったが、会社勤めが終わってからのジムでの練習は、どうしても彼女達と一緒になってしまう。自分をボクシングと引き合わせてくれて、ここまで育ててくれた、中田や山本には感謝しているが、この環境はなんとかならないかと思っていた。

プロ選手が直樹一人しかいない大きな理由は、アマチュアで優秀な戦績を残した選手は、東京の名門ジムが引き抜いてしまうからだった。プロで世界を狙うのであれば、そのほうが、圧倒的に有利だからだ。ジム側も練習生から世界チャンピオンを育てるより、そのほうが効率的だという判断なのだろう。ジムの財力や、世界タイトルのマッチメークを考えると、地方のジムにいることは、遠回りなのだ。それは直樹にも分かっていたが、自分に月謝も取らずに、プロのボクサーに育ててくれた中田や山本を思うと、恩返しの意味も込めて、自分はこのジムから世界を獲りたいと考えていた。……

直樹の足の怪我は一カ月の休養を経て、ようやく回復した。ジムでの練習も再開して、直樹は溜まっていた鬱憤を汗と一緒に流していった。そして、年明けの二月にプロ第二戦が決定した。直樹は自らを厳しい練習で追い込んでいった。まったく無名で、地方のジムに所属している自分にとって、負けはボクサーとしての終わりだと考えていた。それはあながち大げさなことではなかった。インターハイの優勝などで、アマチュアの実績のある選手だったら、早いものは、デビュー戦から二年ぐらいで、十五戦以内で世界タイトルのチャンスに恵まれるが、直樹のようにアマチュアの経験も少なく実績のない選手では、地方の無名のジムに所属していることで、はたしてジムは世界タイトルをマッチメークできるかも、はなはだ心もとなかった。常に背水の陣で、目の前の相手を倒していく、今はそれだけだと、直樹は自分に言い聞かせていた。……

約三カ月ぶりのプロ二戦目は、序盤から相手を圧倒して、三ラウンドにレフリーストップがかかり、二戦連続でＴＫＯ勝ちを収めた。もはや四回戦の選手ではないと、中田や山本は確信していた。このまま勝ち続けて新人王を獲れれば、六回戦に上がれるだろう、直樹なら、新人王も獲れるだろうと期待は膨らむばかりだったが、会長の山本には、新たな悩みが生まれていた。直樹は山本が初めて出会った輝ける才能だったが、はたして、このまま自分の元においていていいのか、直樹は、間違いなく、世界を狙える才能をもっている。出来れば、このまま自分で世界チャンピオンを育てたいが、うちにいたら、世界タイトルまで、あと何年かかるだろう。その間に、直樹の才能を埋もれさせはしないか。もし、東京の名門ジムに移籍させれば、直樹なら世界も夢じゃない。たった二戦しかしていない選手だが、山本には予感があった。直樹は日本や東洋太平洋のタイトルで終わる選手ではないと。一方、トレーナーの中田も、山本が、何を考えているのか、薄々、気がついていた。実際、リングの上で真剣勝負で戦う練習をしている直樹は、日ごろの運動不足の解消やダイエットのために通っている、OLやサラリーマン達と一緒に練習をしなければならないし、スパーリングパートナーもいない状態だった。しかし、中田には、直樹は自分が見つけ、育てたという自負があった。だから、なんとしても、このまま一緒に直樹と行けるところまで行きたいと考えていた。……

三月になり、幾分、昼の日差しは春を感じさせるようになった。直樹は三戦目に備えて、練習に熱が入っていた。この頃になると、次の試合が待ちどおしかった。前の試合では、ほとんどパンチをもらわずに勝ったので、ダメージは残っていなかった。今すぐにでもリングに上がれる状態だった。会社の休みに体重を落とすために、サウナスーツを着込み、午後にも走り、いつものように公園でシャドーボクシングで、たっぷり汗を流している直樹に、通りがかりの女子高生が声をかけてきた。

「松田君」

直樹はシャドーを止めて、声のほうに振り返った。目が合ったのは、中学校の同級生だった竹内美咲だった。中学を卒業してから二年ぶりの再会だった。

「あれ、久しぶり」

美咲は、直樹の変貌ぶりに驚きを隠せない様子だった。

「松田君がプロボクサーになったって聞いていたけど、本当だったんだね」

「竹内はもう大学受験で大変なのか」

美咲は、群馬県の女子高でも一位二位を争う、進学高に進んでいた。中学時代から成績は学年で、五番以内だった。直樹は、そんな美咲に対して卑屈な劣等感が込み上げてくるのだった。「大学受験で大変なのか」は相手に対してのいたわりや尊敬の言葉ではなく、思わず出た、皮肉交じりの言葉だった。ボクシングをしていなければ、自分はただの中卒の木工所の工員でしかない。一方の美咲には、中学時代はどこか弱々しく、いじめられていた、そんな印象しかない直樹に格闘家のオーラを感じて、人は短期間でこんなにも変われるものなのかと驚きを隠せなかった。

「練習を見ていて、すぐ松田君だって気がついたけど、なんだか声をかけるのが怖いぐらい一生懸命だったね。ごめんね。練習の邪魔したみたいで」

直樹は卑屈になった自分がちっぽけな男だと反省した。ボクシングで腕力は強くなったが、学歴コンプレックスなどの、様々な自分の弱さに対して身構えてしまう。それは心の弱さだった。

「気にしなくていいよ。試合が近いのでいつもより少し走っただけだから。それより今日は何故、こんなところにいるんだ」

「春休みの補習に出ていて、家に帰るところなの。あたしの家、ここから自転車で五分ぐらい先なの」

「そうだったんだ、それは知らなかったな。今まで会わなかったのも不思議だね」

実は、美咲は、これまでにロードワークやシャドーボクシングをしている直樹を何度か見かけたことがあった。それが中学校の同級生でも、もはや、自分とは住む世界が違うと感じていた。近寄りがたいオーラを発散していたので、声をかけることをためらっていたのだ。それから高校に進学しなかった直樹に対して、進学高の生徒の自分が声をかけることが嫌味なことにならないかと遠慮していた部分もあった。それが今日は直樹の真剣さに吸い込まれて練習を見入ってしまった。そっと立ち去ろうとも思ったが、何故か、練習の邪魔になると思いつつ声をかけてしまった。どうしてだろう。美咲は自分のとった行動に理解が出来なかった。

「ねえ、松田君、今度の試合っていつあるの」

それは直樹にとって思いがけない質問だった。

「試合は、来週の日曜日だけど」

「あと、一週間しかないんだ。それで調子はどうなの」

「調子は順調に仕上がっているよ。ただ、今は体重が五十八キロあるから、あと一キロ落とさなければならないんだ。あと少しがきついんだ」

「ボクサーってきつい練習だけじゃなくて減量までしなければならないのは大変だね」

　二人の間にあった距離感は、いつのまにかなくなり、二人は中学時代の同級生に戻っていた。直樹は「あと、一キロがきつい」と、つい本音を言ってしまったのは、心の防御が緩んだ証拠だった。中学を出てから職場でも、ジムでも同い年の若者と、話したことがなかった。直樹には同世代の友達も、ガールフレンドもいなかった。幼い頃から、帰ってこない母親を一人部屋で待ち、じっと孤独に耐え続けてきた。ボクシングに打ちこめる今でも、それは同じだった。直樹には愚痴や弱音を吐く相手がいなかったのだ。美咲の示した、さりげない優しい言葉が、直樹の乾ききった心の奥に沁み込むようだった。美咲は、直樹が同世代の高校生達とはまるで違う、研ぎ澄まされた世界の住人に見えていた。自分とは住む世界が違うと思っても、何故か手を差し伸べたい、声をかけて呼び止めたい。そう思ったのは、練習している姿からも伝わる、直樹の抱えている孤独を敏感に察したからかもしれない。それは直樹に母性本能を刺激されたせいなのか、それとも恋心なのが、おそらく、両方が入り混じった感情なのかもしれない。見えない何かに背中を押されて、美咲は黙って立ち去ることが出来なかった。直樹が無意識に固めていた防御に、美咲はいとも容易く入り込んでしまった。それは美咲が見せた優しさが、直樹の心の奥にそっと共鳴したせいだろう。一人だから飽いていた母の愛情にも似たものだったかも知れない。

「松田君は、どこに住んでいるの。あたし、このあたりで何度か練習しているところを見かけたことがあるの」

「それは気がつかなかったな。おれなら、そこのボロアパートの二階の202号室だよ。もうかれこれ四年以上住んでいるよ」

「そうだったんだ。……とにかく今度の試合頑張ってね」

「ありがとう。今のおれにはボクシングしかないから、頑張るよ」

「練習の邪魔をしてごめんね。じゃあ、またね」

美咲は自転車にまたがると、手を振りながら直樹の練習している公園を離れて行った。

直樹は美咲の後ろ姿を名残惜しそうに見送った。直樹はボクシングで勝ち続けて、昇り続けて、手に入れるもの、欲しいものは何だろうと考えた。今、もっとも充実している時間はリングの上で戦っているときだった。苦しい練習に耐えて得た勝利の瞬間は何物にも代えがたい悦楽があった。だが、その後に襲ってくる虚無感もあった。そして誰もいない部屋に戻ると、言いようのない孤独に襲われた。胸の中に巣くう寂寥感は直樹を悩ませ続けていた。だが、誰にも弱音を吐けない。これまでも、ずうっとそうやって生きてきたのだ。トレーナーの中田にも弱音や愚痴をこぼさずにきた。振り向くことも後戻りも出来ない状況に自ら追い込んだのだ。……

それでも人は弱く、心は脆いものだ。……

美咲に会ったことで、直樹の心は孤独を拒否していた。ボクシングが強くなり、そして気がつく弱さだった。

三戦目も会場は空いていた。松田直樹の名前でメインイベントの選手として会場を満員にする日はいつ来るのだろうか。直樹はリングに向かう通路を歩きながら、ちらっと、そんな考えが胸をよぎった。今はコアなボクシングファンでも、まったく知られていない四回戦ボーイなのだ。だが、このときは直樹も会長の山本もトレーナーの中田も、一部のボクシング関係者から直樹が注目されていることを、皆気がついていなかった。

この試合で直樹は初めて身長が自分と同じぐらいの選手との対戦となった。戦績は五戦していて、KO勝ちはなかったが全勝していた。例によって相手のことは、全く知らなかった。ゴングが鳴って向かい合ってみると、対戦相手の中尾伸治選手は、身体をやや半身にして、少し後ろ足に体重をかけて、左手を下げた構えを取った。いわゆるデトロイトスタイルと言われるアウトボクサーの構えだった。直樹も、どちらかといえばアウトボクサーでカウンターを得意としていた。速いジャブが伸びてきて、容易には自分の距離にさせてくれなかった。直樹が一歩踏み込むと、相手も一歩下がり、距離を詰められなかった。相手の中尾選手はこの距離が自分の距離だった。同じくらいの身長でも、半身に構えて肩まで入れたジャブを打ってくる中尾選手の間合いは、直樹の間合いより、かなり遠かった。やりづらい相手だった。下がる相手からはカウンターが取れないし、パンチを当てないことにはポイントも取れない。「この戦い方で判定で勝ち続けてきたのか」直樹は、過去の二戦で戦った相手がいずれも前に前にと出てくる選手だったので、一ラウンドは攻めあぐねて有効打を与えることが出来ずに終わった。ストレスの溜まるラウンドだった。セコンドの中田も「軽いパンチでいいから当てろ、このままだと判定負けするぞ」と活を入れてきた。言われなくても分かっていたが、いつものボクシングをさせてもらえない相手だった。二ラウンドに入り、直樹は構えを相手と同じにした。中尾選手は驚いたようだった。リーチが同じだから半身に構えて、ジャブの応酬にしようと直樹は考えたのだ。手数の多い中尾のジャブが伸びてきた。左のガードを下げているので、軽いバックステップとスウェーで紙一重で相手のパンチを見切った。それでも中尾のしつこいジャブが伸びてくる。顔の前数センチで中尾のパンチは届かなかった。そしてパンチの軌道とリズムを読み切った直樹は、パンチが伸びきった瞬間に踏み込み、高速のジャブを放った。中尾の鼻を直撃した。三発打ったジャブだったが、中尾もアウトボクサーらしく二発はかわしてフットワークをつかって逃げた。二ラウンドで、この試合で初めて相手にパンチを当てることが出来た。その一発で、中尾は鼻から出血した。中尾は迂闊にジャブを打てなくなった。ジャブの引き際に直樹のジャブが伸びてくる。それでも手を出さなければ、直樹の突進を止められない。中尾は苦し紛れのジャブをだした。直樹はダッキングでパンチをかわして、相手の懐にもぐると、右ストレートをボディーに突き刺した。息が止まり苦しく、中尾は身体が動かなかった。今まで戦った相手で自分のジャブをよけきった選手も懐に入れた選手もいなかった。中尾はガードを固めてロープを背負った。容赦のない直樹のパンチがガードの上から襲ってきた。ガードをしていても意識が遠くなる貫通力のあるパンチで、中尾はダウン寸前まで追い込まれた。だが二ラウンドのゴングに救われた。コーナーに戻り、中尾は「恐いパンチを打ちやがる」と思った。実際、ガードの上からも効かされてしまうパンチを初めて経験したのだ。これは教わって習得できる技術ではない。直樹の持っている才能が打たせるパンチだった。同じアウトボクサーだと認識していた中尾は、直樹が自分とは違う異質のパンチと、相手に合わせてスタイルを変えることが出来る器用さを併せ持った選手だと分かり、次のラウンドから、どう戦ったらいいんだと迷った。セコンドからは、「とにかくヒットアンドアウェーで足をつかって距離を取れ」と指示が出た。今までだって、そうやって戦い、KO勝ちこそなかったが、勝ち続けてきたのだ。初めて自分のジャブをさばかれてパンチを当てられたことで、かなり動揺していた。中尾は自信を喪失したまま三ラウンドのゴングを聞いてしまった。直樹は前に前にと攻めてきた。鋭いジャブが中尾の顔に集中砲火のように襲ってきた。中尾は足を使って逃げて、防戦一方になってしまった。そしてロープに追い込まれてしまった。もはや打ち合いしかない。一方的に殴られて負けたくはない。中尾もパンチをもらいながらも手を出した。ジャブから右ストレートを繰り出し応戦した。中尾のパンチは直樹にスウェーでかわされ、バリーで払われ、ブロックに遮られて、一発も直樹をとらえることが出来なかった。それでも手を出し続けなければ、恐ろしいパンチの餌食になってしまう。力一杯の左ストレートを放った瞬間に中尾は意識が飛んだ。目の前に白いマットが近づき、中尾はうつ伏せに倒れた。中尾の左ストレートに合わせた直樹の右フックのクロスカウンターが、中尾のテンプルを直撃したのだ。レフリーはカウントを取らずに試合を止めた。うつ伏せに倒れている中尾の身体を仰向けにすると、すぐに口からマウスピースを取りだした。コーナーから中尾のセコンド達も血相をかえて飛び出してきた。リングサイドに控えていたドクターもリングに上がり、ペンライトを中尾の眼に当て意識を確認していた。リングの上は騒然となった。会場も水を打ったような静けさだった。壮絶なKO勝ちだった。直樹も中尾選手のことが心配になり、そっとドクターの肩越しに覗いてみた。目は開いているが、泳いでいた。自分に何が起こったのか分からない様子だった。ドクターは担架で運べと指示を出した。中尾は立ち上がることが出来ずに担架で運ばれていった。山本会長や中田が相手のセコンドになにやら話しかけていた。直樹はそれらの出来事を茫然と見ていた。勝利の喜びは束の間だった。今は中尾選手にダメージが残らないように祈るような心境になっていた。中田が茫然としている直樹に、「中尾選手なら、きっと大丈夫だ。引き上げよう」と声をかけてきた。直樹は静かにうなずき、リングを降りた。このとき直樹は、また視線を感じて客席を見ると、客席のなかに例の黒メガネの男と視線が合った。今日は二人連れだった。もう一人の男はやはり四十代に見えた。スーツの着こなしから、ボクシングの関係者というより、やり手の営業マンのように見えた。このとき直樹は二人が誰なのか思い出した。ボクシング雑誌やボクシング中継で何度か見たことのある顔だった。東京の名門の岡崎ジムの会長の岡崎要と、世界的な名トレーナーのマック吉村だった。直樹は二人が、自分のジムの選手の試合を観に来ていると思ったが、実は二人は直樹の試合を観戦しに来ていたのだった。そして会場には、竹内美咲もいたのだ。直樹は美咲と目が合い、驚いた。「なぜ、あいつが観に来ているんだろう」

今日試合だと教えたが、まさか観に来るとは。……美咲はこわばった表情で直樹に手を振っていた。壮絶なＫＯを目の当たりにして、彼女は何を思ったのだろう。直樹は控室に戻っても、今日の勝利より美咲が、なぜ試合会場にいたのか、ボクシングの試合に何を感じたのか、そんなことが気になっていた。

試合が終わって前橋に戻っても、直樹には一週間は練習を休めと中田から指示が出ていた。直樹は試合では、まったくダメージを負っていなかったので、すぐにでも練習を再開するつもりでいたが、トレーナーの中田は、このところ、ずっと厳しい練習と、短い間隔で試合をしていたので、直樹の疲労を抜こうと考えたのだ。直樹はジムの練習は言われた通りに休んだが、ロードワークとシャドーボクシングは続けていた。一週間ぶりにジムに顔をだすと、会長の山本から、ジムの隅にある会長室に呼ばれた。次の試合の話かと思ったが、入ってみると、中には、来客用のソファーに試合会場で見た、あの岡崎会長とトレーナーのマック吉村が座っていた。テーブルをはさんだ反対側には山本会長と中田トレーナーが座っていた。中田が「ここに座れ」と直樹に自分の隣を指差した。部屋の中は、なんとも重い空気が支配していた。……

山本が口を開いた。

「直樹、おまえも知っているだろう。岡崎会長とマック吉村さんだ。今日二人はおまえの才能にほれ込んで、岡崎ジムにおまえを移籍させたいと言ってきたんだ。それで、おまえの気持ちを聞きたい。……おまえは東京のジムで世界チャンピオンを目指したいか」

直樹にとっては唐突な話で、一体何が起こっているのか、まさに青天の霹靂だった。おれの気持ちの何を話せって言うんだと心を整理できず、黙り込んでしまった。そんな直樹にマック吉村が話しかけてきた。

「松田君、君の試合を全部見させてもらったけど。素晴らしかったよ。君も知っていると思うけど、ぼくはこれまで何人もの世界チャンピオンを育ててきたけれど、君なら世界を獲れる。ぼくと一緒に世界を目指さないか」

直樹は茫然とマック吉村を見ていた。(何を、どう答えたらいいんだろう)言葉が出てこない直樹を見かねたのか、中田が口を挟んできた。

「直樹は、まだプロで三戦しかしていません。四回戦ボーイです、こんな無名の選手に、なぜ岡崎ジムのような名門が、引き抜きに来るのですか」

その質問にマックは即答した。

「まだ三戦しかしていないからですよ。つまり、これからキャリアを積めば、松田選手なら必ず新人王を獲るでしょう。そして日本チャンピオンも彼ならいとも簡単に取ると思います。そうなったら他の名門ジムも必ず松田選手を獲りに来ます。しかし私は、松田選手は日本チャンピオンなどに挑戦するより、最短距離で世界を狙うべきだと思います。彼の才能と岡崎ジムならそれが可能です」

マックはいっきに自分の思いを述べた。直樹の才能を最上級の讃辞で誉めたが、最短距離で世界を狙うべきだと言い、岡崎ジムならそれが可能だと言った裏には、ここのジムにいたら、あと何年世界戦まで待たなくてはならないのかという現実を突きつけてきたのだ。

直樹の才能を田舎のジムで埋もれさせていいのかと迫ってきたのだ。山本会長も唇をかみしめて黙り込んでいた。中田はそんな姿がたまらずに反論した。

「たしかに岡崎ジムの設備や財力などの環境を考えたら、直樹は、そちらに移籍したほうがいいでしょう。しかし直樹は、自慢じゃないが私が育てた選手です。うちのジムからでも世界は狙えます。山本ジムの希望を一身に背負っています。そんなに簡単な話ではありません。生まれた子犬を譲るような言い方は止めてください」

苦しい反論だった。それでも中田は言わずにはいられなかったのだ。中学生だった直樹に、一からボクシングの手ほどきをしてここまで育ててきたのは、まぎれもなく自分だという自負と、直樹を手放したくはないという思いが込み上げてくるのだった。中田の剣幕に、マック吉村は黙り込んだ。今まで黙っていた岡崎会長が今度は口を開いた。

「山本さん、中田さん、マックの言葉で不愉快な思いをしたのなら、申し訳ございません」岡崎は立ち上がり、深々と頭を下げた。つられてマック吉村も立ち上がり頭を下げた。山本会長は、その態度に恐縮した。

「こちらも感情的になってしまい、申し訳ありません。どうぞお座りください」

「実は、マックからすごい選手を見つけたから、一度、一緒に試合をみてくれと言われて、この間、松田選手の試合を見させてもらいました。私の感想としては、さすがに世界的トレーナーのマック吉村だと思いました。ご存じだと思いますが、うちのジムは親父の代から数えて十人の世界チャンピオンを輩出しています。私は子供の頃から、それら全ての選手を見てきました。だから私にも松田選手の才能が分かります。お二人で手塩にかけて、ここまで育てられた選手をうちに移籍させろというのは心苦しい限りですが、お約束します。必ず世界を獲らせます。岡崎ジムにください」

中田は、もはや感情論で反論できなかった。山本が口を開いた。

「岡崎さん、分かりました。うちにいたら世界戦まで、あと何年待てばいいのか。実は私は悩んでいました。このままうちで直樹の才能を埋もれさせはしないかとね。実際、地方では直樹のスパーリングの相手さえいない状況でしてね。中田としては、子供の頃から直樹を育てたので、手放したくはないでしょう。それは私も同じです。しかしボクサーとしての将来を考えたら、やはりね。……」

中田は落胆で全身から力が抜けていった。宝物が手からこぼれていってしまう。しかし、それでいいのかもしれない。ボクサー松田直樹にとっては、それでいいのだと思った。

「待ってください」直樹がはじめて口を開いた。「ぼくもボクサーとして世界を目指したいです。でも少し待っていただけませんか」

岡崎は怪訝な顔で尋ねた。

「待つって何を待つんだい」

「ぼくは、ここでボクシングを習い、ここまでにしていただきました。本音を言えば、このジムから世界チャンピオンになりたかったです。でも、それが難しいのなら、せめて、このジムから日本チャンピオンに挑戦させてください。新人王を獲れば日本のランカーに入れます。そうしたら岡崎ジムの選手の世界戦の前座で日本タイトルに挑戦させてください。タイトルが獲れたら、ぼくは岡崎ジムに移籍します。それまでは山本ジムの選手でいさせてください。お願いします」

直樹は、ボクサーになった以上貪欲に世界を獲りに行くべきだと思っていた。だがこのまま山本ジムを去るのは、いかにも心苦しかった。せめて、このジムで初めての日本チャンピオンを置き土産にしたかったのだ。ジムを移籍しても、山本ジムの選手として日本チャンピオンの看板をもっていきたいと考えたのだ。マック吉村が直樹の眼を見つめながら、静かに話しかけた。

「松田君、君の山本会長や中田トレーナーに恩を返したい気持ちはぼくにも分かる。だけど君もプロボクサーだろう。君が並の選手なら、ぼくもこんなこと言うつもりもないけど、君は日本や東洋太平洋を通り越して、世界を最短距離で狙うべき選手だよ」

マック吉村は、直樹の素質によほどほれ込んだようだった。

「マックさん、ぼくもプロです。確かに貪欲に上を目指すべきだと思います。だけどボクサーの前にぼくも一人の人間です。だからけじめをつけさせてください。生まれ育った故郷も、一からボクシングを覚えた山本ジムも、山本会長や中田先生も、全て捨ててジムを移籍するのに、心を整理する時間をください。約束します。死にもの狂いの練習で、必ず日本チャンピオンになります。そうしたら、ぼくはすべてを捨てて岡崎ジムに移籍します。そうしていただけないでしょうか」

岡崎が直樹の話に納得したようだった。

「松田君、君の気持ちはよく理解できたよ。十一月に、うちの選手の世界戦の挑戦と、防衛線を横浜アリーナでやる予定なんだ。それまでに君が日本ランカーになっていたら、ぼくがプロモートするから前座で日本タイトルに挑戦してくれ。きっと君なら出来るだろう。期待して待っている」

「ありがとうございます」

「岡崎会長、私からもお願いがあります」山本が改まった顔で話しだした。

「なんでしょう山本さん」

「直樹が日本タイトルを獲ったら、直樹のことは全て岡崎ジムにおまかせします。……それとおこがましいお願いですが、うちのトレーナーの中田を直樹と一緒に連れて行ってくれませんか」

郵便はがき

差出有効期間
2025年3月
31日まで
(切手不要)

1 6 0-8 7 9 1

1 4 1

東京都新宿区新宿1－10－1

(株)文芸社

愛読者カード係 行

ふりがな お名前		明治 大正 昭和 平成 年生 歳
ふりがな ご住所	□□□-□□□□	性別 男・女
お電話 番 号	(書籍ご注文の際に必要です)	ご職業
E-mail		

ご購読雑誌(複数可)	ご購読新聞 新聞

最近読んでおもしろかった本や今後、とりあげてほしいテーマをお教えください。

ご自分の研究成果や経験、お考え等を出版してみたいというお気持ちはありますか。

ある　　ない　　内容・テーマ(　　　　　　　　　　)

現在完成した作品をお持ちですか。

ある　　ない　　ジャンル・原稿量(　　　　　　　　　　)

書　名				
お買上 書　店	都道 府県	市区 郡	書店名	書店
			ご購入日	年　　月　　日

本書をどこでお知りになりましたか?

1.書店店頭　2.知人にすすめられて　3.インターネット(サイト名　　　　　　　　)

4.DMハガキ　5.広告、記事を見て(新聞、雑誌名　　　　　　　　　　　　　　)

上の質問に関連して、ご購入の決め手となったのは?

1.タイトル　2.著者　3.内容　4.カバーデザイン　5.帯

その他ご自由にお書きください。

(　　　　　　　　　　　　　　　　　　　　　　　　　　　　　　　　　　　)

本書についてのご意見、ご感想をお聞かせください。

①内容について

②カバー、タイトル、帯について

弊社Webサイトからもご意見、ご感想をお寄せいただけます。

ご協力ありがとうございました。

※お寄せいただいたご意見、ご感想は新聞広告等で匿名にて使わせていただくことがあります。

※お客様の個人情報は、小社からの連絡のみに使用します。社外に提供することは一切ありません。

中田は何を言うのかと驚いた。

「会長、何を言うんですか」

「まあ、よく聞け。直樹を育てたのはおまえだ、このまま二人を引き離すのは、おれとしても心苦しい。……岡崎会長、お願いです。この中田を直樹と一緒に連れて行ってください。そして、世界チャンピオンを何人も育てた、マック吉村さんの指導方法を教えてもらえないでしょうか」

中田はあわてて山本の言葉を否定した。

「会長、やめてください。私は群馬を離れるわけにはいきません。仕事や家族のことを考えても、それは無理な話です」

「おまえもトレーナーとして勉強させてもらえ、このジムのことは心配するな。直樹が日本タイトルを獲るまで、まだ時間はある。それまでゆっくり考えをまとめればいい。この際だ、直樹は選手として、おまえはトレーナーとして世界を目指してみろよ」

山本は自分の力不足が腑甲斐無かった。折角の才能を自分の下では飼い殺しにしてしまう。せめて、二人を日の当たる場所に送ってやることが、自分に出来る精一杯のことだと苦しい決心をして、二人を岡崎ジムに送ろうと考えたのだ。中田は黙り込んでしまった。

その場の空気は一層重たいものとなった。マックが中田に話しかけた。

「中田さん、松田選手はあなたの指導がなければここまでボクサーとして才能を発揮できなかったと思います。私としては岡崎会長が許してくれるのなら、引き続き岡崎ジムで松田選手のチーフトレーナーとして腕を振るってほしいと思います。どうでしょう岡崎会長」

岡崎はマックの胸中を計りかねていたが、とにかく話をスムーズに進めて、直樹を引き抜きたいと思っていたので、マックに同調しようと思った。

「中田さん、私に異存はありません。是非岡崎ジムで松田選手の指導をしてください」

中田は揺れた。トレーナーとして直樹と一緒に世界を獲りたい。だが自分まで山本ジムを去ってしまったら、このジムはどうなるのだろう。

「岡崎会長、私には今はなんと答えたらいいのか整理できません。ぐちゃぐちゃです。少し考えさせてください」

岡崎は、中田が自分のジムに来るのか来ないのかより、ここまで話が進めば、来年には間違いなく直樹は岡崎ジムに移籍するだろうと思い、まずは今日来た甲斐があったと考えていた。

「中田さん、それでは返事は後でということでよろしいですね。うちとしては大歓迎ですよ。お待ちしています」

中田までトレーナーとして岡崎ジムに移籍するのは想定外だったが、直樹という宝物を手に入れるためにはいたしかたがないかと腹をくくった。直樹には、突然、降って湧いたような話だったが、これでボクサーとして具体的な計画と目指すべき道筋が、はっきりと見えた。山本ジムを離れるのは、つらく悲しいことだか、プロボクサーとして生きる以上仕方あるまい。ひたすら前に、そして登っていくだけだ。直樹の才能が、新たな扉に手を掛けていた。

三　秋風

　四月の日差しは柔らかく穏やかに降り注いでいた。直樹はいつものようにサウナスーツを着込みロードワークをしていた。ただ、今までのような早朝に走るのではなく、時間は午前の十時頃から走り出していた。岡崎ジムの移籍話の後に、直樹は木工所を辞めた。岡崎会長から、日本タイトルを獲るまでは生活費を出しましょう、と言ってきたのだ。山本会長や中田は、そこまでしても直樹が欲しいのかと茫然としていた。直樹も驚いたが、自分はボクシングで生きていくと決めた以上、ボクシングに専念しようと、申し出を受け入れた。それは事実上、籍と練習場所は山本ジムでも半分は岡崎ジムの選手だということだった。それでいいと思った、いずれにせよ山本ジムにいるのは秋までだと決めていた。なんとしても日本チャンピオンにならなければならない。感傷的になり、振り向いている暇などないのだ。本来なら、潔く岡崎ジムに移籍をして、日本タイトルなど狙わずに世界を目指すべきだったろう。だが直樹は自分の意思で少し遠回りを選択したのだ。一日の練習量は午前にロードワークとシャドーボクシングと午後にジムでの練習が二回で、総時間六時間にもなった。試合は間近に迫っていた。夏までに、あと二試合組まれていた。プロボクサーになってから絶え間なく濃密な時間が流れていた。しかし直樹の心は、やはりあいていた。十代をボクシングに打ち込みストイックな生活のなかで、直樹は取り残されていく、そんな強迫観念に取りつかれていた。自分が輝く場所はリングの上だけだ。そのことに不服はないが、同世代の若者達は高校生活をどう過ごしているのだろうか。昭和三十年代だったら、中卒でボクシングの世界チャンピオンになることで、国民的なヒーローになれたが、現代では、世界タイトルのテレビ中継さえないことがあるのだ。視聴率を稼げない。それだけ人気は低迷しているのが現状だった。直樹もボクシングを離れれば十七歳の若者だった。蒼い季節の中で、あまりにストイックな生活過ぎないか。同世代の高校生達のように恋もしてみたいと思う。子供の頃から、ずっと崖っ淵を歩いているような生き方をしてきた。いつ転落してもおかしくはなかった。もし、ありふれた家庭に生まれて育っていたら、自分はボクシングとは無縁の生き方をしていたのではないかと思う。しかし現実には直樹の前には荒涼とした景色が広がるだけだった。父親の顔も知らず、母親の愛情にも恵まれず、平凡な家庭の温もりさえ知らないのだ。守りたいものなどない。捨てる物もない。ただ奪い取るしか自分の生きる道はない。唯一直樹が大切にしていたものは、自分をボクシングに導いてくれた中田と山本との絆だった。だが、それさえも捨てなくてはならない。獣にならなければ道は開けないのだ。標なき荒野では立ち止まっていては獣の餌食になるだけだ。それでも、直樹の心の奥の深い闇の中から聞こえてくる声があった。山本ジムを去ると決め、人生の岐路に立って、なおさらはっきりと聞こえてくるのだった。

『これでいいのか、あらゆる欲望に目をそらし、耳をふさいで、それで幸せなのか』

もう一人の自分が憮然と答える。

『他に何があるんだ。ボクシングを捨てたら、何も残らないじゃないか』

心の奥でなおもしつこく迫ってくる。

『ボクシングの奴隷になっていないか。闘犬じゃないだろう』

直樹はその声を打ち消すように答える。

『リングの上でおれは自由だ。そう唯一おれが輝ける場所だ』

意地悪な声が、これでもかと響いてきた。

『そのリングの上で負けたらどうなる。それもめちゃくちゃに殴り倒されても自由で輝ける場所だといえるのか？』

それは聞きたくない言葉だった。ボクシングの才能に恵まれて、勝ち続けられるという自信もあるが、いつかは負ける。それもKOで。そうなったとき、自分には何が残るのだろう。親も友達も恋人もいない。直樹は心の奥深くに恐怖という怪物を宿していた。誰かに助けを求めたい。何かにすがりたい。しかし、誰もいない。何もない。……直樹は激しいボクシングの練習で自分を追い込み、くたくたになった身体で部屋に戻り、後は泥のように眠るだけだった。そうやって心の奥の怪物が騒がないように蓋をしていた。

日曜日、いつものようにロードワークとシャドーボクシングで汗をかいて部屋に戻ろうとしてアパートの前まで来ると、二階に上る階段の前に美咲がいた。顔を合わせた直樹は間抜け顔で美咲を見つめた。

「あれ、竹内、何しているんだ」

「松田君を待っていたの。練習の邪魔になると思って、ここで見ていたの。相変わらず気合いが入っているね」

「この間、試合会場で見つけた時は驚いたぜ。……それで今日は何の用だい」

「用がなければ来ちゃいけないの、松田君に会いたくて来たんだよ。一緒に食事でもしない」

直樹はどう対応していいのか、この辺のことは信じられないほど初だった。しかし、嬉しいことだ。しどろもどろになりながら答えた。

「ちょっと、待ってて。部屋に戻って、シャワーを浴びてくるから」

「うん、ここで待っている」

直樹は急いで、着ている物を脱ぎ、洗濯機に放り込み、シャワーで汗を流して、洗濯済みのトレーナーを着込み美咲の前に現れた。

「早かったね。風邪引かないようにね」

「大丈夫、風邪を引ける身分じゃないからね」

「風邪を引くのに身分とか関係あるの」

「おれは風邪を引いたから練習を休みますなんて言える身分じゃないってことさ」

「ふうーんボクサーって本当に大変なんだね。ねえ、すぐそこのファミレスへ行かない」

「いいよ」

　直樹は美咲に素直にしたがった。テーブルに向かい合って座ると直樹は落ち着かなかった。女性と二人で食事をしたことがない。これが直樹にとって初デートだった。美咲は和風パスタと野菜サラダと紅茶を注文した。直樹はドライカレーと野菜サラダとコーヒーを注文した。

「食べて大丈夫なの」

　美咲は直樹のウエイトコントロールを心配しているようだった。

「減量なら大丈夫、木工所を止めて、練習量が増えたら、自然と体重が落ちてね。それより、人の体重管理が気になるのなら、何で食事になんか誘ったんだい」

「だって、こうでもしなければ、ゆっくり話も出来ないじゃない」

　直樹の顔が心なしか紅潮していた。美咲の前でどうしたらいいのか、自分でも情けなかった。

「この間の試合すごかったね。あたし少し怖くなった。松田君は試合怖くないの」

　美咲の口から一番聞いてほしいような、聞いてほしくないような質問が飛び出した。

「ゴングが鳴ると、怖さは消えて、結構楽しく戦えるけど、試合の前とか後とかは、色々あるけれどね」

直樹は美咲の前で素直になっている自分が不思議だった。試合が怖いとか、抱えている不安など、誰にも語ったことはなかった。

「試合って楽しいんだ。あたしボクシングのことは分からないけど、松田君がすごく強い選手だってことは分かったよ」

「最近は試合会場に女性客も結構来ているけど、女が見ていてボクシングって楽しいのかな」

直樹は美咲がボクシングを野蛮なスポーツと冷めた目で見ていないか気になっていたのだ。美咲は直樹の試合が想像以上に壮絶だったので正直、怖くもあったが、ボクシングを野蛮なスポーツとは思わなかった。

「この間の松田君の試合は凄くて、相手の人、大丈夫かって心配になっちゃったけど、だけど、初めて見たボクシングにあたし興奮した。うまく言えないけど、なんか吸い込まれるように見ていたの。お互い苦しい練習を積んで、リングの上で力一杯戦う姿って男らしいと思ったよ」

美咲はボクシングに興味を示してくれたようだ。

「男らしいか。本音を言えば戦う前は、かなりびびっているけどな。……でも最近じゃ女だってボクシングをやるんだぜ」

「え、ホント」

美咲が驚きの声を上げると同時に、美咲の注文した和風パスタと野菜サラダが届いた。

料理に口をつけるより先に直樹に質問が飛んだ。

「ねえー、女の人のボクシングって本当に殴り合うの」

　質問の途中で直樹の前にもドライカレーと野菜サラダが届いた。直樹も料理に口をつける前に美咲の滑稽な質問に答えた。

「殴り合わなきゃボクシングにならないだろう。まさかボクシングをやってみたいなんて思っているのか」

「まさか、でも驚いたな。女のボクシングなんて」

「別に驚くことでもないよ。昔からタイじゃ、女のムエタイの選手も一杯いるっていうからね」

「へえーそうだったんだ。それで松田くんはどう思っているの。女のボクシングって」

「別に、とくに興味はないな。女がボクシングをやるべきじゃないなんて思ってもいないけど。あんまり興味がないんだ」

　直樹は美咲がボクシングに興味を示してくれたのは嬉しかったが、女にボクシングを分からせるのは難しいなと感じていた。

「もし興味が湧いてきたのなら、うちではボクササイズを教えているからジムに入会してみたら」

「ボクササイズって何」

「ボクシングのトレーニングでダイエットしたり、運動不足を解消したりしているんだよ。夕方になると、結構女の人達で一杯だぜ。まあ、ボクシングでエアロビクスをしていいると思えばいいかな」

「へえーなんだか面白そう」

直樹は進学校の女子生徒がボクシングに興味を示したことが面白かった。これから一流大学に進学しようとしている学生が、何だっておれみたいな中卒のボクサーに会いに来たのだろうか。まさか冷やかしではあるまい。東京まで試合を観に来たのだから、ボクシングの興味より、おれに多少の好意を寄せているのだろうか。そう思うと直樹の胸が締め付けられた。でも悟られたくはない。素っ気ない素振りでドライカレーを口に運んだ。

「ねえ、次の試合はもう決まっているの」

「一応、負けなければ秋までに四戦する予定だけど」

「そんなに試合をして大丈夫なの」

「十一月に、横浜アリーナで岡崎ジムの選手が、世界タイトルの挑戦と防衛戦をやる予定なんだ。ずっと勝ち続けていれば、そのときに俺も日本タイトルに挑戦できるはずなんだ」

「本当に、凄いじゃない。まだデビューして半年ぐらいなんでしょ。もうチャンピオンに挑戦できるんだ」

「実は日本タイトルを取ったら岡崎ジムに移籍するって条件で、岡崎ジムのプロモートで挑戦させてもらえるんだ」

直樹は美咲に言わなくてもいい移籍の話をしてしまった。それは遠回しなさよならだった。

「移籍って、どういうこと」

「今いる山本ジムから、東京の岡崎ジムに移るってことさ」

「え、東京に行っちゃうの。なんで群馬のジムじゃ駄目なの」

「俺は山本ジムから世界を獲りたかったけど。でも、ジムの力関係からいっても地方のジムにいることは、色々難しいんだ。俺もプロになった以上、貪欲に世界を目指そうと思って、移籍の話を承諾したんだ」

「じゃ、あと半年で東京に行っちゃうの」

「負けなければ、そうなると思う」

美咲は、直樹が同世代の高校生達の何倍も早く人生を走り抜けている、そんな気がして、思わず直樹の目を見つめた。直樹は美咲の視線に思わず目を伏せた。美咲には、そんな直樹の表情が、中学生だったあの頃のいじめられっ子のままに見えた。ボクシングが強くなった今も、ひ弱だったあの頃も、いつでも直樹はなにかに追い詰められて苦しそうな顔をしている。美咲には、目の前の直樹が世界チャンピオンを目指す、卓越した才能をもったボクサーというよりも、どこか弱々しく手を差し伸べたい、女としての母性本能を刺激させる存在だった。しかし、このままいけば来年には直樹は東京に行ってしまう。美咲は直樹への恋愛感情をはっきりと意識した。だからといって、『あたしのために東京へは行かないで』なんて古臭い恋愛映画みたいなセリフは言えるはずもない。直樹は美咲がどんなに叫んでもエンジンをフルスロットで遠ざかっていてしまう。それは彼の人生だから仕方あるまい。しかし美咲は、それだからこそ呼び止めたいと思った。なんだか彼が栄光の階段を上っているようにも見えるが、それとは隣り合わせの破滅の道を邁進しているようにも見えるのだ。もう少しゆっくりとあたしと歩かない？　心の中で話しかけていても、声に出しては言えなかった。沈んだ気分に襲われて美咲は黙り込んだ。直樹はそんな美咲を伏し目がちに見ながら話しかけた。

「よく東京までボクシングの試合を観に来れたな。家族には何て言って出てきたんだ」

「ボクシングの試合を観てくるとは言えなかったからロックコンサートに行くって言って観に行ったの」

直樹はボクサーという鎧を久しぶりに脱ぐことが出来た気がした。同い年の美咲が振りまく同世代の雰囲気が自分も同じ十七歳なんだと思わせた。自分はボクシングが好きだ、嫌々やっているわけではない。しかし直樹が抱えている深い闇や孤独が美咲の向ける直樹への思いに揺れる。自分も同世代の若者のように青春を謳歌してみたいと思う。しかし、自ら敷いたボクシングというレールを勝手に脱線することは出来ない。結局は突き進む以外に道はないのかと、現実に戻されてしまう。そんな内面の葛藤は誰にも話せはしない。だが美咲にはいつか、そんな自分を語る日が来る、そんな予感がしていた。……

食事が済み、二人がレストランを出ると声をかけられた。

「おい竹内。……あれ、おまえ松田か」

　声の主は、二人の中学時代の同級生で野球のユニフォームを着た桜井和成だった。そばには、やはりユニフォーム姿の高校生達が五人ほどいた。その中にはもうひとり、二人の同級生の金森達也がいた。

「おい、二人でデートしていたのか。昼間からいい身分だな」

　同級生と言っても、直樹にとっては友達などではない。以前、中田に助けてもらったあの日、番長グループの中にこの二人がいたのである。お互い忘れるはずはない。直樹には会いたくない相手だった。桜井と金森は地元の高校野球の名門高校の川村学園の三年生になっていた。直樹は声をかけてきた桜井の眼を見つめた。それだけで桜井は動揺した。

「おまえ、なんか雰囲気、変わったな」

　金森が声をかけてきた。

「おまえ、今は何をやっているんだ」

　直樹は、無視して帰ろうと思った。美咲がいなければ、そうしただろう。だが彼女と一緒では、あまり角の立つことは避けたほうがよさそうだと思った。

「おれは今はフリーターで何とかやっている」

　二人は直樹がプロボクサーになっていることを知らないようだった。無理もない。まだ三戦しかしていない四回戦ボーイなのだから。

　桜井がからかうような口調で言った。

「へえー進学校に通ってるお嬢さんと、中卒のフリーターか。面白い組み合わせだな」

直樹の胸に怒りが込み上げてきた。そんな直樹の様子に美咲はあわてた。

「ちょっと失礼じゃない。なによ、あんたたち」

今度は金森が、やはりからかうような口調で言った。

「お、お嬢様が怒った。俺たちにデートを見られて恥ずかしいのか」

「おまえら、静かにしていろ」

直樹が強い口調で二人を制した。桜井と金森は直樹の醸し出す格闘家のオーラに圧倒されて声を詰まらせた。以前の彼らの知っている直樹にはない威圧感だった。彼らも同じアスリートだから分かる直樹の放つ凄みだった。美咲が、つまらないことで喧嘩になりはしないかと必死になって二人に釘を刺した。

「松田君は今はチャンピオンを目指しているプロボクサーなんだよ。あんまり調子に乗って軽はずみなことは言わないでよ」

プロボクサーと聞いて、二人は妙に納得した。確かに以前のいじめられっ子だった直樹ではなかった。桜井が驚いた様子で言った。

「おまえプロボクサーになったのか」

直樹は話をするのも面倒臭かったが、開き直って答えた。

「ああ、中卒のプロボクサーだよ。いけないか」

桜井も金森もまじまじと直樹を見つめた。二人は中学時代は不良だったが、野球の才能と体格に恵まれていたので、いくつかの高校野球の名門高からうちに来ないかと誘われて、地元の川村学園に入学したのだった。二人が二年の夏には甲子園に出場して三回戦まで進んだ。この大会で金森は三本のホームランを打ち、一方の桜井はエースピッチャーとして三振の山を築いた。二人とも二年生ながらプロのスカウト達に目をつけられる存在になっていた。だから、地元でも、かなりの有名人になっていた。今日は日曜日の練習を終えて野球部の仲間達と昼食を摂りに来て、直樹と美咲と会ってしまったのだった。春の甲子園は出場を逃したが、夏の県予選に向けて練習を積んでいるところだった。桜井と金森は有名になった今でも不良少年の名残があった。野球部の監督は二人が問題を起こさないように厳しく指導していたが、二人は陰では煙草の喫煙や飲酒など、何がいけないんだといった態度だった。また学校では禁止されているバイクにも乗っていた。何か問題を起こせば、試合が出来なくなるのは分かっていたが、有名になり周りからもちやほやされている現状では二人は聞く耳を持たなかった。自惚れがユニフォームを着て歩いているようなものだった。直樹には、そんな二人が、中学時代のいまわしい思い出とないまぜになり、嫌悪感で一杯になった。

「おれは、おまえ達と話すことはない。じゃあな」

直樹は美咲を二人から引き離すように、その場を離れた。その様子を見ていた金森が桜井につぶやいた。

「あいつ雰囲気変わったな。中学時代とは、まるで別人だぜ」

桜井も同じことを感じていた。

「あいつがボクサーとはな。竹内の奴、松田がチャンピオンを目指しているとか言っていたよな。おまえ信じられるか。松田がボクシングのチャンピオンを目指しているってことが」

「そんなに強いのか？」

二人とも直樹の中学校時代のいじめられていた姿から、今の直樹の変貌ぶりが信じられなかった。……

直樹の四戦目の試合会場にも美咲は来ていた。このころ二人は携帯での会話やメールのやりとりもしていたので直樹は会場に美咲が来ていることを知っていた。そのことは、直樹にとって、大きな変化だった。これまでは、ただ自分のために戦っていた。だが今日の試合で負けたら美咲を落胆させてしまう。彼女のためにも勝ちたいと思った。孤独と引き換えに、一つ重荷を背負ったような気分だった。

相手の落合勝彦選手の戦績は五戦全勝で五ＫＯ勝ちを収めていた。これまで対戦したなかでは最強の相手だった。歳は十九歳で攻守のバランスが良く、かなりのハードパンチャーだということだった。直樹は相手がいかに強かろうと、ただ倒していくだけだと胸に冷酷な炎を燃やしていた。

試合が始まると落合は静かにオーソドックスな構えで直樹の前に立った。これまでの相手のように、威圧感や警戒感もださず、ただ自然に構えていた。『強い』。直樹はパンチを交える前に落合の強さを本能的に察知した。一ラウンドの序盤はこれが四回戦の試合かと思うほど静かな展開だった。どちらが先に手を出すのか息苦しいような雰囲気が会場を包んだ。先に手を出したのは落合だった。軽いジャブを伸ばしてきた。スピードもなく直樹は難なくかわしたが、あきらかに落合は誘っていた。『さあ、おまえも手を出せ』直樹は今までにない威圧感に押された。会場の客達は格の違いを感じていた。蛇に睨まれた蛙のように直樹はロープに追い込まれていった。直樹の耳に中田の必死の声が届いた。

「直樹、なにビビッているんだ。自分を信じろ」

『ハッ』

直樹は中田の声で我に返った。落合の威圧感に、気がつかないうちに催眠術にかけられていたようだ。無意識に左のジャブが出た。不意を突かれた落合は、まともに顔面に受けた。だがここまで勝ち続けてきた落合はひるむことなく右ストレートを放った。直樹は両手でガードしたが、ガードしていても身体はロープまで飛ばされた。初めて経験する衝撃だった。守りに入ってはやられると思い、直樹も右ストレートを顔にもっていった。だが落合にダッキングでもぐられてボディーに右ストレートをもらってしまった。苦しさに顔がゆがんだ。身体が動かない。容赦のないワンツーが顔面を襲った。意識がすこし遠のいていった。直樹の耳にセコンドの必死の声が耳鳴りのように響いていた。気がつくと直樹は落合に抱きついていて、レフリーからブレイクをかけられていた。無意識に倒れまいとして抱きついたようだ。レフリーの注意も夢の中で聞いているようだった。

落合はKOで倒そうと必殺の右ストレートを放ってきた。だが恐怖心の消えた直樹には、このパンチがスローモーションのように見えていた。身体を開きすれすれでパンチをかわすと同時に左アッパーを打った。落合の顎を直撃した。落合は意識が飛び、棒立ちになった。無防備な顔面に直樹の右ストレートが襲った。落合は前向きに倒れた。レフリーは試合を止めようとしたが、落合は無意識にも立ち上がろうとロープを掴んで身体を起こしていた。レフリーは一瞬の躊躇の後にカウントを始めた。直樹も朦朧としていた意識が戻っていた。『まさか立ってこれないだろう』そう思った。手応えはありすぎるほどあったのだ。『立ってくるな』直樹は叫びたかった。だが落合は立った。朦朧とした意識で、焦点の定まらない目でファイティングポーズをとっていた。レフリーは落合の眼を覗き込み、続行か終わりか迷っているようだった。その時に一ラウンドの終わりを知らせるゴングが鳴り響いた。落合はゴングに救われた。落合のコーナーからセコンドが二人、駆けより落合を抱えてコーナーまで連れて行った。落合はまだ、完全には意識が戻っていなかった。セコンドは頭から水をかけて『しっかりしろ』と怒鳴りながら落合の意識を取り戻そうと躍起になっていた。一方、意識の戻った直樹はコーナーに戻っても一ラウンドで試合を終わりに出来なかったのが気がかりだった。

（終わりにしたかった。俺はどんなパンチで意識が飛んだんだろう）

セコンドの中田が、いつも以上の大声で指示を出した。

「いいか落合は、まだダウンのダメージから回復していない。二ラウンドにあいつが目を覚ます前に決めろ。でないと、今まで戦った相手のなかでも、もっとも危ない奴だぞ。分かってるよな」

直樹も落合の怖さは身に沁みて感じていた。

「一ラウンドの途中でおれ意識が飛んでいたけど、一体、何をもらったんですか」

「おまえのガードの上からの連打でおまえの意識を飛ばしたんだ」

落合も直樹同様に貫通力のあるパンチが打てると知って、直樹はなおさら一ラウンドで終わらせたかったと思っていた。

二ラウンドのゴングが鳴り、二人はリングの中央で対峙した。落合の意識は戻っているようだが、足はまだ戻っていないようだった。直樹はいきなり渾身の右ストレートを放った。落合は身体が反応できず、両腕でガードするのがやっとだった。足に力の入らない落合は一発でロープまで追い込まれた。直樹はガードの上からお構いなしに連打した。落合に反撃の力は残っていなかった。意識が朦朧としながらも、かろうじて立っていたが、コーナーからタオルが投げ入れられて試合は終わった。その瞬間、直樹の身体から冷や汗が噴き出ていた。今日の試合は一ラウンドで自分がKOされていてもおかしくなかった。本当に恐ろしい相手だった。（まだまだだな。俺は、まだ強さが足りない）心底、そう思った。この試合もリングサイドで見ていたマック吉村は改めて直樹のボクサーとしての才能に目を細めていた。実は落合もマックが目を付けた選手だったのだ。そのためにこの試合はいつも以上に注目していたのだ。しかし直樹が負けると思った、ぎりぎりの場面であのカウンターの左アッパーを打てるとは、試合はあの一発で決まったと言って過言ではなかった。パンチ力では、やや落合が勝っていたろう。そしてアグレッシブな攻撃力でも落合が上だった。だがカウンターの技術では圧倒的に直樹が上だった。これまでの試合全てをカウンターで相手を葬っている。これは教えて出来ることではない。マックは直樹の才能は底が知れないとトレーナーとして期待が膨らんでいた。

最強の相手に勝っても、直樹は気持ちを緩めることなく練習に打ち込んだ。落合との試合は、紙一重の勝利だった。もっと強くならなければ日本タイトルには挑戦できないと自分を厳しい練習に追い込んでいた。次の試合は初夏の七月の予定だった。その頃には直樹は十八歳になっているはずだった。美咲というガールフレンドが出来て、少しは自分も周りの十代のような生き方をしているのかとも思えた。しかし浮かれているわけにはいかない。今の自分には休むことなく走り続けて行くしか生きる道はないのだ。……

桜井や金森たちの、川村学園の野球部は夏の県予選を順調に勝ち上がっていた。直樹が十八歳になり、初めての試合前日に、川村学園は甲子園行きを決めた。地元では今度こそ優勝だと盛り上がっていた。松田直樹という天才ボクサーの存在は、地元でも誰にも知られていなかった。東京からもマスコミが取材に訪れて、桜井や金森は、アイドル並みの人気者になっていた。直樹はテレビで彼らがインタビューに答えているのを観た。二人とも、実に真面目な高校生といった素振りだった。羨ましいとは思わなかった。所詮、自分とは住む世界が違う。……

　直樹の五戦目は四ラウンドでレフリーストップのＴＫＯ勝ちを収めた。地元群馬では無名の直樹も、ボクシングの世界では注目され始めていた。そんなときにボクシング雑誌が直樹に取材に来た。直樹は生まれて初めてのインタビューを受けた。目標を聞かれて直樹は、日本チャンピオンになることだと答えた。その記事は雑誌に写真入りで小さく掲載された。そのことで地元で有名になることはなかった。桜井や金森の川村学園は甲子園で決勝まで進み惜敗した。それでも地元は大騒ぎで、二人はアイドルからヒーローになっていた。直樹は、そんな騒ぎをよそに黙々と九月の試合に向けて練習をしていた。川村学園の野球部は前橋でのオープンカーのパレードで大歓迎で迎えられた。市長からも甲子園での活躍を絶賛された。逐一、それらをテレビで観ていたが、直樹には、どこか遠い出来事のように映っていた。川村学園の興奮が収まり、九月になると今度は地元の新聞社が直樹に取材に訪れた。そして、その記事は写真入りで大きく掲載された。前橋が生んだ天才ボクサーとして直樹は紹介されていた。この記事でようやく直樹は地元前橋でも知られるようになった。……

　九月の試合も三ラウンドにカウンターで鮮やかなＫＯ勝ちを収めた。いよいよ十一月の日本タイトルに挑戦だった。しかしゴールではない。直樹にはゴールは見えなかった。ずいぶんと走ってきたような気もする。自分がお釈迦様の手の中を飛んでいる孫悟空のような気もする。秋も深まりタイトル戦は目前に迫っていた。

四　別離

秋になり、天候は不順な日が続いた。小春日和の穏やかな日もあれば、冬のように冷たい北風が吹く日もありと、道行く人達の服装もまちまちだった。美咲は自分の部屋で一人になると、寂しさが込み上げてきた。直樹の試合が迫っている。勝ってほしい。だが、その試合の後で、直樹は前橋を離れて行ってしまう。分かっていたことだが、そのことを思うと切なさが込み上げてくるのだった。決して永遠の別れではない。しかし直樹は美咲が呼び止めても、引き止めても全速力で遠くに行ってしまう。美咲には、直樹が辿り着く場所が光り輝く栄光の場所ではなく、何もかも燃やしつくす消滅点のような気がして不安が募る一方だった。自分には直樹の生き方を邪魔をする権利はない。直樹が世界チャンピオンという夢に向かっている。その姿に心惹かれる一方で生き急いでいる直樹を引き留めたいという思いも消せない美咲だった。……

直樹はタイトル戦が迫り、練習も順調だったが、山本ジムや前橋からも離れると思うと心は重かった。何かを掴もうとあがいてきたが、掴むものと引き換えに、手放さなければならないものもある。得るものと手放すものを天秤にかける、直樹にはそんな選択の余地はない。もともと掴んでいたいものなど、どれほどのものなのか。直樹は追い込まれたときほど、自分の弱さを見つめていた。そこには天才ボクサーの顔はなく、孤独に怯える十八歳の素顔があった。直樹は美咲を想った。彼女のそばにいたい。だが、やはり自分にはボクシングしかなかった。全てを捨てて走って行くしか道はなかった。直樹自身、ボクサーの人生が栄光と背中合わせの暗闇を抱えていることは自覚していた。それだけに素顔の自分は誰かにすがりたかった。……

日曜日の夕方に蔦がからまった古めかしい喫茶店で直樹と美咲は向かい合ってコーヒーを飲んでいた。二人とも砂糖を入れずに、ブラックで飲んでいた。直樹はウエイトコントロールのためだったが、美咲は直樹に気をつかってブラックで飲んでいた。相変わらず直樹は美咲を伏し目がちに見ていた。美咲には、そんな直樹が気弱で内気な十八歳にしか見えなかった。リングの上での天才ボクサーの面影は微塵も感じなかった。

「今度の試合はどうなの。勝てそう」

「試合はいつだって、やってみなければ分からないよ。……負けたくはないけどね」

「直樹はリングの上ではいつだってすごく強いじゃない。今度だってきっと勝てるよ」

お互いを直樹、美咲と呼ぶようになっていたが、どちらかというと美咲のほうが、同い年なのにお姉さん的だった。

「今まで勝ってきたけど、いつ負けてもおかしくない試合ばっかりだった。リングの上では絶対勝てるなんて保証はどこにもないよ」

直樹はボクサーとして多少の自信をもっていたが、ボクシングの怖さも知っていた。だから美咲の前で虚勢を張ることもなかった。実際、普段の直樹からは天才ボクサーの強さを感じさせるものはなかった。知らない人達から見たら、本当に強いのかと思うだろう。ボクシングから離れた直樹はそれほど物静かな十八歳だった。

「挑戦する日本チャンピオンは、どんな選手なの」

「二十八歳でチャンピオンになって、今度が四回目の防衛戦だって。防衛に成功したら、タイトルを返上するって言ってるんだ」

「それってどういうこと」

「何でも前に一度世界に挑戦していて、その時は負けて一度引退して、二年前に復帰して、日本チャンピオンになったってことだ。それで、もう一度世界を狙うためにタイトルを返上するって言ってるんだ」

「その人、そんなに強いの。何だか絶対に勝てる自信があるみたいね」

「それはそうだろう。本来ならおれは、まだタイトルに挑戦できる身分じゃないし、向こうは、おれのことほとんど知らないらしいんだ」

今度の直樹の相手の日本チャンピオン、内田勝は五年前に初挑戦の世界戦でKOで敗れて、一度リングを去った。しかし三年のブランクを経てカムバックした。そして今度こそ世界チャンピオンのベルトを腰に巻く気でいるのだ。当然、直樹との試合は内田にとっては消化試合だと考えていた。岡崎ジムという業界ではトップの潤沢な資金があるところから転がりこんだファイトマネーのいい話に乗ってきたのだ。松田直樹という新人ボクサーなど鼻から眼中になかったのだ。直樹の六戦全勝で六ＫＯ勝ちという戦績以外なにも知らなかった。それは、これまでの直樹の試合はテレビ中継されることもなかったし、ビデオも当然残っていなかったからだ。一方の直樹は初めて、試合前に相手の試合のビデオを観ることが出来た。マック吉村が中田に渡したものだった。戦績は二十戦していて、負けは世界戦の一敗だけだった。十九勝のうち十二ＫＯ勝ちを収めていた。美咲は直樹の表情からモチベーションの低さを感じて、すこし不安になった。

「直樹は、今度の試合、自信はあるの」

「ビデオでは、よく分からないんだ。強いとは思うけど、……やってみなければ分からないな……おれも負けられない試合だから、万全の準備で臨むだけだな」

その言い草が、あまりにも淡々としていて、まるで他人ごとのようだった。美咲は、肩すかしにあったような気分にさせられた。実際、直樹はいつになく心は静かだった。奪い取れば、多くのものを捨てて、美咲とも離れなければならない。そのことが直樹をいつも以上に静かで無口にしていた。……

試合当日、初めて経験する大きな会場とテレビカメラの視線など、直樹にとっては、いささか場違いな感じを抱いたが、直樹はリングの上でも気負いはなかった。会場に来ている客の関心は、今日行われる二つの世界タイトル戦だった。日本タイトル戦といえ、いわば前座試合だったから注目度は低い。そのせいか直樹のモチベーションは低いままだった。中田はそんな直樹に不安を抱いていた。そばにいても直樹の状態をつかめなかった。しっかりと練習をしてきたが、直樹から熱いものを感じることがなかったからだ。直樹はレフリーから反則の注意を受けている間も、相手の内田の射るような視線と目を合わせなかった。そのことで内田はすでに勝ったと思った。直樹から覇気を感じなかったからだ。ゴングが鳴り、向かい合ってみても、直樹からは何にも感じなかった。一ラウンドは様子見だと、セコンドから指示を受けていたが、面倒とばかりに、鋭いジャブを繰り出した。しかし、自信をもって打ったジャブは全て紙一重でかわされてしまった。ここで内田は直樹の動体視力と勘の良さを知った。『これは、油断のならない相手かもしれない』内田は攻撃の手を緩めず、鋭いジャブを連打してきた。だが、ことごとくかわされてしまう、かすりもしない。ここにきて、完全に内田は直樹が並の選手ではないと気づかされた。直樹は冷静だった。それだけに内田のジャブがよく見えていた。一ラウンドの終盤にさしかかり、いちかばちか試してみたくなった。これまでの試合は負けられないという思いでがんじがらめになっていたが、この試合では何故か、その自縛霊のような思考から解放されていた。自信からくるものなのか、それとも負けて元々という捨て鉢な想いなのか。……直樹には自分の冷静さが自分でも解せなかった。……

直樹はフットワークを使い始めた。内田との距離をとって、完全なアウトボクシングを始めた。これも初めてのことだった。セコンドの中田は直樹が一体何を考えているのか、

理解に苦しんだ。思わず大きな声で、

「直樹、何やっているんだ。少しは手を出せ」と叫んでいた。直樹はセコンドの声を聞き流して、内田の繰り出すパンチに集中していた。内田はガードを固めながら直樹をロープに追い込んだ。ここにきて内田もキャリアのあるボクサーだけに直樹がなにか狙っていることを察した。不用意に攻撃を仕掛けてはこなかった。直樹はロープを背にガードを固めて、グローブの隙間から内田を観察するように見つめていた。内田は試合前のレフリーの注意のときに目を伏せていた直樹からは感じられなかった威圧感を感じた。見た目のひ弱さからは想像も出来ない危険な香りが漂っていた。

『何を狙っているんだ』

　手を出さない直樹に内田は視線だけで、攻撃を封じられていた。直樹は自らを窮地に追い込み内田を誘っていた。キャリアの浅い直樹が世界戦を経験しているボクサーに『さあ来い』と誘っているのだ。内田はプライドを逆撫でされて苛立っていた。五ラウンド以内にKOで勝つつもりでリングに立ったが、ことごとくパンチをかわされて、さあ来いと誘われている。直樹の無表情で静かな顔を破壊したいと思った。その様子を今日もリングサイドで見ていたマック吉村は、僅かな期間での直樹の成長をまざまざと感じていた。セコンドの中田とは直樹を見る評価は大きくずれていた。直樹は内田を見下ろして戦っていた。セコンドの中田は、「ロープを背負うな。回り込め」と声を張り上げていた。リングサイドのマックは中田とは逆で、ビックリ箱のなかから、何が飛び出すかとわくわくしながら見入っていた。それは直樹も同じで、危ない空気に酔っていた。頭に血の上った内田は軽いジャブを直樹のグローブに当てると同時に、一歩踏み込み左フックを直樹の顔面にもってきた。パンチは直樹の鼻をかすめた。直樹は身体を反らせてロープに預けた。その反動を利用してノーモーションの右ストレートを内田のガラ空きの左顔面に突き刺した。その顔が後ろを向くほどの強烈な一撃だった。内田は膝を突き、上半身は顔からリングの外に飛び出してしまった。レフリーが、『ダウン』のコールと同時に一ラウンド終了のゴングが鳴り響いた。内田はゴングに救われた。会場は「オー」というどよめきが起きた。そのどよめきはだんだん大きくなり、静まらなかった。会場を埋めた一万人の観客達は、前座試合だと思っていた日本タイトルマッチで、無名の松田直樹という選手の一発のパンチに酔いしれていた。リングサイドで観戦していた、マック吉村も全身に鳥肌が立っていた。芸術のようなダウンシーンだった。剣術用語の肉を切らせて骨を断つ、それをキャリア一年の選手がやってのけたのだ。十八史略の師別れて三日なれば、即ちまさに刮目して相待つべしだった。すごい速度で直樹は進化して、強くなっていた。自分の目に狂いはなかったと確信していた。二ラウンドになり、会場の誰もが内田は戦えるのかと思っていたが、内田は立ち上がって直樹と対峙した。脅威的な回復力だった。直樹も二ラウンドはないと思っていたので、少し内田が不気味に映った。今度は自分から軽いジャブを放った。内田は難なくこれをかわした。「本当に一分のインターバルで回復したのか」直樹は内田という選手の底力に畏怖した。内田は一ラウンドと変わらないパンチを打ってきた。いや、むしろ一ラウンドよりもパンチに伸びがあった。少しずつ直樹の顔にヒットするようになった。直樹も負けずにパンチを出した。二ラウンドは打ち合いになった。内田の伸びのあるパンチと、一ラウンドとは違うワイルドな攻撃が直樹のカウンターを封じ込めていた。直樹はリーチの長さ、パンチのスピードでは勝っているので、ふたたびフットワークを使いだした。内田は距離をとられて、追う足がなかった。直樹の速いジャブが邪魔して、自分の距離で戦えなくなった。キャリアの浅い選手なのに、いくつもの引き出しを直樹はもっていた。相手に合わせてカメレオンのように戦法を変幻自在に変えることが出来た。内田は直樹を無名の新人選手となめてかかった自分を反省していた。リングの上では、遅すぎて意味のないことだが、もう一度世界のリングに立つつもりでいたのに、無名の新人選手にまるで歯が立たない。悔しくて情けなかった。何としても一矢報いたかった。直樹はこの戦法で戦えば、勝ちは間違いないだろうと確信した。だが、一ラウンドと同じような誘惑が直樹を危険なエリアに引き込んだ。直樹はまたしても自らロープを背負った。内田は迂闊に手を出せなかった。だが、ここで攻めなければ勝ち目がない。十八歳のボクサーにもてあそばれて負けるのだけはプライドが許さなかった。内田はパンチを直樹のボディーにもっていった。この攻撃ならロープの反動を利用したカウンターは打てないだろうと考えての行動だった。だがロープを背にしている直樹なのに、内田のパンチをするりとかわして体を入れ替えた。このあたりの体さばきは天才的だった。内田はパンチが空を切り体勢が流れたところを直樹の猛攻にあった。急所は少し外したが、それでも意識が朦朧としてくる。ロープに追い込まれて脱出が出来ず、思わずガードを固めた。その直後に直樹の強烈な右ストレートがボディーに突き刺さった。内田はマウスピースを吐き出し、思わず膝を突いた。レフリーはダウンを宣告して、カウントを始めた。もう立ってはこれないだろうと直樹は思った。相手の戦意を奪うのに十分の手応えだったからだ。だが、内田は顔をゆがめながらも必死の形相で立ってきた。直樹は内田がゾンビのように映った。何が彼を立たせるのだろうかと恐怖は大きくなった。あと一発、パンチを当てれば試合は終わるだろう。だが今度は内田の気迫が直樹のパンチを封じた。直樹は手が出せず、内田を観察するように見つめた。内田は苦悶の表情を浮かべて、顔は鬼の形相で直樹を見つめていた。これまでの試合で戦った相手はダウンを奪われると、顔にはKOされるという恐怖が浮かんでいたが、内田には、それがなかった。むしろ殺気を前面に出して、直樹に迫ってきた。これまでの試合で直樹は冷静に相手のダメージを観察して、冷酷なパンチを当てていたが、内田の気迫が直樹の身体を硬くさせていた。内田の打つパンチの威力はダメージで半減されていたが、直樹はじりじりとロープに追い込まれた。今度は誘ったのではなく追い込まれたのだ。背中にロープを感じて、直樹はカウンターではなく、自分から手を出した。スピードのあるストレートで内田を止めてサイドに脱出した。『おれは何をやっているんだ。落ち着け』と自らに言いきかせて、自分のリズムを取ろうとしていた。この試合は、終わっているはずだ。それも二度も決定的なパンチをもらって内田はなぜ立ってくるのか、直樹の想像を超えた内田のタフネスと気迫が、直樹のコンピューターを微妙に狂わせていた。内田の幻影に直樹は惑わされ怯えていた。マック吉村は、直樹が初めて経験する、試練だと見ていた。これまではキャリアも年齢も、直樹とそう違わない相手と戦ってきたが、内田のような経験豊かな相手は初めてだ。この試合は直樹の思ったとおり、終わっている。それも一ラウンドで、なぜ直樹は決められないのか、それは内田の演技力だった。一ラウンドは内田はゴングに救われた。二ラウンドは極力ダメージを隠して、気迫と殺気を前面に押し出してブラフで直樹を惑わせたのだ。ボディーのパンチでダウンしたが、鍛え抜いていただけに、かろうじて立てたのだ。しかもダメージよりも「殺してやる」そんな気迫を出して迫ってくるために直樹は自分のパンチに自信を失いかけていた。直樹の目の前の内田は、いわば張り子の虎だった。十八歳の直樹には、ボクサーとしては崖っ淵で、すれからしの内田の演技を見破ることが出来なかった。決めあぐねている間に二ラウンド終了のゴングが鳴った。マック吉村は、ここはセコンドの腕の見せどころだと見ていた。一体、どんな指示を出すのやら、お手並み拝見とばかりに、マックは直樹のコーナーを見つめていた。中田も内田がすでに瀕死の状態だと見ていた。

「直樹、よく聞け。内田はもう死んだも同然だ。おまえは内田のハッタリに怯えているだけだ。いいか、何も考えずに基本に戻れ、今まで積み重ねてきた練習を思い出せ。そして相手を冷静に見て戦え、いいな」

「はい」

直樹は中田の言葉に救われた気がした。『そうか、やはり終わっていたのか』

三ラウンド、内田と向かい合ってみると、確かに二ラウンドは騙されたと気がついた。幻影は消えて、傷だらけのボクサーが立っているだけだった。内田は気迫を前面に出して、精一杯のジャブを出してきた。直樹は紙一重でかわすと、鋭い右ストレートを顔面にもっていった。スピードに乗り伸びのあるパンチを内田はかわせなかった。上体を少し後ろに反らしてスウェーでかわそうとしたが、直樹のパンチは内田の顔面をとらえた。ダメージを殺してはいたが、内田はよろよろとロープまで下がった。鋭い目で直樹を威嚇したが、それも直樹には効果がなかった。もう内田の幻影に怯えることはなかった。直樹は力を抜いたパンチで連打した。ガードを固めている内田がパンチを打ち、顔を出すのを待っているのだった。内田はここにきて万策が尽きた。もうブラフには引っかからない。まともに打ち合っては勝ち目がないのは分かっていた。この試合に負けることはボクサーとしての終わりだった。もう一度、世界戦のリングに立ちたい。その一心でここまで頑張ってきたのだ。だが、十八歳の少年にまったく歯が立たない。二ラウンドには、なんとか一矢報いたいと思っていた。直樹の顔を破壊したい、そんな闘争心も残っていたが。今は無様に倒れたくはない。その思いだけで立っていた。手を出せば、情け容赦のないカウンターが飛んで来るだろう。もう、そのパンチをよけることも、耐えることも出来そうにない。内田はただガードを固めているだけになってしまった。レフリーがロープダウンを宣告した。直樹はコーナーに下がり、内田を見つめた。すでに戦意を喪失しているのは分かっていた。レフリーのカウントが始まると、内田は自分のコーナーを見つめて首を振っていた。「もう終わりだ」その目はそう訴えていた。その直後にタオルが投げ込まれて試合は終了した。

直樹はこの試合で、また貴重な経験を積んだ。二ラウンドに内田の演技に自分は完全に惑わされていた。これから世界を目指すからには、どんな強敵と当たっても冷静でいなければならない。そのことを今日の試合で学ぶことが出来た。マック吉村は、直樹の才能にはまだまだ未開発の部分があり、指導の仕方で、歴史に残る世界チャンピオンに育つだろうと確信していた。二ラウンド終了後の中田の指示も的確だと思った。言葉は聞き取れなかったが、三ラウンドの直樹は完全に冷静さを取り戻していた。マック吉村の胸には、来年は楽しい年になりそうだと、すでに期待が膨らんでいた。直樹の腰に日本チャンピオンベルトが巻かれた。デビュー一年で、僅か七戦目の十八歳の少年が手にした勲章だった。だが、このベルトは山本ジムへの置き土産でしかなかった。高校に行かなかった直樹だが、いよいよボクシングの基礎から学んだ山本ジムを卒業しなければならない。生まれ育った前橋や美咲とも離れなければならない。直樹にはベルトもコミッショナーから渡された認定書も卒業証書のようだった。日本チャンピオンを獲ったら岡崎ジムに移籍するという約束が現実になったのだ。直樹は双手を挙げて喜べる心境ではなかった。その様子を会場の遠くから見つめていた美咲は直樹が寂しそうで、やはり喜べなかった。来るべき時が来た。直樹は世界チャンピオンを目指して生まれ育った前橋から離れて行く、もう頻繁には会えない。もう少しそばにいてほしい。せめて、後四カ月。そうであれば、自分も東京の大学に進学する。だが仕方ない。あたしは、しばし群馬から直樹を応援するだけだ。……

　同じ日に同じ会場で行われた、二つの世界タイトル戦は、タイトル奪取にも防衛にも失敗して、岡崎ジムとしては散々な結果に終わった。二つの試合がいずれもＫＯで早く終わったために、直樹の試合が、地上波でゴールデンタイムに放送された。皮肉なことに、二つの世界タイトルの失敗のお陰で、松田直樹は無名の新人選手から、天才ボクサーとして、日本中に知られるようになった。今度は地方紙ではなく、いくつもの全国紙の新聞社が直樹の取材に訪れた。そして一面ではなかったが、天才ボクサー登場と紙面を飾るようになった。たった、ひと試合で直樹は有名人になった。直樹の甘いマスクとスマートな戦い方や天才的なカウンターの名手であることなどが人気に拍車をかけた。山本ジムには、大勢のファンが押し寄せるようになったが、そこには直樹の姿はなかった。練習は午前中のロードワークと軽い練習で済ませて、すでに東京行きの準備に取り掛かっていたのでファンが来る頃にはジムに直樹はいなかった。……

　部屋には大した荷物もないのに、何を捨てたらいいのやら、直樹は思案していた。子供の頃から一人暮らしは長く、使い古したフライパンや鍋でさえ愛着があった。何度も出ようとしていた、この部屋の壁のシミさえ、いざ離れるとなると、思い出が沁み込んでいて、つい見入ってしまう。こんな時の直樹の動きは遅い。リングの上での瞬時の判断力からは考えられないほど決断が出来なかった。こんなときは話し相手がいれば気を紛らわせることが出来るかもしれないと直樹は考えた。すでに荷物の整理には集中力を欠いていた。その話し相手として浮かぶのは、やはり美咲だった。これまで頻繁に美咲と会ってきたが、この部屋に美咲を誘ったことはなかった。それは直樹の内気な性格も一因だが、直樹には美咲と深い関係になれば、ボクシングへの集中力が失せて、自分は弱くなってしまうという危機感をもっていたからに外ならない。美咲も直樹のボクシングに打ち込むひたむきさから、あえて自らも自制していた。直樹のボクサーという生き方の邪魔だけはするまいと、直樹との距離を取っていたのだった。だが、そのことが、二人とも辛くなってもいた。これからは頻繁には会えないと思うとなおさら、その思いは燃え上がるのだった。

部屋が冷え込んできた。十二月に入り、日が落ちると、めっきりと冷え込んできた。北関東の気候は夏の暑さも、冬の寒さも東京より厳しかった。直樹は、これまた使い古した石油ストーブに火を点けた。部屋が幾分暖まり始めた頃に部屋のチャイムが鳴った。「一体誰だろう」直樹は自分の部屋を訪れそうな人物を想像できなかった。ドアを開けると、そこには母親の真知子が立っていた。直樹の中では近いうちに母とは会わなければと考えてはいたのだが、自分から会いに行くのは抵抗があり、電話だけで、前橋を離れることを知らせようかなどと考えあぐねていたところに、真知子のほうから会いに来るとは、意表を突かれて思わず顔をこわばらせた。

「何しに来たの」直樹の口から、思わず出た言葉がそれだった。

「よかった、まだここにいたんだ」

真知子は新聞などで、直樹が東京のジムに移籍することを知ったようだった。

「おまえが前橋を離れる前に話がしたくてさ。……ちょっと部屋に入ってもいい」

「ああ、どうぞ」

もともと二人は仲のいい親子とは言えない関係だったので、直樹は実の母親にさえ他人行儀な話し方をしていた。まして、真知子が結婚してからは、一年に数度しか会うこともなくなっていたから、親子の情は益々薄くなっていた。一体、どんな話があるのかと心は重たかった。直樹には母親に会えたという喜びは微塵もなく、あまりやっかいなことに巻き込まれたくはないと身構えていた。生まれてから、初めて見る母親の思いつめた表情だったからだ。

「東京に行っても、住所と連絡先だけは教えてね」

真知子は普段、ほとんど会わなくなった息子が、いざ自分から離れると思うと、眠っていた母性が騒ぎ、直樹に会いに来たのだ。

「東京の住所なら今教えるよ。それから携帯の電話番号もメールアドレスも今まで通りだから電話してくれれば、いつでも話が出来るよ」

直樹はメモ用紙に東京の住所を書き、真知子に手渡した。

「東京に行ったら、もう帰ってこないのかい」

真知子には聞かずにはいられない質問だったが、聞かれた直樹には何と答えたらいいのか困る質問だった。だが、これまでの親子関係に直樹はけじめをつけたい、そんな思いが、ふと湧いてくるのだった。

「多分、……この部屋を出たら、俺には帰る場所がないから」

それは直樹が試合で打ち出す冷酷なパンチよりも強烈な一撃だった。真知子には返す言葉が無かった。結婚と同時に直樹をこの部屋に追いやったことは夫と自分も同罪だった。直樹は帰る家がないと言ったのではなく、帰る場所がないと言ったのだ。中学生だった直樹とひとつ屋根の下で一緒に暮らす、そんな生活をさせてあげなかった。血の繋がっていない夫に疎まれたとは言え、それまでも直樹をほったらかして自分は奔放に生きてきた。ある時期は直樹が邪魔だとさえ思っていた。そんな真知子でも、直樹が離れると思うと胸が痛むのだった。

「おまえには子供の頃から寂しい思いばかりさせたね。今さら謝っても遅いけど、すまないと思っているよ」

直樹はここにきて、今さら母親らしい顔をされても煩わしいだけだと思った。どうせなら今までどおりに、あまり自分には関わってほしくはなかった。色々な人達から離れて東京へ行くが、母親と離れることは、直樹にとっては、むしろ喜ばしいことだった。これで本当に親子の縁を切れると思っていたのだった。直樹には母親の真知子との思い出の中で、帰りたい時代など、どこにもなかったのだ。でも、そのお陰でボクシングに打ち込むことは出来たが、愛情に飢えていたのは少年時代だけではなく、今だって同じだった。それでも母親の真知子に今さら求める愛情などない。

「お母さん、おれのこと心配してくれてありがとう。でも、おれは、今さらお母さんにして欲しいことなんて何にもないよ。おれはボクサーなんだ。お母さん回遊魚って知っている」

「なんだい、それ」

「泳ぎ続けていなければ死んでしまう魚のことだよ。鮪が有名だけど、……ボクサーのおれも回遊魚なんだよ。前橋を離れるのが寂しいだとか、誰かと別れるのが悲しいだとか言っていられないんだよ。これまでだってお母さんとおれは離れ離れで生きてきたじゃないか。おれが東京に行っても、これまでと何も変わらないじゃないか」

　真知子の知っている直樹は、内気で物静かで、自分の感情や意見を言う子供ではなかった。だが目の前の直樹は、知らぬ間に自立した、青年に脱皮していた。実の子供の成長を、こんな形で目の当たりにするとは、真知子は母親らしいことは何一つしてこなかった自分には、直樹を引き止めるものは、何にもないことを突きつけられてしまった。

「そうだよね。あたしは、あんたに何にもしてあげなかった。ごめんね。……あたしのこと憎んでいるのかい。……憎まれても恨まれても仕方ないよね。……今まで母親らしいことは何にもしてこなかったもね。……憎まれて当然だよ」

　直樹は、こんな話をして、今更、なんになるのだと思った。そして、早く母親の真知子には部屋を出て行って欲しかった。これから東京に行くというのに、こんな湿っぽい話をしたくはなかった。

「お母さん。おれ東京のジムに移籍して、世界チャンピオンを目指すんだ。おれ、ここまで一人でやってきたから、これからも一人で頑張るから、お母さん、おれの邪魔だけはしないでくれ」

真知子は、奔放な生き方をしてきて、直樹に母親らしい愛情も注がず、自分は社長夫人に収まった。だが家庭を持っても、心の安寧は得られなかった。前妻の子供達とは、そりが合わずに確執が生まれて、夫の女関係にも悩まされていた。そして実の子供にさえ自分を否定されているのだ。

「ごめんね、もう邪魔なんかしないよ。ボクシング頑張って、……世界チャンピオンになってよ。……あたし、あんたに何にもしてやれなかったから、……せめてお金を渡したくて来たんだ。……お願い、受け取ってくれる」

真知子はハンドバッグから現金の入った封筒を取り出して直樹に渡した。

「二百万円あるから、何か困った時には使っておくれ」

直樹は、困惑を隠せなかった。

「このお金は、旦那さんからもらったの」

「違うよ。それは、……ずっと前からいつかおまえに渡そうと思って持っていた、あたしの貯金だよ」

「いつ、こんな貯金をしたの」

真知子の顔にも困惑の表情が浮かんだ。次の言葉が出てこずに黙り込んでしまった。直樹は、この金には、なにか訳があると思った。真知子は迷ったが、今話さなければ、もう言う機会を失うと思い、決心した。

「今まで話さなかったけど、そのお金は、おまえの父親からもらったお金の残りだよ」

「え」

「おまえを妊娠したことを、おまえの父親に報告にいったら、冷たく、おれの子供じゃないだろうって、つきかえされたんだけど、……女には分かるんだよ、誰の子供かはさ。それで、しつこくあんたの子供だって迫ったら、ある日、その男の秘書っていう男が五百万円持ってきて、『これで収めてください』って言って渡した金だよ、結局、認知してもらえなくて、それから三百万円は生活が苦しくて使ってしまったけど、二百万円だけは、いつかおまえに渡そうと思って残していたんだよ」

　直樹は初めて自分の父親について真知子から聞かされて冷静ではいられなかった。これまで直樹も父親のことは聞かなかったし、真知子も、何も語らなかった。それは、親子の間の暗黙の了解事項だったからだ。その閉ざされていた扉を直樹に真知子は開いたのだ。

恐る恐る直樹は聞いた。

「おれの父親ってどんな人なんだい」

　真知子は、この段階になっても言うべきか、どうか逡巡した。そしてため息をつくと、決心して話しだした。

「おまえの父親は、大物の政治家だよ。……今は文部科学大臣になっているから、おまえもテレビなどで見たことがあると思うよ」

　それは、地元群馬選出の衆議院議員の金川守のことだった。直樹は、その文部科学大臣の顔と名前が浮かばなかった。

五　絆

　夜の八時を少し回った頃に、美咲の携帯が鳴った。直樹からだった。美咲は胸騒ぎを感じた。明日は直樹が東京に旅立つ日だったからだ。携帯からは直樹の少し沈んだ声が聞こえてきた。

「ごめん、今から会いたいんだけど、……少しでいいから、話がしたいんだ。……だめかな」

　美咲はいつもとは違う直樹の様子を察して、不安を感じた。少し間をおいてから、落ち着いた声で、直樹に答えた。

「あたしの家のそばのカトレアっていう喫茶店で会おうか」

「わかった、すぐに行く」

　二人は喫茶店で向かい合って座ったが、何とも重い空気が二人の口を閉ざしていた。沈黙の重さに耐えかねて美咲が口を開いた。

「何かあったの。そんな思いつめた顔して」

「ごめん、急に呼び出したりして。……おれ今まで一人で生きてきたと思っていたけど、……実際、どんなに辛くても、悲しくても、寂しくても、ずっと一人だった。……それでいいと思っていたさ。……誰もいなかったし。……でも今日は一人がたまらなく寂しいんだ」

美咲は、普段決して大言壮語を口にしない直樹だが、控えめな言葉のはしはしに自信と強さを発散している、いつもの直樹とは明らかに様子が違う、初めて美咲の前で、直樹は「寂しい」と口にしたのだ。直樹は心の奥底にしまい込んでいた弱さを抱えきれずに苦しんでいるのが美咲にもわかった。

「直樹が弱音を吐くなんて、初めてだね。……でも、なんか、あたしほっとした。今まで直樹がスーパーマンみたいで、どこか別世界の住人みたいだったけど、今日の直樹は、あたしと同じなんだって、ずっと近くに感じるよ」

直樹は美咲の言葉が心の奥に浸透していくのを感じた。これまでの人生で孤独はいつも、ついて離れなかった。直樹自身、そのことを特別なことだとは考えていなかった。しかし今夜は一人の夜がたまらなく寒く暗かった。それは母親の真知子が初めて直樹に示した不器用な愛情が、直樹の心に沁み込み、縁を切ろうとさえ考えていた真知子に、生まれて初めて母親を感じたからだろう。

「実は、さっき母親が来たんだ。……あの縁を切りたかった母親が突然来て、俺に金を渡して、……それから、……おれの父親のことも教えてくれたんだ」

美咲は父親と聞いて、直樹が冷静ではいられない理由を察したが、その父親が誰なのか、……自分がそれを知ってもいいものなのか、思わず身構えてしまった。

「ねえ、その話、あたしが聞いてもいいの」

直樹も話していいものなのか決心が出来てはいなかったが、心の中の嵐を自分では、どうにも御せなかった。

「おれは明日から、東京に行くけど、正直、故郷の前橋には特別な思いなんてないんだ。あまり楽しい思い出もないし、それより捨てていきたいものばかりあるんだ。……そのなかでも母親とは、きっぱり縁を切りたいと思っていたのに、……なんで今更、母親らしいことをしたいだってさ。……」

美咲も母親の愛情に飢えていた直樹を知っている、それだからこそ母親を冷たく突き放せなかった直樹の苦悩が手に取るようにわかった。

「直樹が前橋には捨てていきたいものばかりだって言う気持ち、あたしにも理解できるよ、……でも、直樹のお母さんが別れ間際に母親らしいことをしたいって気持ちも、なんとなくわかる気がするの。……きっとお母さんも直樹も不器用なんだよね。……直樹もお母さんに愛してほしくても、振り向いてくれなかった。……お母さんに何も言えなかったんでしょ。……愛してもらえない寂しさからお母さんを憎んでいたんだと思うよ。お母さんも生きていくのが精一杯で、直樹に愛情を注げなかったんじゃないかな」

直樹と美咲の関係は世間一般の恋人同士とは微妙に違っていて、二人の間にはいつも姉と弟のような空気が漂っていた。今日の美咲は姉というより、母親のような大きな母性を感じさせていた。

「母親の愛情っていうのは、寂しいときには手を差し伸べてくれずに、旅立とうとしているときには邪魔をするものなのかな。……とにかく、おれはこれまで、ずっと一人ぼっちだったのに、今さら、足を引っ張ったり、前を塞いだりしないでほしかったよ」

直樹は身軽になって故郷を捨てようと考えていたのに、重荷を背負っての旅立ちになってしまった。それは切ることの出来ない絆なのかもしれない。美咲はこれ以上何と言ったらいいのか言葉を探しながら、直樹に差し伸べるように言葉を贈った。

「直樹、東京に行っても大変だと思うけど。……直樹はいつも言っているよね。もう後戻りできないって。……あたしは、後少し東京行きを待ってほしかったけど、……そうすれば、あたしも東京に行くし、……でもいつも言っているよね、走り続けるしかないんだって」

美咲の言葉は鎮静剤のように直樹の心を静めた。

「やっぱり会ってよかった。……そうだった。……おれは走り続けるしかないんだよな。……美咲、おれ、捨てていきたいものばかりだけど、だけど、美咲と離れるのだけは辛いんだ。……でも、やっぱりボクサーで生きていく以上行かなければ。……おれ、子供の頃からよく見る夢があるんだ」

「それって旅立ちの夢、……それとも怖い夢」

　直樹の顔の表情がゆるんだ。今日、初めて美咲の前で笑みを浮かべた。

「旅立ちの夢のようでもあるし、怖い夢のようでもあるな。……霧の中に架かるつり橋を渡っている夢なんだ」

「やっぱり怖そうじゃない」

「確かに。それでおれは、そのつり橋を一人で渡っているんだ。渡りながら、いつも、この橋を渡れば素晴らしい世界にいける。そう思えて仕方がないんだ」

「その橋を渡るとどうなるの」

「それが渡れないんだ」

「え、どうして」

「その橋は途中で霧が濃くなって前が全く見えなくなってしまうんだ。……それでも、おれは、この霧の向こうにはきっと素晴らしい世界があると思って進もうと思っても、そこで足が動かなくなってしまうんだ」

　美咲は直樹の眼を見つめながら、今まで自分には見せなかった直樹の深層心理に触れようとしているのを感じていた。

「何故、動かなくなってしまうの」

「霧の中に一歩踏み込もうとするときに、同時に二つの声が聞こえてくるんだ。……さあ行け、という声と、おれを呼び止める声が聞こえるんだ。『行くな』ってね」

「その夢って、なんだか今の直樹の心理そのものだね」

「確かに、そうかもしれない。……でもなんとなく違うようにも思えるんだ。……うまく言えないけど、夢の中の橋を渡ると、そこは地獄なのかもしれない。……橋を渡ることが旅立ちというより、現実からの逃避のような気もするんだ」

美咲は直樹の長い時間耐えてきた孤独を思った。あのリングの上の天才ボクサーの姿からは程遠く、寒さに身体を震わす子犬のように美咲には見えた。

「直樹の夢の中まではあたしにはわからないけど、……今度、その夢を見ることがあったら、その橋を躊躇しないで渡ってみたら、大丈夫だよ、だって夢じゃない」

その通りだった。直樹はなにもかも一人で抱えて生きてきた癖なんだと思った。そうだ夢なんだと気づかされた。他人に弱みを見せまいと頑なになり、視野狭窄を起こしていたことを美咲は教えてくれた。

「そうだな、今度、その夢を見たら渡ってみるよ。……ちょっと楽しみになったな。橋の向こうには何があるかってね」

美咲の顔も笑っていたが、すぐに硬い表情に変わり、悲しそうな顔になった。目前に迫っている直樹との別れが美咲の胸を締め付けたのだ。直樹はどんな対応をしていいのか、こんなときの不器用さが、自分でも、もどかしかった。

「そんなに悲しい顔するなよ。これで永遠の別れじゃないし、美咲に悲しい顔されると、おれも辛い」

　美咲は直樹の前では、決して悲しい顔はするまいと決めていたのだが、込み上げてくる思いをどうにも抑えられなかった。

「ごめん、直樹を笑って送ろうと思っていたのに」

　こらえきれずに美咲の眼からは涙があふれていた。

「おれのこと冷たい奴だって恨まないでほしい。……おれも美咲と離れるのは、辛いけど、……さっき美咲が言ったけど、やっぱり走り続けて行かなければ、おれの生きる道がないんだ」

「直樹ごめん。あたしも、辛いけど直樹はもっと厳しい世界で生きていくんだよね。直樹のこと好きになってから、あたし何もしてあげられなかった」

「何言っているんだ。今日だっておれを慰めてくれたじゃないか。……どんなに、おれ、救われたか。美咲がいなかったら、今日のおれは心が折れていたと思う。……今までみたいには会えないけど、せいぜい九十キロぐらいしか離れていないじゃないか。少し待てば、美咲も東京に来るし、それまで少しの辛抱だよ。おれ美咲を待っている」

「ありがとう。明日、直樹を見送ろうと思っていたけど、やめておく、あたしまた泣きそうだから、ここでサヨナラしよう。だからボクシング頑張ってね」

　直樹も込み上げてくる思いで涙があふれそうだった。美咲との別れは、直樹にとってボクサーとしても、人間としても、通らなければならない、大きな試練なのかも知れなかった。

年季の入った二トントラックには、少しばかりの直樹の荷物が載せられ、運転席には中田が座り、助手席には直樹が座っていた。山本会長をはじめ、以前直樹が勤めていた木工所の社長や同僚達が、直樹たちを見送りに来ていた。その中に美咲の姿はなかった。

「おい、早く世界チャンピオンになって前橋に戻ってこいよ」

「東京に行っても遊びを覚えずに、ボクシング頑張るんだぞ」

など、それぞれに励ましの言葉で、二人を見送ってくれた。

「どうもありがとうございます。東京に行っても頑張ります。本当にお世話になりました」

見なれた景色が動き出した。直樹は美咲に、前橋には捨てていきたい物ばかりあると言った。嘘ではない。しかし、流れていく景色に、心は騒いだ。美咲に語った橋を渡ると、そこに待っているのは天国なんだろうか。それとも地獄なのか。今、おれは霧の中に一歩踏み出したのだろうか。直樹の胸中はボクサーとしての展望よりも、いつも何かに自分の人生は引っ張られてきた、その思いがあった。これで、本当の自立といえるのだろうか、そんな疑問が、心の大部分を占領していた。ジムの移籍にしても、自分の意志で決めたことではないし、母親の真知子から告げられた父親のことなど、直樹は翻弄されることばかりで、自分で運命を切り開いてきたとは、とても思えなかった。きっとおれは、まだ、自分の意思で、あの霧のかかった橋を渡ってはいない。そう思えた。だが、直樹には、どうしたら自分で運命を切り開くことが出来るのか、その道筋さえ見えなかった。

……

中田は、前橋に家族を残して、期限付きで岡崎ジムに直樹の専属トレーナーとして働くことになった。中田は、子供の頃から、ボクシングを教えてきた直樹と一緒に世界チャンピオンを目指したい。その思いが断ち切れずに、山本会長や家族にはすまないと思いつつ、直樹と一緒に岡崎ジムの移籍を決心したのだった。そして中田には、直樹を世界チャンピオンに育てることが最大の目標だったが、もう一つ、世界チャンピオンを何人も育てた、マック吉村から指導方法を学びたいという思いも強かった。

マック吉村は、本名を吉村誠と言い、純粋な日本人だ。彼は、高校、大学とアマチュアボクシングで活躍していた。大学三年のときにオリンピックの代表を目指したが、夢叶わず、プロに転向した。プロでも、十二連勝して、東洋太平洋のタイトル戦に臨んだが、十ラウンドに逆転KO負けを喫してしまう。それまで判定では、圧倒的にリードしていたが、悲しいかな、マックにはパンチ力が不足していた。それまでの勝ち全てが、判定勝ちで、テクニックは世界チャンピオンクラスだったが、パンチ力不足は、プロとしては致命的だった。選手としての限界を悟ったマックは、単身アメリカに渡った。そこで世界的なトレーナーのブライアン・ガットの助手として、指導を学んだのだ。アメリカでの呼び名がマックだったので、日本に戻ってからも、マック吉村と呼ばれているのだった。マックがアメリカに渡った頃には、ガットはすでに六十代後半の老トレーナーだった。ガット自身がミットを持って選手のパンチを受けて指導することはなくなっていたが、助手のニック・ルーニーがガットの指示を正確に選手に伝えていた。渡米後五年でガットは他界して、その後、マックはフリーのトレーナーとして全米を駆け回る活躍をした。師匠のガットが主にヘビー級の世界チャンピオンを量産したのとは対照的に、軽中量級の世界チャンピオンを何人も育てて、ボクシング界では世界的な名トレーナーとして知られるようになった。その名声に目を留めたのが岡崎ジムの会長、岡崎要だった。岡崎は父親からジムの経営を受け継いだが、なかなか世界チャンピオンを輩出することが出来ずに苦慮していた。父親の代には沢山の世界チャンピオンを輩出している名門ジムとしては、頭が痛かった。そこで、岡崎はマックに専属トレーナーとして、うちで世界チャンピオンを育ててほしいと口説いたのだった。マックもトレーナーとしては順風満帆だったが、アメリカ社会に横たわる人種差別に嫌気を差していたことや、日本人の世界チャンピオンを育ててみたいという願望もあり、日本の岡崎ジムに拠点を移したのだ。帰国して十年で岡崎ジムは六人の世界チャンピオンを輩出していた。……

中田はアメリカでも日本でも多くの世界チャンピオンを育てたマック吉村の指導方法を、自分も山本ジムに持ち帰るつもりだった。

岡崎ジムは北区の赤羽にあった。四階建てのビルの一階、二階がボクシングジム兼事務所で、三階と四階はフィットネスクラブになっていた。会長の岡崎は父親から引き継いだボクシングジムと一緒にフィットネスクラブを併設して多角的な経営をしていた。経営者としての手腕は父親以上だったろうが、肝心のボクシングジムから世界チャンピオンを輩出できなかったことだけが、玉に瑕だったが、それもマック吉村をアメリカから招聘してから六人の世界チャンピオンを出して、名実ともに日本で最大級のジムへと変貌をとげた。会長の岡崎要は、自らはボクシングの経験はなかった。ただ、子供の頃から沢山のボクサーを間近で見ていたが、自分もボクサーや指導者になろうとは考えていなかった。大学を出て、大手飲料水メーカーに就職していて、ボクシングとは、かけ離れた仕事と生活だったが、二十八歳のときに、父親が突然心筋梗塞で亡くなり、やむなく岡崎は会社を辞めてジムの経営を継いだのだった。フィットネスクラブは埼玉の大宮や千葉の千葉市にもあり、岡崎ジムは資金も潤沢だった。プロモーターとしても一流で、ラスベガスで行われるような外国人ボクサー同士のドリームマッチの興行を東京ドームでおこない、全てを成功させていた。岡崎要とマック吉村のコンビは、まさしくボクシング界最強だった。岡崎は選手達の練習は毎日欠かさずに見ているが、指導に対しては、全てマックに任せていた。マックが目を付けた選手はアマチュアでもプロでも、金に糸目をつけずに引き抜いてきた。その強引な手法は、ボクシング界からは不評を買ったが、岡崎には、なにを言われようと、どこ吹く風で、むしろ、自分がボクシング界を引っ張っていかなければ、日本のプロボクシングは衰退する一方だという危機感があった。それは事実で、世界チャンピオンになれれば、日本のヒーローになれた時代はとっくに終わっていて、物に恵まれて、飢えた若者などいない現代では、昔ながらの汗と涙と根性の指導では、容易には選手が育つ時代ではなかったのだ。……

直樹の岡崎ジムでの練習は、これまでの山本ジムでの練習とほとんど変わらなかった。これは直樹にとっても中田にとっても、意外だった。きっと特別な練習メニューがあるものと思っていたので、中田は、何が世界チャンピオンを育成しているのかと、不思議でさえあった。マック吉村は直樹を直接指導しなかった。これも直樹や中田には意外だった。若手トレーナーの中村修が、直樹のバンデージを入念に巻くことが、唯一、山本ジムと違うことだった。中村いわく、ボクサーにとって拳は命だ。だから、決して痛めてはいけない。それまでバンデージは練習が始まる前に、直樹が自分で巻いていたが、ここでは、必ず中村が巻いた。それから昼と夜の食事は岡崎ジムの中にある食堂で摂った。岡崎ジムには専属の管理栄養士がいて、綿密なカロリー計算による食事が出された。これも山本ジムと決定的に違うことだった。それまでの体重管理も、直樹が毎日体重計に載り、自分で管理していたが、ここでは選手達の健康管理をジムですべて行っていた。無理な減量やオーバーワークを厳しくチェックして、選手を壊さないように細心の注意が払われていた。これらは、全てマック吉村の指導で、行われていた。マックがブライアン・ガットから最初に学んだこと、それが選手の健康管理だったのだ。その他にも、メンタルケアや、細かな技術指導など多くの物をガットから持ち帰ったが、直樹には、まだ、何にも教えてはいなかった。今は、環境の変化に慣れるまでは、直樹をいじるまいと決めていたのだった。正式に、試合が決まれば、そのときには細やかな指導をするつもりだった。……

　直樹は岡崎ジムでの練習中に多くの選手やトレーナーの視線を感じるようになった。実際、マックは絶えず直樹を付かず離れず観察していたし、他のトレーナーや選手達も、直樹の動きを凝視していた。今日も直樹の練習中に会長の岡崎が来て、マックと何やら話していた。話の内容はこうだった。

「どうだい松田は」

「会長、そろそろ外国人の選手とやらせようと思っています。今まで戦ってきたレベルの選手では、松田は、何も収穫はないと思います。少し冒険をしても、強い選手とやらせるべきです」

　岡崎は、マックが直樹の才能を高く評価していることが、今更ながらひしひしと伝わってきた。リスクを極力避ける、それまでのマックの指導からは、明らかに違う。

「めずらしく、大胆なこと言うね。咬ませ犬とやらせて、無駄なキャリアを積ませるよりは賢明かもしれないけど、冒険をしろなんて、マックの口から出るとは思わなかったよ」

「松田はスポンジが水を吸うように、ひと試合ごとに強くなってきた選手です、それと、これまで彼は長い試合を経験していません。世界を狙うのであれば、どこかで厳しい試練をくぐりぬけていたほうがいいと思います」

　岡崎は、マックの頭の中には松田直樹の世界チャンピオンになるためのシナリオが、すでに出来上がっているのだとわかった。

「マックがそこまで言うのなら、早速、対戦相手を探してみるよ。まだ、うちに来たばかりだから、試合は来年の三月ごろでいいかな」

「会長、そうしましょう。私は松田に、まだ、何一つ教えてはいません。徐々に指導するつもりです」

直樹は、世界を目指すために、愛してやまない田舎の山本ジムから、岡崎ジムに移籍したが、慣れないせいもあって、岡崎ジムの居心地は決して良くなかった。会長の岡崎やマック達トレーナーは、直樹や中田を好意的に迎えてくれたが、選手達は特別扱いされている直樹に嫉妬の視線を向けているのが感じられた。中田も気づいていたが直樹には無視して練習に専念しろと指導していた。中田がパンチングミットを持って指導していると、ライト級の加藤剛志選手が、露骨に挑戦してきた。

「松田君、おれ、来年の二月に日本タイトルに挑戦するんだけど、おれとスパーリングしてくれないかな」

口調は穏やかだったが、腹の中は同じジムの選手やトレーナー達の前で、天狗の鼻をへし折ってやる、そんな魂胆が見え見えだった。中田は直樹を守ろうと冷静に対応した。

「加藤君、岡崎ジムでもスパーリングは選手同士で勝手に決めることは出来ないはずだろう」

確かに選手同士で勝手にスパーリングなど出来るはずはなかった。だが、加藤は執拗に食い下がってきた。後ろで事の成り行きを見ていた岡崎会長とマック吉村に強引にスパーリングを懇願した。

「会長、マックさん、いいでしょう。松田君とやらせてくださいよ」

　岡崎がなだめるように言った。

「加藤、無茶言うな。おまえは二階級も上のライト級なんだぞ」

　マック吉村が、続けて加藤に聞いた。

「なんで松田とスパーリングがしたいんだ」

「松田君は、たった七戦で日本チャンピオンになったし、そのタイトルもすぐ返上して、世界を目指すって聞いて、おれは天才ボクサーのボクシングをこの身体で体験してみたいんですよ」

　加藤の魂胆はマックにも見えていたが、同時にマックにも直樹の実力を見せるいい機会ではないかという思惑が浮かんだ。

「中田さん。唐突で、申し訳ないが、加藤とスパーリングやらせてもらえませんか」

「え」中田もマックは何を企んでいるのかと訝った。そして怪訝な顔で直樹に尋ねた。

「おまえ、どうする」

「いいですよ。やりましょう」

　直樹の顔は、何の気負いもなく、まるで能面のように、無表情だった。中田にはマック以上に直樹の内面が理解できなかった。すでに、直樹は中田の手の平からこぼれているのだった。スパーリングは八オンスのグローブとヘッドギアを着用して三ラウンドで行うことになった。中村修がレフリー役を務めた。加藤は十六戦していて、戦績は十五勝、一分けの負けなしで、十KO勝ちを収めていた。直樹とは二階級も上で、中田には無理なスパーリングにしか思えなかった。この日の体重は直樹は六十キロだったが、加藤は六十八キロもあった。このハンデがありながら、何故、マックはスパーリングを認めたのだろう。中田は不安で一杯だった。一ラウンド、いつもは、相手の様子を見る直樹だったが、いきなり、鋭いジャブを放った。加藤は鼻柱に、つんと、痛みを感じた。執拗に何発も連打してきた。加藤には、経験したことのないスピードだった。直樹のうるさいジャブをかわすことが出来なかった。内心「なんて速いパンチなんだ」と動揺していた。防戦一方では、みっともないと思ったのか、ガードを固めて強引に前に出てきた。体力と体重差で直樹をロープに押し込み、連打するつもりだった。ここで、直樹は加藤にも中田にも意外な戦法をとった。

体さばきも使わず、下がりもしないで、ガードを固めて直樹も前に出て、加藤と頭を付けたままの打ち合いに出たのだった。これには加藤も意表を突かれた。直樹がスピードで翻弄してくると予想していたので、この展開で何をしたらいいのかパンチが出ず、思わず直樹をロープに押し込もうと力を込めたが、何と身体の軽い直樹は押し返してきた。全てが裏をかかれて、反射的に力が入った。だが息をいつまでも止めてはいられないので、思わず息をついた。その瞬間だった。加藤の右脇腹に強烈なボディーブローが炸裂した。

「う」

加藤は半分マウスピースを吐き出しそうになった。だがマウスピースを口に収める猶予も与えてもらえなかった。ダブルの左アッパーが加藤の顎を突き上げた。マウスピースは空中に舞った。前に崩れていく身体を直樹の身体に預けようとしたが、直樹は冷たく体をかわした。加藤は両膝両腕を突いてダウンした。中村がカウントを始めた。加藤は屈辱感で一杯になった、必死の形相で立ち上がってきた。ダメージが残っているは明らかだったが、中村はスパーリングを続行させた。

「ＢＯＸ」

この後の直樹は本気のパンチを一発も打たなかった。いわゆるマス・ボクシングをしたのだ。軽く、相手に触れるだけのパンチを当てて、最大の武器の右は使わず三ラウンドを流した。加藤は何としても一発当てようと必死に直樹を追ったが、アウトボクシングに徹した直樹のスピードと、一ラウンドに負ったダメージのために、ついに直樹を捕まえられなかった。直樹がとどめを刺さなかったのは、相手を思いやってのことではない、むしろ加藤に恥をかかせて、自分に対しての雑音を消したのだ。直樹には加藤が、どんな戦い方で挑んでくるのが、手に取るようにわかっていた。相手に身体を預けて、加藤が息を吐くのを待っていたのだ、そして、その瞬間を狙い撃ちしたのだ。このスパーリング以降、ジム内での直樹を見る目は明らかに違ったのだった。この結果を予想できたのは、直樹本人と、マック吉村だけだったろう。会長の岡崎がマックに確かめた。

「マック、松田が、加藤を子供扱いすると思っていたのかい」

「会長、私も、あそこまで鮮やかに決めるとは思いませんでした。でも彼なら、やるだろうと思っていました。いいじゃないですか。これで選手たちも、陰で松田のことを、とやかく言わなくなるでしょ」

「それが狙いだったのか。しかし松田はかなりの体重差をものともしなかったな。やはり、そこが天才ボクサーなのか」

「会長、松田は確かに天才です。加藤とのスパーリングは心理戦の勝利です。加藤は、いきなり心にカウンターをもらって、完全に乱されてしまったのです。冷静に対応すれば、身体をつけあって打ち合えば、明らかに松田は不利です、だから、決して、そんな戦法はとってこないと高をくくっていたところに、身体を寄せてきたので、加藤は面くらってしまったんです。一方の松田は、加藤があわてて、息を吐くタイミングを計っていたのです。ただ、くっついていたのではありません。そして、たった二発のパンチで、加藤を葬ってしまいました。相手をよく観察して、相手の心理を読む、このクレバーなところが、彼の最大の武器でしょう」

「マックがほれ込んだ理由がよくわかったよ。しかし、これで加藤は自信喪失だろうな。日本タイトルは大丈夫か」

「今日の出来事は、加藤の自業自得でしょう。とにかく加藤は心を入れ替えて、死に物狂いで練習するだけでしょう」

その言葉を聞いた岡崎は、マックは直樹のために加藤を切り捨てたと感じていた。マックの先生のブライアン・ガットは選手に対して、細やかな指導と父親のような愛情を注いだが、マックは、どちらかというと、選手とは距離を置いて指導していた。加藤は戦績からいっても岡崎ジムの期待の選手に違いないのに、冷たく切り捨ててしまった。マックは、加藤は日本チャンピオンは取れても、世界チャンピオンにはなれない器だと見ていた。これまでの試合は、加藤のスタミナとタフさとパンチ力で勝ってきた。だが、その戦い方では、世界に通用しないと、何度もトレーナーとして忠告してきたが、加藤は聞く耳をもたなかった。直樹とのスパーリングで、加藤は才能の違いを痛感しているだろう。直樹はボクサーとしては恵まれた環境を得たが、孤独感は深まるばかりだった。とにかく猛練習で身体をいじめれば、夜もすぐに眠れる、そんな思いで自分を追い込み、周りの冷たい視線や孤独に耐えていた。美咲には、自分から電話もメールもしなかった。彼女の声を聞けば、会いたい思いを抑える自信がなかったのだ。退路を断たなくては、前には進めない。直樹は厳しい練習に打ち込み、初めて東京で年を越した。世間が正月気分で浮かれていても、直樹にはお盆も正月もなかった。岡崎ジムに移籍して良かったことは、スパーリングの相手に不自由しないことだった。山本ジムではスパーリングが出来ずに、東京の名門ジムをスパーリング行脚していたから、まさに雲泥の差と言えるだろう。直樹も周りの日本のランカーと世界ランカーや、世界チャンピオン達と一緒に練習が出来る。いい意味で刺激しあい、お互いを切磋琢磨して、それぞれが上を目指す。直樹はボクシングを捨てようとは考えたことはないが、ボクシングから、少し離れたいとは思う。そんなとき、決まって『おれはボクシングをしていなければ、どうなっていたろう』と思ってしまう。ボクシングとの絆が直樹には、とても細い頼りないものに思えるのだが、その細い糸にしがみついているしか、今の直樹には道がなかった。……夜が明けていない、暗い東京の街を黙々とロードワークをしながら、直樹は今年はどんな年になるのやらと考えていた、期待も大きいが、何か得体の知れない怪物に飲み込まれてしまいそうな不安も同時に抱えていた。直樹には、この後、訪れる過酷な運命を知る由もなかった。

六　逆風

三月に直樹の試合が決まった。その相手というのが特別な選手で、タイのポンチャイ・ムンサックという選手だった。直樹は名前を聞いて、どこかで聞いたような、そんな気がした。そして、岡崎会長の説明を聞いて、納得した。ポンチャイは、三年前に判定で世界チャンピオンを獲っていた。しかし、その試合で、拳を骨折したため、防衛戦が出来ずに、暫定チャンピオンが新たに生まれて、改めて、統一戦を戦うはずだったが、その間に、今度は交通事故にあって大怪我を負ってしまい、結局はチャンピオンを剥奪されてしまい、世界ランクから外されていた。その選手が、三年のブランクを経て怪我からの復帰第一戦の相手に松田直樹戦を承諾したのだった。もちろん、ポンチャイは直樹のことを何一つ知らなかったが、岡崎は高額なファイトマネーで口説き落としてきたのだった。ポンチャイはライト級の選手で、元世界チャンピオンだ、彼には日本の無名の選手は、本格的な復帰の、ちょうどいい準備運動ぐらいに考えていたのだろう。対戦相手を知らされた中田は、よりによって、元世界チャンピオンといきなり、やらせるとは、いくらなんでも無理があると、会長の岡崎に食い下がった。すると岡崎は、

「いやーおれも、ちょっと、どうかとは思って、マックと相談したら、マックが是非やりましょうって言うんだ。マックには何か、勝算があるみたいなんだよ」

　中田は今度はマックに再度尋ねた。

「マックさん。いくらなんでも、危険すぎませんか」

　マックは、その質問を予期していたようで、冷ややかな表情で中田に返した。

「中田さん、危険だから、いいんですよ。直樹は、これまで、そこそこ強い選手と戦ってきていますが、所詮、日本のランカーとチャンピオンです。七戦、全てＫＯ勝ちで、それも全部五ラウンド以内で、相手を眠らせています。もはや、咬ませ犬といわれるような選手たちと試合をやらせても、成長は期待できません。もう一皮剥けた強さを身につけるためにも、タフな試合を経験させるべきです」

「マックさんの言うことも、一理あると思います。でも、直樹はまだ十八歳ですよ。そんなに急いで強くならなくても、まだ時間があるじゃないですか」

「中田さん、確かにその通りです。直樹には、まだ十分な時間があります。普通の選手な

ら、私も、ポンチャイとの試合を組まなかったでしょう。でも、彼の才能は、並じゃありません。稀有な才能を持っていると思います。だから、ここは虎穴に入らずんば、虎子を得ず、ですよ」

中田も直樹の才能は飛びぬけていると信じているが、それにしても、いきなり、高いハードルを設定するものだと不安を隠せなかった。しかし、自分の立場では、これ以上の意見は言えないと、言葉を飲み込んだ。直樹は、ポンチャイ・ムンサックが、一体どれほど強く恐ろしい選手なのか見当がつかず、マックと中田のやり取りを、ぼんやり見つめていた。……

嵐は、突然、思わぬ形でやってくるものらしい。どこから漏れた情報なのか、女性週刊誌に、金川守文科大臣に、天才ボクサーの隠し子が発覚。と大見出しで書かれてしまった。このことで、直樹の環境は一変してしまった。連日、週刊誌の記者や、テレビリポーター達が、岡崎ジムに押し寄せてきた。ジムの広報担当も、世界タイトルでの記者会見の設定などは経験があったが、こんなことは初めてのことで、対応に四苦八苦していた。直樹は朝のロードワークから、マイクやカメラを向けられて、練習に集中できなくなってしまった。これには、岡崎会長も、マックも頭を抱えていた。こんな想定外の事態が起こったため、直樹の練習メニューはぐちゃぐちゃになってしまった。

「松田選手、週刊誌に書かれたことは、本当ですか」

「本当に、あなたは金川大臣の息子さんなんですか」

そんな、慇懃無礼な質問が矢継ぎ早に浴びせられて、カメラとマイクが不気味な生き物のように、直樹に迫ってくるのだった。

「ぼくは、父親が誰なのか、まったく知りません」

そう答えることしか直樹には出来なかった。一方の金川大臣も、連日のマスコミ報道と取材攻勢に、嫌気がさして、突然姿を消してしまった。テレビなどのワイドショーなどでは、金川大臣が、どこに雲隠れしているのかとリポーター達が追いかけ回して、様々な憶測が流れていた。直樹は、練習が終わった後の、僅かな、自分の時間さえ奪われてしまった。一歩でも外に出ようものなら、たちまちカメラのフラッシュを浴びせられてしまう。ボクサーとして、世界に昇る以前に、こんなことで、松田直樹の名前は全国区になってしまった。ボクサーは、リングの上での戦いを見せるのが仕事だが、こんな形の見世物はごめんだ。リングを降りた直樹には、マスコミ達に抗う術を持っていなかった。……

夜、直樹の携帯が鳴った。母親の真知子からだった。

「直樹、ごめんね。おまえに、また迷惑かけちまって」

「どうして、おれの父親のことが、週刊誌に漏れたのさ」

「あたしも、びっくりしたけど、母さんは、決して漏らしてなんかいないよ。……どうやら、昔、同じ店で働いていた、ホステスが、金欲しさで、週刊誌に売ったみたいなんだよ。仲が良かったから信用していたのに、連絡が取れなくなっているんだよ」

直樹は父親がいない私生児だったことや、母親がホステスだったことなどで、ずいぶん嫌な思いをしてきたが、いつまで、こんなことでいじめられなければならないのかと、暗澹とした思いで一杯になった。

「お母さんのところにも、リポーターが来ていて大変だな」

直樹はテレビ報道で、母親の真知子のところにも、リポーター達が押し寄せていることを知っていた。家のインターホンを押しても、家からは何の反応もないと、リポーター達の映像を見ていた。夫が不動産会社の社長だったので、真知子の家族は、高崎の空きマンションに、隠れたのだった。

「お母さん、おれ、父親のことは何にも知らないことにするから、それでいいよね。勿論、名前も知らなかったことにするから。……騒ぎが収まるまで、じっとしているよ」

「わかった。あたしも、もしリポーター達に見つかっても何にも言わないから、頑張ってね」

電話を終えた後も、直樹は、自分には、隠れる場所も逃げ場所もない。一体、いつまで、追いかけ回されるのかと、うんざりした気分だった。再び携帯が鳴った。今度は美咲からだった。

「直樹、なんか、大変だね」

「こんなことで、いじめられるのが、おれの宿命なのかな」

「誰が、直樹のお父さんだって、直樹にはなんの責任もないのにね。……あたしもテレビを見ていて、腹が立ってしかたなくて、でも大丈夫、辛いと思うけど、頑張ってね」

　直樹は、捨て鉢になりそうだった思いが、美咲の言葉で救われた気がした。自分にまとわりついている、この手かせ足かせを捨てられたら、一体どんなに自由になれるだろうと思う。しかし、この病巣のような黒い物体は、どこまでも、直樹にまとわりついて離れてはくれそうもなかった。

「美咲、おれ、なにもかも嫌になって、どこかに逃げ出したかった。でも、これからは、リングに上がる前に、世間という怪物と戦わなくちゃいけないみたいだな」

「直樹、世間は人の不幸を面白可笑しく語るけど、あたしは直樹が、そんなにやわじゃないと信じているよ。逃げたって、きっとどこまでもあのリポーター達は追いかけてくると思う。だから今は嵐が過ぎるまでじっと耐えて、必ず嵐は過ぎていくはずだから」

「美咲、ありがとう。……なんか頑張れる気がしてきたよ。……でも声を聞いたら、会いたくなった。……いや、ずっと会いたかった。……でも今は仕方ないか。試合も近いし、……春には会えるかな」

　会いたいのは、美咲も同じだったが、今は、ただじっと春を待つしかないと自分に言い聞かせていた。

「直樹、試合、あたしも必ず観に行くから頑張って。そして必ず勝ってほしい。そうしたら、堂々と東京でデートしようよ」

　直樹の心に余裕が生まれた。美咲は、まさに救世主だった。

「そうだな、なにがあっても必ず勝つよ。そうしたらデートしよう」

電話を切った後、直樹にぼんやり思い浮かんだのは、クリスチャンの家庭に育った美咲からもらった聖書の旧約の物語だった。出エジプト記の神の裁きが過ぎるまで、じっと耐えていたユダヤの民のことや、創世記の中で、神の裁きがソドムとゴモラに下ったときに、決して振り向いてはいけないと神の使徒に忠告されていたのに振り向いてしまい、塩の石になってしまったロトの妻のことなどが浮かんでいた。これらは、美咲が、母親が子供におとぎ話を聞かせてくれるように、直樹に語った物語だった。直樹は子供の頃から、なぜ自分には父親がいないのか母親に聞きたかったが、聞くことが出来ずに過ごしていた少年時代や、父親の名前を聞きたくても、聞くことが出来なかった中学生の頃を思った。そして父親の姿をテレビを通して知った今は、知らなければ良かったと思う。あれほど知りたかった父親の実像を見た落胆は、あまりに大きかった。なまじ有名人だったために、自分までさらし者になってしまった。なぜ、愛してもらえない母親や父親に、子供の人生を遮られなければいけないのか、今更愛してほしいなどとは思わない。どうせここまで、自分の足で歩いて来たのだから、せめて邪魔だけはしてほしくはなかった。……

朝のロードワークも、ジムから若手の選手とトレーナーの中村が直樹の住んでいるマンションに迎えに来て、一緒に走るようになった。ジムの中での練習中もリポーター達は直樹に張り付いて離れなかった。ジムには取材お断りの張り紙が貼られて、窓にはブラインドシャッターが下ろされていたが、どこかに、中を覗ける隙間がないかとリポーター達は執拗に迫ってきた。これにはマックと中田も我慢が出来ずに、外に飛び出すと、マックが大声で怒鳴った。

「あんたら、いい加減にしてくれよ。練習にならないじゃないか。一体、うちの松田が何をしたっていうんだ。さっさと引き上げてくれ。さもないと警察に通報するぞ」

だが取材陣達もつわものぞろいで、簡単には引き下がらなかった。

「マックさん、我々は別に練習の邪魔をする気はないんです。ただ松田選手から話を聞きたいだけなんですよ。決してお時間を取らせませんから、少しだけインタビューさせてもらえませんかね」

これには中田も怒りを抑えることが出来なかった。

「直樹は父親のことは何も知らないって言っているじゃないか。これ以上なにを聞くつもりなんだ。あんたらの仕事は、まだ十代の少年にマイクやカメラを向けて、それを面白可笑しく世間に流布して、将来のある若者の夢を壊すことか。これじゃ、いじめじゃないか。恥ずかしくはないのか」

中田の剣幕に、さすがのリポーター達も黙り込んでしまった。だが、それでも立ち去ろうとはしなかった。すると、ジムの中から選手達が、一斉に飛び出してきた。そして、口々に「帰れ。練習の邪魔だ。さっさと帰れ」と騒ぎ出した。

「みんなジムに戻れ。練習しろ」

声の主は岡崎だった。岡崎は選手をかきわけ、リポーター達の前に来ると、穏やかだが、威厳のある口調で話しだした。

「会長の岡崎です。これ以上騒ぎを大きくしたくありません。どうか引き上げてください。松田選手にあなた達のインタビューを受けさせるつもりはありませんし、本人も嫌だと言っています。また、このようにジムに張り付いての取材は近所迷惑になりますし、練習の邪魔は、あきらかに営業妨害です。このような事態が続くようであれば、うちの顧問弁護士とも相談して対策を採らせていただきます。どうかお引き取りください」

さすがのリポーター達も岡崎には反論できずに、仕方ないといった様子で、おずおずと引き上げていった。事の成り行きをジムの中で静観していた直樹は、自分のために、皆がリポーター達の前に立ちふさがり、抗議してくれたことで、初めて、岡崎ジムの選手になれた気がしていた。もう試合も近い。練習に集中しなければならない。次の試合は岡崎ジムの選手として初めての試合だ。そして相手は、これまで戦ってきた選手とは格が違う強敵だ。だが、負けることは許されない立場にいるのだ。こんな事で心を乱されていては、とても勝つなんて無理だ。これからは、何事にも動じない強さを身につけなくてはならない。直樹は、これから歩く道が、今まで以上に修羅の道だと覚悟した。それからも、リポーター達は直樹にマイクやカメラを向けてきたが、直樹は、一切無視した。リポーター達の露骨な取材に対して、世間からも非難が出始めると、彼らは潮が引くように直樹の前から姿を消していった。……

ポンチャイ・ムンサックとの試合は相手がライト級の選手のために、直樹もライト級の体重で戦う契約になっていたが、マックはスーパーフェザー級の体重で戦うと指示していた。いきなり二階級あげるのは、身体の切れを考えても、少し無理があるとの判断だった。それでも直樹には、いつもよりは、だいぶ楽な減量だった。東京にも桜が八分咲きになっていた。会場の東京体育館には、メインイベントであるバンタム級の世界チャンピオンの渡辺悟選手のタイトル防衛戦目当てのお客が、ほとんどだが、すっかり有名人になってしまった直樹の試合も、色々な意味で注目されていた。会場には、スポーツ記者だけでなく、ゴシップ専門の芸能記者も大勢つめかけていた。

直樹は、僅か一年半前のデビュー戦を思い出していた。がらがらの後楽園ホールで、満員のお客で埋まった会場で試合が出来るのはいつの日だろうと、考えていたことが、もうずいぶん昔のことのように思える。本来ならば、セミファイナルの自分の試合は、テレビ中継されるものではなかったはずだ。しかし先頃の騒ぎのお陰で、世界タイトル以上に世間の注目を集めてしまい、日曜日の夕方の六時から九時までのワイドな枠が組まれて、自分の試合も生中継されることになった。前回の試合もテレビに流れたが、それは試合が早く終わったために、前座の日本タイトルが放送されて、直樹は一般のボクシングファンにも知られるようになったのだが、今回は、ボクシングに興味を持っていない一般人まで、直樹の試合を注目しているのだ。興行としては、ひょうたんから駒という結果になって、テレビ局も岡崎ジムも、うれしい誤算だったが、直樹にしてみれば、自分は客寄せパンダじゃないし、それこそ、いつまで世間のさらしものになっていなければならないのかと、不愉快な思いを抱えたままでの試合に臨まなければならなかった。マックも中田も、直樹の集中力が散漫にならないかと、気を揉んでいたが、試合を延期するわけにもいかずに、この日を迎えてしまったのだった。さすがのマックも、想定外の出来事に、頭の中の計画はズタズタにされてしまった。本来なら、世界チャンピオンと一緒に伊豆でキャンプをして、試合に備える予定だったが、今度の騒ぎで世界チャンピオンの練習の邪魔をしてはいけないので、直樹は伊豆には行けなかった。マックは伊豆でのキャンプで、世界チャンピオンの渡辺悟選手と直樹の両方を指導するつもりだったが、結局直樹の指導は出来なかった。

マックは不安を抱えたまま、直樹のセコンドに付いた。他のセコンドは中田と中村の三人だった。リングに上がって改めて、直樹は相手のコーナーにポンチャイ・ムンサックの後ろ姿を見た。身長は直樹より四センチほど低かったが、背中の大きさにハードパンチャーであることを窺わせた。振り向いたポンチャイの顔には交通事故の傷が無数にあり、不気味だった。黒光りする筋肉といい、直樹は、改めて容易ならざる相手だと身が引き締まる思いだった。中田は、ここにきても、試合を中止すべきだったと、不安で一杯だった。マックも試合中に、少しでも直樹が不利になったら、ダメージを残さないためにもタオルを投げるつもりでいた。

直樹は、「ここで負けたら、おれは、益々、世間の笑い者になってしまう。もう、逃げ出すことも、負けることも出来ない、相手が、どんなに強くても勝たなくてはならない、絶対に」と、いやがうえにも集中力が高まっていた。……

　ゴングが打ち鳴らされた。この瞬間に、直樹の耳から雑音も消えて、心からは雑念も去った。ポンチャイの構えは脇が甘かった。ボクシングに転向する前のムエタイの名残だろう。直樹はいきなり、鋭いジャブを放った。ポンチャイは高く構えた右腕で払うと同時に、カウンター気味の左ボディーブローを打ってきた。直樹が今まで経験のない出足で、距離を詰められていた。衝撃がボディーを襲った。これもフェザー級では経験できない強烈な一撃だった。矢継ぎ早に左アッパーがダブルで襲ってきた。これをスウェーで紙一重でかわすと、直樹はたまらず後退した。ボディーのダメージと恐怖で体中から冷や汗が噴き出ていた。『あのアッパーをもらっていたら、試合は終わっていた』
　会場もどよめいていたが、直樹の耳には入らなかった。中田やマックの必死の声も、騒然となった会場では、かき消されていた。直樹は逃げていて負けるのは嫌だと、勇気を振り絞って前に出た。ポンチャイは悠然と構えていた。格下の直樹に、「さあ、いらっしゃい」と言っているようだった。直樹は今度も鋭いジャブを顔に放った。ポンチャイはまったく同じ動作でパンチを払うと、また前に出てボディーにパンチを打ってきた。だが、一度見た動きにやられる直樹ではなかった。直樹も身体を開きながら前に出た。すれ違いざまに、右のフックをポンチャイのテンプルに放った。ゴツンという、確かな衝撃が拳に伝わった。だがポンチャイは倒れなかった。「馬鹿な。まともに当たったのに」当然、倒れると思った相手が、ほんのちょっと、ぐらついただけで、直樹に迫ってきた。やはり二階級の差がこのあたりに出ているのだろう。

ポンチャイのパンチはワイルドだった。悪く言うと雑なパンチだが、このパンチをもらったら直樹には耐えられないだろう。自分の会心のパンチに倒れない相手と、どう戦えばいいのか。直樹は精神的に追い詰められていった。渾身の力で、右ストレートをポンチャイに打った。ポンチャイは両腕でガードすると、またしても瞬時に前に詰めてきた。フェザー級の相手なら、直樹のパンチはガードの上からでも効かせることで前進を止められたが、ポンチャイの前進は止められない。あっという間にポンチャイの顔が目の前に迫ってくるのだ。そして、またしても直樹はボディーブローをもらってしまう。「う」。息が止まり苦しい。身体が動かない。しかしロープに追い込まれたら、体格で劣る直樹は圧倒的に不利だ。日本タイトルでは、ロープの反動を利用したカウンターで相手を仕留めたが、このポンチャイが相手では、危険すぎる。距離を取ろうと左回りに逃げたが、なんとポンチャイは直樹の正面を向いていた。「え、どうして正面を向いているんだ。おれはポンチャイの右側に回り込んだはずなのに」まるで狐につままれたようだった。ポンチャイの右ジャブが伸びてきた。直樹はバリーで払い、今度は素早く右に回った。しかし、今度もポンチャイは直樹の正面を向いていた。じわじわと直樹はロープに追い込まれてしまった。またしても冷や汗が噴き出した。そのときに、救いのゴングが鳴った。直樹はこれほどゴングがありがたく聞こえたことはなかった。頭が混乱したままコーナーに戻ると。マックが、

「直樹、よく耐えた。よく戻ってきた。いいか、おれの指示をよく聞け。とにかく相手に

当てたらすぐに離れろ。そしてフェイントを使え。いいかジャブを素直に伸ばすな」

「え、どういうことです」

「ジャブを途中で引け。そして相手の動きをよく見ろ。おまえなら、きっと見えてくるはずだ」

「マックさん、おれポンチャイの動きが読めません。こんなことは初めてです」

「今、からくりを教えてやる。あいつはスイッチヒッターだ。オーソドックスに構えたり、サウスポーに構えたりと自在に変えているんだ。だから、あわてずに、相手の動きをよく見ろ。おまえなら、必ず見えてくるはずだ」

　マックの指示で、頭の中のもつれた糸が、少しほぐれてきた。「そうか、右のジャブをポンチャイは打っていたな」直樹は、倒されるという恐怖で相手が見えていなかったと感じた。しかし、本当にフェイントで相手の動きが見えるものなのか。半信半疑だったが、やるしかないと覚悟を決めて立ち上がった。二ラウンドのゴングが鳴った。直樹は初めて、処刑場に向かうような恐怖を感じていた。「だが、逃げ場所などない」玉砕覚悟でポンチャイと向かい合った。またしてもポンチャイは悠然と構えていた。その表情からは、勝ちを確信しているようだった。直樹は悔しかった。そのときに心の奥から『真の勇者とは、恐怖を知らぬものではない。恐怖に打ち勝つ者こそ、真の勇者なのだ』どこで聞いた言葉なのか思い出せなかったが、直樹の耳には、はっきりと聞こえてきたのだ。『そうか、何に怯えているんだ』直樹は内なる声に背中を押されて、ポンチャイにジャブを放った。

しかし、そのジャブはマックの指示どおりに、途中で手を引き、素早く直樹は、もとの構えに戻っていた。ポンチャイは前に出てきたが、直樹には、その動きが、マックの言うように今度は、よく見えた。軽くフットワークで回り込みポンチャイをかわした。ポンチャイは、今度はサウスポーに構え直して直樹と向かい合った。「なるほど、こういうことか」直樹は手品のからくりを見たような思いだった。ポンチャイはムエタイの選手時代は右利きだったが、左足の蹴りを得意としていたので、左足を引いた構えで戦っていたのだ。それはサウスポーだが、本来、右利きのために、試合中に接近戦になると、本人も無意識のうちにオーソドックスな構えになっていた。ムエタイというと、蹴りのイメージが強いが、試合では、相手の頭を抱えての膝蹴りや、接近してのひじ打ちが多いのが特徴だ。そのために離れたときはサウスポーで構えて、接近戦では、右構えに戻すということを、ずっとやってきたために、ボクシングに転向しても、スイッチヒッターで戦っていたのだった。ポンチャイにとっては、ごく自然なことだった。直樹はからくりは理解できたが、どこから攻めたらいいのか、タフでパワーに勝る相手に勝つには、どうしたらいいんだと、考えを巡らせていたが、ポンチャイの弱点を見いだせないでいた。直樹の耳に、マックの声が届いた。

「直樹、怖がるな。とにかく当てろ。そしたらかわせ。ヒットアンドアウェーだ」

『そうか、今はそれしかないか』

直樹はまたしても、ジャブのフェイントで揺さぶった。打つぞ、打つぞと見せかけて、ポンチャイの動きをけん制していた。ポンチャイの顔に苛立ちが見えた。直樹は途中で引いたジャブがもとの構えに収まる前に、入れ違いに右のストレートを打った。不意を突かれたポンチャイの顔面に、まともに当たった。さすがのポンチャイも、一歩後退した。明らかに効いていた。直樹はすぐに二の矢の右ストレートを今度はボディーにもっていった。手応え十分のパンチが、ポンチャイの腹に突き刺さった。顔には苦悶の表情が浮かんだ。少し背中を丸めて後退したポンチャイに右ストレートを顔面にもっていった。ポンチャイは素早くガードで顔を塞いだが、これは直樹のフェイントだった。途中でパンチを引くと、左フックをポンチャイの右耳の上に当てた。これも確かな衝撃が拳に残るパンチだった。「よし倒せる」直樹はポンチャイの固めているガードの上から連打した。これまで戦ってきた相手だったら、ずるずるとロープまでさがっていったが、やはり階級の差がここでも出た。ポンチャイは強引に前に出て身体ごと直樹をロープまで押し込んできた。直樹の思惑とは逆の展開になってしまった。押しつけられると、直樹は脱出できなかった。ポンチャイの身体の使い方は巧妙で、振りほどこうと抵抗しても、体力と技術の勝るポンチャイはくっついて離れなかった。至近距離から直樹の腹にボディーブローが打たれた。重いパンチだった。一ラウンドに続き、またしてもボディーにポンチャイのパンチを被弾してしまった。「ブレイク」ようやくレフリーが割って入り、二人を引き離した。直樹にはずいぶんと長い時間、ポンチャイに張り付かれていた気がした。三発パンチをもらったせいで、息が苦しかった。倒せると思ったのに、瞬時に形勢は逆転していた。直樹は、またしても迷いだした。「これが、階級の違いなのか」一度は世界チャンピオンのベルトを巻いた選手の底力を痛感して、直樹の手も足も止まってしまった。直樹の耳にマックの必死の声が届いた。

「直樹、フェイントを忘れたか。当たっていただろう」

直樹は、『そうだ』と我に返った。直樹はジャブを打つと見せかけて、またしても途中でパンチを引いた。ポンチャイも今度はトラップに引っかからなかった。ポンチャイのジャブが伸びてきた。直樹は首を振り、軽くかわしたが、並の選手のストレート以上の威力があると感じた。会心のパンチを当ててもポンチャイは倒れない。むしろ怒りを露わに攻撃してくる。直樹は、ポンチャイのパンチを顎にもらったら、自分は、間違いなく眠らされてしまうと感じた。それとスイッチヒッターとの距離感がつかめず、得意のフットワークもカウンターも使えないのだ。世界には、こんなに強い選手がいたのかと、痛感していた。じわじわと直樹はロープに追い込まれてしまった。フットワークのない選手に追い詰められる。これも初めての経験だった。冷汗はひっきりなしに噴き出していた。ポンチャイのラフなストレートが顔面に迫ってきた。直樹は左手のバリーで払うと同時に体を入れ替えて、脱出した。逃げることに精一杯で、得意のカウンターが取れないのだ。だが、逃げていては判定でも勝てない。負けたくはない。そう思った瞬間に無意識に左ジャブが出ていた。このパンチは、まともにポンチャイの顔面に当たった。当てた直樹も、もらったポンチャイも驚いていた。直樹のジャブのスピードと伸びが、ポンチャイの想像を凌駕していたのだった。ポンチャイはほとんどパンチが見えなかった。機関銃のように直樹のジャブがポンチャイの顔面にふりそそいだ。たまらずに顔をガードすると、またしてもポンチャイは前に出てきた。しかし今度は、直樹はロープに追い込まれずにひらりと体をかわした。「当たった。やっと、まともにおれのジャブが当たった」

　失いかけていた自信が、ふつふつと甦ってきた。「さあ行くぞ」

　その思いを断ち切るようにゴングが鳴った。コーナーに戻ると、マックが大慌てで、指示を出した。

「おまえ、なんでおれの言うことを守らないんだ」

「おれ、なにか失敗していましたか」

「言っただろう。ヒットアンドアウェーだって。なんで、連打で倒しに行ったんだ。いいか、これから、おれの言うことをよく守れよ。とにかく、当てたら離れろ。決して、同じ場所にいるな。おまえはカウンターが得意だから、相手を見てしまう癖がある。でも今日の相手はスイッチヒッターで、カウンターが取りづらい。だから当てたら離れろ。いいな。そして今日の試合は十ラウンドあるから、長い試合を戦うつもりでKOを狙わずにポイントをとりにいけ。いいな」

「二ラウンドの最後に、おれのジャブが何故当たりだしたのでしょうか」

「簡単だ。力が抜けたからだよ。おまえ、相手が二階級上とか、元世界チャンピオンだとか、そんなことに怯えて、手が縮こまっていたんだよ。だからパンチにいつものスピードと伸びがなかったんだ。何気なく打ったから、いつものパンチが打てたんだよ。ポンチャイもあわてていたな。鳩が豆鉄砲とはあのことだな。……それより、いいかポンチャイは五ラウンド過ぎたら、必ず、失速する。それまではロープやコーナーに追い込まれないようにしろ。いいな」

マックには自信があるようだった。五ラウンドを過ぎたら、必ず失速するなんて、なぜ言いきれるのだろうか。直樹は半信半疑だったが、今はマックを信じてみようと思った。どっちにしても、まともに打ち合って勝てる相手ではなかった。三ラウンドのゴングが鳴った。直樹は今まで経験したことのない試練に立ち向かわなくてはならなかった。

七　死闘

三ラウンド、ポンチャイの顔は怒りとも焦りとも分からない表情だった。ただ言えることは、最初に見せていた余裕の表情は消えていた。いつもの試合と同じで、ジャブが有効な武器になって、直樹は落ち着きを取り戻していた。フェイントを混ぜたジャブとストレートで、ポンチャイの前進を止められるようになった。試合のペースは直樹が掴みつつあった。直樹のコーナーでは、中田が試合を凝視しながらマックに尋ねていた。

「マックさん。ポンチャイのスタミナ不足の情報は確かなんですか」

「中田さん。確かです。ポンチャイはこれまで、判定での勝利は世界戦の一回きりです。その試合も途中で右拳を骨折していなければ、早い回でＫＯで勝っていたでしょう。ムエタイを含めて、すべて、早い回でＫＯで勝っています。世界戦は、後半バテバテでした。前半のリードでかろうじて、判定で勝ちを拾っています。その後この試合までに三年のブランクがありますし、それに今回はかなり減量が苦しかったそうです。試合の一カ月前は、まだ八キロオーバーしていたそうです。年齢も三十一歳です。きっと五ラウンドが限度です」

マックの説明に中田は納得していた。『なるほど、しかし、一発でももらったら、それで終わりだ。直樹のパンチをまともにもらって立っていられるのは、やはり階級の違いと、ポンチャイの身体の強さか』中田は五ラウンド逃げ切ってくれと、祈るような思いだった。

前進は止められるのだが、ポンチャイがスイッチヒッターであるために、距離感が微妙に狂わされて、直樹はいつもの華麗なボクシングが出来なかった。いつもなら相手を誘ってカウンターで仕留めていたが、それが出来なかった。コーナーやロープに追い込まれたら、またボディーブローをもらってしまう。あのパンチをもらったら、自分が先に失速してしまう。ポンチャイはサウスポーで構えた。直樹のジャブを殺す作戦のようだ。確かにジャブが打ちづらく、距離感も取りづらくなった。ポンチャイは執拗に右ジャブを打ってきた。直樹はじわじわと後退した。後少しでロープに身体が触れそうだった。

　直樹はジャブをヘッドスリップでかわすと、同時に左のロングフックを打った。ポンチャイの顎を横からまともに打ち抜いた。直樹は体を入れ替えてロープ際から脱出した。サウスポー構えで、直樹のジャブは封じられたが、ずっと同じ構えで、同じリズムでパンチを繰り出していたので、カウンターの餌食になったのだ。さすがのポンチャイもこれには膝が崩れかかった。かろうじて耐えたが、ロープに身体を預けてダウンを防いだ。振り向き身体はロープに持たれて構えた。直樹は深追いするなというマックの指示も忘れて突進した。「あと一発当てれば倒れる」直樹は連打した。顔は固くガードされていたので、接近してポンチャイの脇腹にフックを連打した。ポンチャイは苦しそうだった。直樹にもポンチャイのダメージがはっきりとつかめた。

「よし倒せる」そう思った瞬間だった。直樹は頭を抱えられ振られた。ムエタイの首相撲で身体ごとロープに張り付けられてしまったのだ。反則だが、レフリーがブレイクを掛ける間もなく、ポンチャイはアッパーとフックの中間の軌道のパンチを放った。直樹は紙一重でスウェーでかわした。と思ったが、ゴツンという硬い衝撃が顎に走った。直樹は膝から崩れた。

「ダウン」レフリーのカウントが始まった。

「何が起こったのだろう」直樹は、解らなかった。ただ自分がダウンしていて、早く立たなければ負ける、それは理解できた。だが足に力が入らなかった。直樹の耳にコーナーから「立て」という必死の叫び声と一緒に「レフリー反則だ」というマックの怒りのこもった声も聞こえてきた。『反則って何だ』直樹はロープに腕をからませて、必死になり身体を持ち上げた。『ポンチャイはおれに何をしたんだ』とにかく、このまま負けたくはない。直樹はかろうじて立ち上がった。ポンチャイはアッパーに見せかけた肘打ちで直樹の顎を打ったのだ。直樹に追い詰められて、思わずムエタイの癖が出たのだ。巧妙な反則に直樹は、今度こそ倒せると思って攻めたのに、『なんて反則の上手い奴なんだ』悔しかったが、あと一発もらったら、もう立つことは出来ない。足にも力が入らない。逃げられない。『どうしたらいい』ポンチャイは目の前に迫ってきた。

『今度は、おれの罠に落ちろ』直樹はガードを固めた。情け容赦のないポンチャイのパンチがガードの上から襲ってきた。ガードをしていても効かされてしまう、ポンチャイは試合はすぐに終わると思っているだろう。直樹はデビュー戦で金田の反則でダウンを取られたことを思い出していた。そして、脳裏に、あのときの戦法がまざまざと甦ってきた。直樹は両手の平でポンチャイの両肩を強く押した。その反動で、自分はロープに身体を預けた。ロープの反動を利用して一歩、左足を踏み出し、矢のような左ストレートで、ムエタイの癖なのか、顔の前を大きく開けているポンチャイの顔面を射抜いた。まともにもらったポンチャイはのけぞり後退した。体勢を崩したポンチャイの顔面に直樹の渾身の右ストレートが突き刺さった。直樹のパンチで相手を仰向けに倒したのは初めてだった。ダウンしたポンチャイもムエタイとボクシングを通じて初めてのダウンだった。ポンチャイは自分に起きていることに驚いたようだった。顔を上げて直樹を見つめた顔は屈辱感に震えて、目には怒りが滲んでいた。

『立ってくる』直樹はポンチャイの意識を奪えなかったことで、そう思った。直樹のパンチを二発まともにもらっても意識が飛ばないのは、足に力が入らないからだった。ポンチャイは立ち上がり、カウントエイトでファイティングポーズをとった。もう同じ手は使えない。直樹にもダウンのダメージが残っている。足に力が入らないので、フットワークを使うことも出来ないし、さりとてまともに打ち合っては勝ち目がなかった。ポンチャイもダメージがあるようで、直樹に迫ってこなかった。双方が次の攻撃を仕掛けられないまま、睨み合ったままゴングを聞いた。どちらにも救いのゴングだった。中田とマックに抱えられてコーナーに戻ると、マックが顔を紅潮させてまくしたててきた。

「あれほど深追いするなと言っただろう。ポンチャイが元気なうちは、何が飛び出してくるか分からない。いいか四ラウンドと五ラウンドは、足を使ったアウトボクシングに徹しろ、相手がスイッチヒッターでも、攻撃の意識を捨てれば逃げられる。そうすればポンチャイは必ず失速する。それまで我慢だ。いいか、勝つのはおまえだ」

直樹はマックの指示に素直に従うしかないと思った。二度、相手を倒しに行って、老獪なテクニックと反則にやられてしまった。ダメージが残っている間は、とにかく逃げよう。『どんな勝ち方でもいい、勝たなければ』

四ラウンド、直樹はフットワークが使えるまでに回復していた。マックの指示どおりに、とにかく逃げた。軽いジャブを打つだけで、攻撃を仕掛けなかった。ポンチャイは強引に攻めてきたが、直樹は防御に徹した。途中、何度かカウンターを打ちたい誘惑に襲われたが、『今は我慢だ』と自分に言い聞かせて、マックの指示を守った。五ラウンドになると、ポンチャイに追う足がなくなった。そして肩で息をしている。口も半開きの状態になった。明らかにスタミナ切れだった。

「直樹、まだ早いぞ」直樹の心を見透かしたようにマックの声が飛んだ。『まだだ。もう少しの辛抱だ』

五ラウンドが終了してコーナーに戻るとマックから、行けの、許可が出た。

「よく我慢して、おれの言うことを聞いてくれた。次の回からお前の好きにやってこい。ポンチャイをマットに沈めろ」

六ラウンドからは直樹には、初めての経験だった。二階級上の強豪との攻防で神経は消耗していた。またボディーにもらったパンチと、ダウンを奪われた、肘打ちの影響なのか、身体が重く感じた。ポンチャイも弱っているが、自分も、かなりスタミナをロスしていることを自覚していた。ポンチャイはオーソドックスな構えから、ジャブを放った。直樹は下がらずに右手のバリーで払った。続けざまに右ストレートが飛んできた。これも下がらず、ダッキングでかわすと、前に出ながら、左フックをポンチャイの右脇腹に当てた。会心の当たりで、ポンチャイの身体が折れた。直樹はなおもひっつき左右のフックをポンチャイの腹に連打した。苦しさでポンチャイはロープに追い詰められた。会場は騒然とした。ポンチャイがもう少しでダウンすると、誰もが思っていた。

直樹は左フックで脇腹を打つとみせかけて、軌道を変えてアッパーを顎にもっていった。直撃をもらったポンチャイの意識は飛んだ。無意識に直樹に抱きついてきた。直樹は振りほどこうとするのだが、無意識でも、ポンチャイは首に巻きつけた手をほどかなかった。このあたりはムエタイで身に付けたテクニックが生きていた。揉み合っているうちに、ポンチャイの意識が戻った。我に返ったポンチャイは、またしても直樹を振り回してロープに張り付けた、直樹は、また肘打ちが来ると思い、顔をガードした。しかし衝撃を受けたのは、顎ではなく右の脇腹だった。ポンチャイの左フックを今度は直樹がもらってしまったのだった。直樹は脇腹に激痛が走った。肋骨を折られたと悟った。張り付いているので、ポンチャイの呼吸が苦しそうだった。『おれも苦しいが、ポンチャイも、ぎりぎりで戦っている』もうポンチャイのパンチは力強さがなくなっていた。

「ブレイク」レフリーが二人を分けた。直樹は脇腹の痛さと苦しさで動けなかった。しかし怪我を悟られては、まずいと思い、ガードを下げて左手で、来い来いと誘った。『おまえのパンチなんか、怖くないぞ』とうそぶいて、ポンチャイを挑発したのだ。経験も浅い十代の少年に「さあ来い」と挑発されて、さすがのポンチャイも冷静ではいられなかった。肩を怒らせて突進してきた。向こうから近付いてくれるのは、直樹にはありがたかった。右は、もう何発も打てないが、左はまだ使える。ハンドスピードでは圧倒していたので、ジャブを連打した。ポンチャイも一ラウンドのような、出足はなくなっていた。スタミナ切れとダウンの影響は如実に出ていた。だが、直樹も脇腹の影響で攻めきることが出来ない。直樹のジャブを受けながらも、ポンチャイは左右のパンチを打ってきたが、明らかにスピードも威力も落ちていた。直樹はフットワークを使わなくても、ポンチャイのパンチをさばけるようになっていた。直樹のジャブは何発もポンチャイの顔をとらえるのだが、ポンチャイのパンチはかすりもしなくなっていた。六ラウンド終了のゴングが鳴ると、直樹は、倒せなかったという想いよりも、怪我を悟られてはいないかが気になった。

コーナーに戻ると、マックではなく、中田が、心配そうに聞いてきた。

「直樹、どこか痛めているのか」

「はい、……肋骨をやられたみたいです」

「パンチは、まだ打てそうか」

「左は痛みません。……でも右が打てません」

二人の話を聞いた、マックは、さすがに子供の頃から、指導してきた中田だけに、少しの変化も見逃さないことに、二人で積み重ねてきた時間の重さを感じていた。だが、直樹も怪我をした以上、どうしたらいいのか、マックの頭の中はフル回転していた。

マックの指示はこうだった。

「いいか直樹、この次の回から、六ラウンドにおまえがやったように演技を続けろ。決して怪我を悟られるな。そしてブラフで相手を挑発しろ。おまえなんて大したことないぞ、とにかく相手の神経を逆なでしろ。もうポンチャイはガス欠で、エンスト寸前だ。でも右が使えないからフェイントに使え、そして、決して深追いするな。分かったな」

「分かりました。やってみます」

試合が終わりかけていたのに、ポンチャイの勝負の執念なのだろう、無意識に放ったパンチで直樹は肋骨を折られた。これも試練なのだろう。ポンチャイを崖っ淵に追い詰めたが、自分も怪我を負わされてしまった。まさに生き残りを掛けたデスマッチになった。七ラウンドになると、ポンチャイの消耗はますます激しく、手が出なくなった。そして六ラウンドにもらった、ジャブで顔の右半分が腫れ上がってしまった。直樹は一歩踏み込むと、冷酷な左ボディーブローで、ポンチャイの脇腹をえぐった。苦しさで顔をゆがめながらポンチャイは後退した。続けてジャブを顔に連打した。会場は大騒ぎになった。「打て、打て、倒れるぞ」誰もが、直樹がポンチャイから、ダウンを奪って勝つと思っていた。だが直樹は右が使えない。右を使わなくては倒せないし、怪我がバレてしまうと思った。『どうしたらいい。ここは無理してでも右を使うべきか』このまま判定になったら、おれは勝っているのか。今まで判定の経験がないために、直樹は自信がなかった。それと二度もうっちゃりのような攻撃で窮地に追い込まれたことで、直樹の決断は鈍った。「手を出せ、倒れるぞ」「なに、ビビッているんだ、ダウン寸前じゃないか」会場からのヤジが直樹の耳にもとどいた。直樹は『行くしかない』と心を決めた。ポンチャイがすごい形相で、ラフなパンチを打ってきた。ポンチャイも、このまま負けたくはないのだろう。力を振り絞っての攻撃だった。ポンチャイの右ストレートをヘッドスリップでかわすと、直樹は左ショートアッパーをポンチャイの顎に合わせた。ポンチャイの膝がガクッと落ちて、ダウン寸前になった。一瞬の間を置いて、右ストレートがポンチャイの顔面を襲った。たまらずにポンチャイは膝をついた。「ダウン」レフリーのカウントが始まり、直樹はコーナーで見つめていたが、その間も身体からは滝のような汗が噴き出していた。脇腹の痛みはパンチを打って、ますます強くなった。『お願いだ、もう立ってくるな』それは祈るような思いだった。だが、今度もポンチャイの意識を断ち切ることが出来なかった。前回のダウンは足に力が入らなかったためだが、今回は肋骨を折ったために、いつものパンチが打てなかったのだ。もう勝ち目はないと戦意を喪失してくれれば、試合は終わる。直樹は試合を終わらせたかった。だが、そんな直樹の思いも空しく、ポンチャイはまたしても立ってきた。ポンチャイは戦意もプライドも、まだ捨てていなかった。直樹には、ポンチャイを追い詰めたのか、自分が追い込まれたのか、判然としなかった。解ることは、まだ試合が終わらないということだけだった。ポンチャイのガードの上からジャブを打った。今のところ、脇腹に響かないパンチはジャブだけだった。ポンチャイも左のストレートを放った。が、それはフェイントだった。伸びた手は戻ることなく、直樹の首に巻きついた。直樹の身体は硬直した。二度、頭を抱えられて、痛い目にあっている。直樹は振り解こうと、もがくが、蜘蛛の巣に捕らえられた蝶のようにポンチャイの手はからみついて離れなかった。折れた肋骨の上をポンチャイはショートパンチで打ってきた。激痛に身体は動かない。『気づかれたか』直樹は必死に耐えた。だが、身体は動かない。「ブレイク」レフリーが二人を分けて、ポンチャイに注意を与えていた。その後に、レフリーはジャッジに一点減点を告げていた。ポンチャイはアジア人には珍しく、両手広げて、「そりゃないだろう」とアピールしていた。直樹には、これ以上ない助け舟だった。頭を抱えられなければ、ポンチャイの攻撃は、無いに等しい。ポンチャイの顔には屈辱感が浮かんでいた。それは『こんな子供に、おれは何をやっているんだ』そんな自分への叱責のように直樹には映った。直樹の口も半開きになった。肩で息をしていた。怪我をしている、脇腹への攻撃は、直樹からも攻撃力を奪った。

「BOX」

レフリーの声は何とも薄情にそして、残酷に響いた。ここからは気力の勝負だ。苦しくても手を出さなくては。直樹は先に先にとパンチを繰り出した。そのパンチは、いつもの切れも力強さもなかった。接近されたら、また脇腹を打たれる。正直、直樹には、耐える自信がなかった。ポンチャイに打たれないために、先に手を出すしかなかったのだ。七ラウンド終了のゴングが鳴った。直樹には、今まで経験のない長いラウンドに感じられた。

コーナーに戻ると、さすがにマックも心配そうだった。

「直樹、痛むか」

直樹は声に出さずに、首を縦に振った。それだけで、直樹のダメージを把握したマックは、矢継ぎ早に指示を出した。

「いいか、もう細かいことは言わない。逃げてもいい、攻撃してもいい、おまえが後悔しないように精一杯やってこい」

八ラウンド、直樹はポンチャイから逃げたくはなかった。無意識に前に出た。ガードを固めているだけのポンチャイにジャブからダブルでボディーブローを打った。スタミナ切れのポンチャイには一番嫌な攻撃だろう、だが直樹は打った直後に離れた。脇腹に爆弾を抱えていては、接近は危険だ。打っては離れることを、我慢強く繰り返した。悲しいかな一発のパンチ力では、ポンチャイを倒せなかった。二階級の壁と怪我を負っての戦いが、いかに困難なのか身を持って知った。……

直樹のジャブと入れ違いに、ポンチャイの左ストレートが伸びてきた。直樹の脳裏に、また頭を抱えられる、一瞬の恐怖が走った。無意識に右ストレートが出た。カウンターがポンチャイの顎を捕らえた。ポンチャイは膝を突いた。

「ダウン」

レフリーのカウントが始まった。思わず出たパンチだった。直樹の脇腹には、激しい痛みが走ったが、ポンチャイがまた立ってくるのじゃないかと、ポンチャイを凝視していた。ポンチャイの眼が泳いでいた。意外と効いているようだ。『もう止めよう。終わりにしよう』心の中で誰に言うともなく、直樹はつぶやいていた。だがポンチャイは立った。ファイティングポーズを取った。レフリーはポンチャイの眼を覗き込み、「大丈夫か」と確認していた。意識が朦朧としているのは、直樹が見ても解ったが、ポンチャイは、レフリーの片手を両腕で持って「大丈夫」だとアピールしている。もはや格闘家の本能だけで立っているようだった。『レフリー、もう終わりにしろ。試合を止めろ』直樹は声に出して、そう叫びたかった。

「BOX」

試合は続行された。『まだやるのか。何故、止めないんだ』直樹は、これ以上試合を続けることが無意味だと思った。冷静さを失っているのはレフリーなのじゃないかと思った。「仕方ない、もう眠ってくれ」直樹は試合を終わらせると決心した。近づくとポンチャイが先に手を出してきた。スタミナ切れのうえに、ダウンのダメージで足に力の入らないポンチャイのパンチはもはや恐れるものではなくなっていた。直樹は軽い左ショートアッパーをポンチャイの顎に当てた。ポンチャイの反応は鈍く、簡単にパンチを受けてしまう。軽いパンチだったが、それだけでふらふらとロープまで下がった。直樹はレフリーを探した。そして目が合うと、両手を交差させて、終わりだとアピールした。レフリーは直樹に促されて、ブレイクを掛けて、ポンチャイの顔を覗き込み「出来るか」と聞きながら、眼を見つめていた。ポンチャイの意識が朦朧としているのを確認すると、両腕を交差させて、試合を止めた。試合終了のゴングを聞くとポンチャイはロープにもたれたまま尻もちをつくように座り込んでしまった。ドクターもリングに上がり、ペンライトをポンチャイの眼に当てて、診察を始めた。ポンチャイは立ち上がれなかった。すぐに担架に乗せられて、リングを降りた。『終わった』それが正直な直樹の思いだった。テレビ局から、リング上でインタビューさせてほしいと依頼が来たが、岡崎会長は、マックから直樹の怪我を聞いていたので、

「すいません。うちの松田も、実は肋骨を折っているようなんです。すぐに病院に連れて行って治療を受けさせたいので、今日のところは勘弁してください」

　インタビューを断り、直樹はリングドクターに簡単な診察と治療を受けて、岡崎が手配したタクシーで近くの病院に直行した。直樹の肋骨は二本折れていた。診察が終わり自分の部屋に戻った直樹は、深い闇に包まれて泥のように眠った。


　翌朝直樹は近くのコンビニに軽い朝食とスポーツ新聞を買いに行った。胸は痛むが、試合が終わり、しばらくは練習も休みになった。直樹は久しぶりの解放感に浸っていた。サンドイッチとスポーツ紙を三部買って部屋に戻り、サンドイッチを食べながら、記事を読んでいた。どの新聞も直樹を絶賛していた。まだプロ八戦の十八歳の新人選手が、元世界チャンピオンを玉砕などと、派手に書かれていた。さすがに嬉しく照れくさかった。直樹の携帯が鳴った。美咲からだった。

「あ、直樹、怪我大丈夫」

「医者からは、全治一カ月って言われた。しばらくは練習もするなってさ」

「良かった。それじゃ、少しのんびり出来そうね」

「でも、体重を増やすと、減量が大変だから、スイーツとかは食べられないけどね」

「いつも思うけど、ボクサーって、本当にストイックだよね」

「まあ、確かに。でもボクシングをしていない、おれって、今頃、何しているかって考えると、寒くなるけどね」

　直樹は、ボクサー以外の人生を考えてみても、自分は何が出来ただろうと思う。何の才能があるのだろう。結局、学歴もない自分にはボクシング以外に道がないという結論に辿り着くだけだった。

「直樹、約束忘れていないよね」

「忘れていないよ。試合が終わったら、デートしようってことだろう。おれも楽しみにしているよ。ところで受験どうなったの」

「実は直樹の周辺がごちゃごちゃ大変だったから言いそびれていたけれど、あたし大学受かったよ。もうすぐ上京するから、そっちでデートしようよ」

「本当に、確かに、おれの周りがうるさくて、美咲の受験のことは忘れていたよ。よかったな。でも東京案内できるほど、東京を知らないけど。デートスポットなんて、なんにも知らないけど」

「直樹、あたし、直樹にそんなこと期待してないよ。直樹は怪我をしているし、どこにもいかなくたっていいよ。直樹の部屋にお邪魔してもいい。部屋の掃除ぐらいしてあげるよ」

　それは、今まで二人の間では、超えてはならない、暗黙の了解事項だったが、美咲は、承知で一歩踏み込んできた。直樹も、もう拒むまいと思った。ボクシング以外のものに、心を躍る経験をしたかった。一時でも、ボクシングを忘れたかった。だが、それには大きな問題があった。

「美咲、おれの部屋は綺麗だぜ、もう、長いこと一人暮らしだし、でも、最近じゃジムの関係者しか、来る者はいないけどな。でも、美咲、おれも美咲に来てほしいけど、例の騒ぎ以来、外には少ないけれど、週刊誌の記者が隠れているみたいなんだ。以前ほど大勢ではないけれど、まだいるようなんだ。だから、おれの部屋はまずいな」

「そうだったね。ボクシング以外で有名になっていたっけ。プライバシーがないなんて、不自由だね。しょうがない。今回は部屋に行くのは止めよう。そうだな。それじゃ二人で、動物園に行かない」

「動物園」

「そう、あたし、子供の頃に両親に一度だけ上野動物園に連れて行ってもらったの。それ以来、行っていないから一緒に行かない」

「動物園か。おれは、まだ行ったことがないな」

「それなら、なおさら、一度行ってみようよ」

　話はまとまった。僅かの間に予期せぬことで直樹は有名になり、今ではプライバシーまで侵食されている。一年前までは、ごく一部のボクシング関係者にしか知られていなかったのに、ボクシング以外のことで、世間から好奇の目を向けられている。直樹は逢ったこともない父親に対して嫌悪感が込み上げてくるのだった。……

　デートの日、まだ引っ越しを済ませていない美咲は新幹線でやってきた。東京での部屋探しなどで、足しげく東京には来ていたが、荷物は前橋に残したままだった。一週間後には美咲も東京での生活が始まるが、今日は前橋に戻らなければならなかった。二人は上野駅の改札で合流して動物園に向かった。普段の生活で直樹は故郷の前橋を懐かしむことは、ほとんどなかった。それは前橋には、帰る家もないし、楽しい思い出よりも、むしろ思い出したくなく、捨て去りたい思い出のほうが多いせいだろう。でも美咲に逢うと、必然的に前橋を思い出すのだった。

「東京に来て、まだ半年にもならないけど、前橋は変わらない?」

美咲は、直樹から前橋のことを聞かれて、意外だった。直樹が生まれ育った前橋に対して、複雑な思いを抱いているのを知っていたからだ。

「半年ぐらいじゃ、何も変わっていないよ。でも、今、春の選抜甲子園に、川村学園が出場していて。盛り上がっているよ。一回戦を勝って、確か、今日の第三試合で、愛媛の聖光学園とやるはずだけど」

直樹はやはり自分は東京の住人になったのだと思った。前橋にいたら、いかに無関心でも、地元の高校が甲子園で、一回戦を勝ったことぐらい知っていただろう。美咲に聞いて、初めて、そのことを知ったのだった。そして以前美咲と行ったファミレスでの嫌なできごとを思い出していた。桜井和成と金森達也に声をかけられて、不愉快だった。その頃、すでに彼らは、地元のヒーローだった。それに引き換え、自分は有名にはなったが、ヒーローとは程遠い存在だった。現在の彼らは、桜井はプロに進み、金森は大学に進学した。彼らに嫉妬などしていないが、自分の歩く道は、どうして、いつも光が当たらないのかと思う。自ら進んで日陰を歩いてきたとは、到底思えない。生まれた時から、自分には振り払うことの出来ない闇を背負わされているのだ。やはり前橋は、直樹にとっては、懐かしくもあり、思い出したくもない場所だった。美咲は直樹が何を思っているのか、手に取るように解ったが、せめてデートのときぐらい、普段のしがらみを解放してほしいと思った。ここでも美咲が姉のようだった。

「直樹、動物っていいよ。見ているだけで、癒されるから」

美咲は直樹の先を歩き、動物園に直樹を引っ張るように連れてきた。園内の動物達を見ていると、美咲の言うように直樹の心は穏やかになっていた。好きな美咲とデートしているのだ。楽しくないはずがなかった。直樹は、そんな感情を上手く美咲に伝えることが出来なかったが、美咲にすれば、そんなことは百も承知だった。リングを降りた直樹には、リング上での、あの精密機械のような天才のきらめきはどこにも見出せなかった。でも美咲は、そんな直樹が好きだった。直樹は美咲と手をつなぎたいと思ったが、出来なかった。照れて出来ないのではなく、どこでカメラが、自分達にフォーカスしているのか、気になっていたのだった。美咲も思いは一緒で、晴れて手をつないで歩けるのはいつになるのだろうと考えていた。直樹の胸にはコルセットが巻かれていて、なにかと不自由だったが、美咲の笑顔が骨折の痛みを暫し、忘れさせてくれた。ボクサーになって直樹は初めてボクシングから解放された時間を過ごすことが出来た。

　象や白熊や、ライオンや猿を見ていると、この動物達の何に、自分は似ているのだろうと考えていた。直樹は漠然とどこか似ていると思ったが、それが何なのか、美咲と動物園を出て、昼食を取るために入ったレストランで、心に引っかかっていたことを考えていたが、レストランの大きな窓から見える、大勢の人の群れを見ていて、ぼんやりと答えが見えてきた。スーツ姿のビジネスマン達が、規則正しく急ぎ足で駅に向かって歩いている、その姿に、自分と、あの動物達とは、何が似ているのか、少し見えてきた気がした。

「何、考えているの」美咲が、直樹の心の奥を遠慮せずに覗きに来た。

「さっき、動物園で見た動物達と、おれって、どこか似ているように思ったんだ。それで、どこが似ているのかなって考えていたんだ」

「それで、どこが似ているのか解ったの」

「以前、美咲がおれに言ったよね。ボクサーって本当にストイックで不自由だって」

「確かに。でも今日はあたしとデートしているじゃない。人間らしいことしていると思うけど」

　美咲は、直樹がなにも動物園の動物達と自分を比べるとは、なんて卑屈なんだろうと思った。

「休んでいる間も、体重が増えないように、スイーツを控えるとか、結局、広い意味で、おれはボクシングという檻の中で飼われているような気がするんだ」

「直樹は、自由だよ。檻の中で飼われているなんて思うなんて、ずいぶん内向きな考えだね。ボクシングで世界チャンピオンになるために、これまで辛い練習に耐えてきたじゃないの。東京に来たのもチャンピオンになるためじゃなかったの。苦しくて寂しいのは分かるけど、以前言っていたじゃない、思い出さない？　あたしに言ったこと」

「なんのこと」

「ほら、夢に出てくる、幻の橋のことだよ。途中で霧がかかって、前が見えなくなって、渡りたいけど渡れなくって、そこで眼が覚めるって言っていたよね」

「そうだ、まだその橋を渡っていなかったな」

「直樹の心の中で、いつも葛藤するものがあると思うの。未踏の頂を目指すアルピニストのように、直樹の心はいつも行くべきか、戻るべきか、振り子時計の振り子のように振れているんじゃないかな」

　直樹は、美咲には自分の心は完全に掌握されていると感じた。それを束縛とは感じなかった。むしろ、直樹自身、気がついていない、深層心理を指摘されて、少しは心の重荷が軽減される思いだった。

　二人の時間はあっという間に過ぎていった。上野駅の新幹線のホームで、美咲は直樹を励ますように別れを告げた。

「直樹。次の試合、決まったら、教えてね。すぐに東京に出てくるけど、頑張ってね」

　直樹は、美咲の言葉に静かに、うなずくだけだった。新幹線の窓から美咲は、ホームの直樹をずっと見つめていた。直樹も照れくさそうに美咲を見つめていた。新幹線が動き出すと、直樹は小さく手を振った。美咲には、それが精一杯の直樹の愛情表現だと分かっていた。小さく消えていく直樹の姿に、込み上げてくる思いで、美咲の眼から涙がこぼれおちていた。直樹にとっては、ほんの一時の戦士の休息だった。

八　流れ星

直樹が十日ぶりにジムに顔を出すと、中田が真っ先に近寄り、少し心配そうに聞いてきた。

「直樹、まだ胸は痛むのか」

「痛みは、ずいぶん引きました。今、医者に行ってきましたが、まだ、骨は繋がっていないそうです」

「そうか、怪我が治るまでは、決して無理をしちゃ駄目だぞ」

「はい、でも痛みが引くと、なんだか退屈で、今は、暇をもてあましています」

「何言っているんだ、こんなときじゃないと、もう休めないぞ。怪我が治ったら、今まで以上の強敵との試合が待っているぞ」

マックが、二人の会話に、割って入ってきた。

「直樹、ボクシングジャーナルがおまえに、インタビューしたいそうだ。退屈なら、丁度いい、ゴシップの記者達とは違う、真面目なボクシング雑誌だから、いいだろう」

直樹は、前橋の山本ジムにいたときも取材を受けていたので、すんなりＯＫした。

「はい、別に断る理由はありません」

「そうか、それなら明日のこの時間にジムに来いよ。向こうには伝えておくから。それから、さっき中田トレーナーも言っていたけど、怪我が治るまでは、決して、陰で練習なんかするな、走っても駄目だ。いいな」

直樹は、練習がしたいというより、退屈な時間がやりきれなかったのだ。何もすることがないというのは拷問のようだった。……

次の日、約束の時間に、直樹はインタビューを受けていた。記者はベテランで、年齢は五十代に見えた。

「松田君、怪我の回復は順調なの」

「まだ、完治していません。痛みは引きましたが」

「そう、それなら今年中にあと二試合ぐらい君の戦う姿が見られそうだね」

「試合のことはぼくじゃなくて、会長やマックさんに聞いてください」

高橋というベテラン記者は、笑みを浮かべながら直樹の隣に鎮座しているマックに聞いた。

「マックさんの予定では、松田選手が世界タイトル戦を行うのはいつごろになりそうですか」

「私としては、松田のコンディションが万全ならば、すぐにでもやらせたいですね。（笑）いや、冗談ではなくて、前回のポンチャイ戦で松田が世界と戦えることが証明されたんじゃないですか」

高橋はベテランの記者らしく、マックの言うことに、内心、自分の見る目とマックの見る目は、全く同じだと思った。

「松田君、ぼくもマックさんと同じ意見で、君は十年に、いや、三十年に一人出るか出ないかの逸材だと思うよ」

「ありがとうございます」

直樹は深々と頭を下げた。その姿が、高橋には、これまで自分が見てきたボクサーの、誰にも似ていないと感じた。直樹のように無口で静かなボクサーは沢山見てきたが、直樹の静けさは、独特で、目を閉じたら、全く気配が消えてしまうような静けさだった。これまで見てきた歴史に残るボクサー達は静かであっても、その存在感と周りに発する静かな威圧感に包まれていた。だが直樹には、それがない。高橋は目の前の直樹が、あのリングの上で、圧倒的な強さと才能に恵まれたボクサーと、同一人物なのかと思えるほど、普段の直樹からは格闘家のオーラが出ていなかった。

「松田君、前回のポンチャイ戦は、今までの試合の中では、もっとも苦しい試合だったと思うけど、君の感想はどうなの」

「冷静に考えたら、前回のポンチャイ戦が、もっとも苦戦したと思います。でも、どの試合も、ぼくにとっては、苦しかったです。観戦している人から見たら、早いラウンドでKOで勝ったとか、ほとんどパンチをもらわず、ダメージを負わずに勝ったとか、そんな風に見ると思いますが、ぼくには、どの試合も紙一重の勝利でした」

　高橋は、直樹の言葉には説得力があり、頭の良さが出ていると思った。そして紙一重の勝利という言葉は、対戦相手への気配りなのか、それとも本音なのかと計りかねていた。いずれにしても大口を叩くような選手ではないことが、ハッキリと分かった。

「ねえ、松田君、ズバリ聞くけど、世界チャンピオンになれる自信はあるの」

「分かりません。でも、ここまでプロボクサーとして戦ってきたのだから、世界チャンピオンにはなりたいです」

「君には、世界を狙える素質があるよ。もう三十年もボクシングを見てきたぼくが言うのだから絶対だよ」

「ありがとうございます。怪我が治ったら、また練習します。ぼくの中では、世界戦のことは、まだ考えていません、とにかく、早く怪我を治したいです」

　世界チャンピオンになれると誉めても、嬉しいという感情を表に出さず、ただ淡々と、早く怪我を治したいと言う。普通の選手なら、ポンチャイ戦での感想で、話は盛り上がるところだが、直樹には、ポンチャイ戦すら、すでに、遠い過去のことのようだった。『この静けさは、無欲から来るものなのか』高橋は、そう思ったが、しかし、無欲でボクシングの辛い練習に耐えられるものなのかとも思った。

「松田君が、これから対戦したい相手はいるの。それから君が理想とするボクサーは誰なの」

高橋の質問に直樹は初めて考え込み、少しの間が出来た。

「ぼくのほうから対戦したい選手はいません。最近は、ボクシングの試合も見ていないし、それから理想の選手と言われても、ぼくは、歴史に残る名ボクサー達は、みんな素晴らしいと思います。特に誰かということではなくて」

高橋は、直樹から色々なものを聞き出したいと思っても、直樹は何を聞かれても冷静で、高橋はつまらないと感じていた。『一体、この若者は何に興味を持っているのか』

「本当に、ボクシングの試合は見ないの。なぜ見ないの。ボクサーとしては珍しいね」

「以前は、よく見ていましたが、最近は、何故か、見るのが嫌で、見なくなりました」

高橋は、『見るのが嫌』というのが、初めて引っかかった。直樹の心の奥を覗き見る、糸口が見つかったような気がした。

「松田君は、ボクシングが好きじゃないの」

「いえ、ボクシングは好きです。ただ、他の選手の試合に興味がないんです」

解せない顔をしている高橋に、マックが口をはさんできた。

「高橋さん。松田の言っていることは、本当だと思います。私が見るところ、松田の場合、相手選手の戦い方を研究するタイプではなく、むしろ、自分一人の世界に入り込んで、集中力を高めていく選手ですね」

「なるほど、実は、君は関心ないかも知れないけど、君と戦いたがっている選手がいてね、その選手は、君を絶対ＫＯで倒すって豪語しているんだよ」

マックが聞き返した。

「誰なんです、うちの松田とやりたがってる相手っていうのは」

「つい最近、東洋太平洋のフェザー級のチャンピオンになった沢村章一選手だよ」

沢村は、高校時代に、アマチュアのタイトルを総なめして、鳴り物入りでプロデビューした選手だった。岡崎ジムも獲得に名乗りを上げたが、沢村の父親も、元プロボクサーで、自分の所属していた横浜の名門ジムの星光ジムにもっていかれた選手だった。

マックは怪訝そうに尋ねた。

「何だって、格下の松田とやりたいなんて言っているんですかね」

「それが、沢村にすると、松田選手の存在が、どうやら煙ったいようなんです。最近のボクシングの記事では、フェザー級の話題を、松田選手に独占されていて、面白くないんだな。数年前まで、天才ボクサーの名をほしいままにしていたのに、今では、勝ち続けていても、影の薄い存在になっているので、ここで、松田選手を潰して、再び、脚光を浴びたいと考えているようなんだ」

マックの顔に不快な表情が浮かんだ。

「沢村は、東洋を取ったら、防衛戦はやらずに、タイトルを返上して、世界を狙うとか、言っていませんでしたか」

「確かに、そう言っていたよね。松田君が目ざわりになったたっていうのも本当だと思うけど、もう一つ、世界戦をやりたくても、現実は大きな壁があるんだよ」

そう言われて、マックも『なるほど』と思い当たった。

「挑戦したくても、順番が回ってこないってことですか」

「そう、マックさんも、知っているとおり、WBCの世界チャンピオンは、アンドレス・サラテで、もう世界チャンピオンになってから八年になります。強すぎて、最近じゃ対戦が決まらずに、いっきにライト級に挑戦するじゃないかと噂されています。一方のWBAのスティーブ・マーフィーは対戦希望者が殺到して、挑戦しても、いつ対戦できるのか、いつまでチャンピオンでいるのか、予定が立てられない状態です。WBOやIBFも予定が詰まっていて沢村が挑戦できるのは一年ぐらい待たされそうです。それで、沢村サイドとしては世界戦の前に、矛先を松田選手に向けてきたのだと思います」

アンドレス・サラテの戦績は五十五戦していて、いまだに負け知らずで、全てをKOで勝っているという中軽量級のチャンピオンとしても怪物だった。強すぎて、自分に挑戦してくるフェザー級の選手がいないので、仕方なく、WBAのチャンピオンとの統一戦を持ちかけたり、一階級上のスーパーフェザー級のチャンピオンに挑戦したりしているのだが、全て、サラテの強さに恐れをなして、相手側から断られていると、ボクシング界では、もっぱらの噂だった。

「沢村は、世界戦が組めないので、うちの松田とやりたがっているのですね。沢村からしたら、後輩の松田は、目ざわりな存在なのかもしれないけど、私に言わせたら、もし、沢村と松田戦が実現したら、彼は自分の大言壮語で、墓穴を掘ったと思いますね」

「マックさん、それは、松田選手のほうが、もはや実力は上だということですか」

「今の沢村では、松田に勝てるものはないでしょう。逆に、松田は沢村に負けるものなど、何一つないと言っていいでしょう」

「マックさん、今の発言、そのまま記事にしてもいいですか」

「どうぞ」マックの顔には、自信があふれていた。

「松田君は、怪我が治ったら、沢村選手と試合してもいいと思っているかい」

「ぼくは、やりたくありませんね」

高橋は、またしても、肩すかしを食らってしまった。

「どうして、やりたくないの」

「ぼくは、最近、つまらない事で、マスコミに追いかけ回されました。だから、試合前に、口で戦うのは本意ではありません。ボクサーが戦うのはリングの上だけでいいと思います」

試合前にマスコミをとおして、お互いを煽り、試合を盛り上げていくことは、ボクシング界では、よく行われていたが、直樹は、そんな風潮をやんわりと皮肉ったのだ。内心では『高橋さん、ぼくはあなたの挑発には乗りませんよ』とつぶやいていた。高橋は、直樹が、何もかも承知で、大人を翻弄していると感じた。悪く言えば、自分はからかわれているような気がするのだった。クールでクレバーな頭脳は、やはり一筋縄ではいかないようだった。

「松田君には、気になるライバルがいないの？」

「今まで戦ってきた選手は、みんな強かったです。特別に一人の選手を意識していませんが、ぼくは、これまでも楽をして勝った試合などありません」

マックが、少し感情的になって、沢村は墓穴を掘ったと言ったときには、『これは、面白い記事が書ける』と思ったが、直樹の口から出る言葉に、高橋は、頭から氷水を掛けられたような気分にさせられてしまった。これ以上なにを聞いたらいいものなのか、さすがのベテラン記者もお手上げになってしまった。そんな直樹の様子に、マックも、怪我で練習を離れているせいか、それとも、自分が、政治家の隠し子と、マスコミから追い回された影響なのか、直樹のモチベーションは下がっていると感じた。高橋が、仕方なく話題を変えた。

「松田君には、どうしても聞きたいことがあったんだ。君のカウンターは中田トレーナーから教わったものなの。それとも、誰かの真似をして覚えたものなの」

話題が技術論に変わったせいか、この質問には、直樹の素直な答えが返ってきた。

「特に誰かにカウンターを教わったことはありません。誰かに影響を受けたとすれは、やっぱりモハメッド・アリだと思います」

「君の世代で、モハメッド・アリを知っているとは、驚きだな。それで、アリのどのあたりに影響を受けたの」

「まだ、アリがカシアス・クレイと言っていた頃の試合で、ソニー・リストンとのリターンマッチで、リストンをカウンターで沈めた試合が、強く印象に残っています」

この試合は、会場にいた、ほとんどの観客がアリの繰り出した右のショートストレートが見えなかったという。テレビ画面でスローモーションで再生されて初めて、リング上で何が起こったのかが分かったという、芸術的なＫＯシーンだった。

「君は、その試合をＤＶＤで観たの」

「はい、最近は、ボクシングのＤＶＤを観なくなりましたが、以前はよく観てました」

「それでアリのカウンター技術に感化されたわけだ」

「カウンターだけじゃありません。アリのボクシングスタイルは、前に前にと出るボクシングじゃなくて、むしろ、相手のパンチをかわしながら下がるボクシングです」

「確かに、それで君はアリの下がるボクシングの何に感心したの」

「それは下がっていても、苦戦しているわけじゃなくて、むしろ前に出て、アリを追いかけている選手のほうが、徐々に弱っていくところです」

「それだけ影響を受けているアリなのに、なぜ、さっき理想の選手を聞いた時には出てこなかったの」

「アリのボクシングスタイルはおおいに勉強になりますが、彼の口のパフォーマンスは好きじゃありません」

「なるほどね」

高橋は、世代的に、直樹がモハメッド・アリに影響を受けているとは思わなかったが、直樹の話を聞いて、これまでの直樹の戦い方に納得がいった。直樹もどちらかというと、前に出て行く選手ではなく、むしろ下がりながらカウンターで仕留める戦い方をしている。しかし、いかに影響を受けたからといって、簡単に真似のできることではない。やはり、そのあたりが天才の輝きなのだろう。

「松田君は、さっき、話題に出た、アンドレス・サラテの試合はＤＶＤで観ているの」

「いいえ、もちろんアンドレス・サラテの名前や戦績は知っていますが、まだ観ていません」

「話が飛ぶけど、ぼくは唐突に、君とサラテの試合を見たくなったよ。マックさん、松田君が、このまま世界ランカーになったら、サラテへの挑戦は考えていたのですか」

この質問には、マックも顔を曇らせた。

「高橋さんも、人が悪い。松田は、高橋さんが言うように、三十年に一人の逸材だと思いますが、サラテは、何というか、常識では測れない怪物だと思います」

「ほうー、さっきは、沢村はもはや松田選手の相手としては不足だと言ったのに、さすがにサラテとなると、松田選手でも無理ですか。私も確かに意地の悪い質問をしましたね。でも、何だか、松田選手ならやれそうな気もするのですがね」

マックは、少し考え込み、慎重に言葉を選びながら答えた。

「高橋さん、今の直樹なら、サラテといえど、そう簡単には勝てないでしょう。でもトレーナーとしては、勝ち目の低い戦いは避けたいのが本当のところですかね」

　マックらしからぬ、歯切れの悪い答えだった。ここで、直樹が、珍しく高橋に聞いてきた。「高橋さん、サラテと戦った日本の選手は何人いるのですか。それからDVD、持っていたら貸していただけませんか。何だか、サラテを観たくなりました」

　高橋は冷静な直樹が、サラテに興味を示したことで、内心面白くなってきたと感じていた。

「DVDなら、ぼくに借りなくても、マックさんが沢山持っているよ」

「マックさん、本当ですか」

「マックさんは、過去の名ボクサーから、現在の世界チャンピオンのあらゆるデーターを持っているよ。君は知らなかったのかい。ボクシング界じゃ有名なことだよ」

　高橋の言うとおりマックは、世界中の名ボクサー達の映像から、その選手の戦績は勿論、生い立ちや血液型や、病気や怪我のことなど、ほとんどをファイルしていた。直樹は、そんなことも知らずにいたのだった。

「マックさん、貸していただけますか」

　マックは渋い顔をしていた。サラテの話題を避けたいようだった。

「うーん、貸してもいいが、観たらショックだぞ、サラテの化け物みたいな強さに驚くだけだぞ」

「マックさん、なおさら観たくなりました。ぜひ、貸してください」

話が、思わぬほうに展開して、マックとしては、まだサラテのことは、直樹に意識させたくなかった。ましてフェザー級のタイトルを返上してライト級に上がると言われているのだから、マックとしても、サラテがフェザー級から去ることを密かに望んでいたのが本音だった。

「まあ、観るだけだったらいいか。でも直樹、今はあせらず、怪我を治すことだ。しつこいが、くれぐれも陰で練習なんかするなよ」

「はい、わかりました。サラテの試合を観られたら、退屈から解放されそうで、じっくり観てみます」

怪我が治っていない直樹には、次の試合が組まれていなかったので、高橋としては、聞くことがなくなり、取材は終了した。その夜、直樹は、マックから借りたDVDを食い入るように観ていた。それはマックの言ったとおりにショッキングな映像だった。サラテは獣のようなボクサーだった。戦い方は、構えこそオーソドックスだが、前に前にと出て、相手のパンチをもらいながらも、上手くダメージを殺して、同時に必殺のパンチを相手に当ててしまう。映像の中には、相手の左フックを顔面にもらっても、自ら顔を振って、ダメージを殺して、同時に右フックを相手に合わせてKOしてしまう。こんな戦い方は、相手に持って生まれた本能で戦っているのだろう。パンチ力も桁違いだし、何といっても、相手にパンチを正確に当てる、当て感が、ずば抜けていた。そして画面を通しても伝わってくる、圧倒的な威圧感は、もし、リングでサラテと向かい合ったら、きっとライオンの檻に放り込まれたような恐怖に襲われるのではないか、挑戦者がいないことは、この戦い方と戦績なら、当然だと思った。しかし直樹は魅せられた。サラテは直樹の持っている常識を根底から覆していた。知らず知らずに直樹の頭の中でシミュレーションしていた。どうやったら勝てるだろうか、どこに隙や弱点があるのだろうか、思考がフル回転していた。が、どう考えても勝ち目がない。結論はそこに行きついてしまう。なにもかもが桁違いで、やはり化け物としか言いようがなかった。アンドレス・サラテの経歴は、現在二十八歳で、生まれはメキシコの貧しい農村で、九人兄弟の七人目で、三男とある。子供の頃から素行が悪く、いわゆる不良少年で喧嘩は日常茶飯事で、傷害や窃盗で、何度も日本で言う少年院に送られていた。ボクシングは少年院で始めた。もともと喧嘩がずば抜けて強かったサラテは、ボクシングでも、すぐに頭角をあらわす。プロボクサーになっても圧倒的に強かった。プロ三十戦目で世界タイトルに挑戦して、いとも簡単に、チャンピオンを二ラウンドでKOで沈めて、世界のベルトを巻いた。その後十五度の防衛をしている。直樹はサラテがライト級に上がる前に戦ってみたいと思い始めた。こんな事をマックや中田に言ったら、腰を抜かさんばかりに驚き、猛反対されるだろう。しかし、直樹のボクサーの闘争本能が、サラテによって、青白く燃え上がってくるのを抑えることが出来なかった。その夜、朝方まで、直樹はサラテの戦う姿に釘づけになっていた。……

翌日、ジムに顔を出して、マックと中田に相談したいと申し出た。マックはやはり直樹にサラテの映像を見せるべきじゃなかったと思った。あれだけモチベーションの低かった直樹の目を覚ましたのだと感づいていた。

「マックさん、昨日、ボクシングジャーナルの高橋さんが、沢村章一選手が、おれとやりたがっているって言ってましたよね」

「確かに言っていたな」

「怪我が治った後の試合、沢村選手とやらせてもらえませんか」

「確か、昨日はやりたくないって言っていたよな。何だって一晩で、ころっと心変わりしちまったんだ」

「昨夜、借りたサラテのＤＶＤを観ていたら、サラテがフェザー級にいる間に、なんとか挑戦したくなったんです。でも、今のおれは世界ランカーに入っていないから、最短で挑戦するには、東洋太平洋のタイトルに挑戦するのが手っ取り早いかなと思って」

マックも中田も、何を言い出すんだという、あきれ顔だった。中田がなだめるように話しかけた。

「直樹、おまえ、まだ怪我が治ってないだろう。今はサラテのことは忘れろ、怪我が治ったら、次の試合のことは、マックさんや、会長と相談して決める。おまえは、まだ、誰と戦いたいなんて、言える身分じゃないんだよ」

直樹は想像どおりの説得に、あっという間にサラテが遠のいていく感覚に陥った。頭の中では、何度も戦ったのに、現実は、サラテは遥か彼方にいる。それどころか、早くしなければライト級という、自分とは違う土俵に行ってしまい、結局は戦うことの出来ない相手になってしまう。直樹は、初めて自分から戦いたいと思う選手にめぐりあえたのに。

……しょんぼりしている直樹にマックが質問をした。

「直樹、サラテの戦いを見て勝てると思ったか？」

「とても勝てるとは思いませんでした。でも、おれはここまで、自分から戦いたい相手はいませんでした。しかしサラテは初めて戦ってみたいと思える選手でした」

「直樹、おまえも天才だが、サラテの強さは、桁違いだ、今戦ったら壊されるぞ。再起不能にされてしまったら、これまでの苦労が水の泡だ。強い相手と戦いたいと言う気持ちは、ボクサーの本能だが、おれの目から見ても、今のおまえじゃ壊されるために戦うようなものだ」

　マックの壊されるという言葉は、説得力があった。直樹だって勝てるとは思わないが、どこかに勝利の糸口があるのではと思うのだった。マックの壊されるという言葉は、決して大袈裟な物言いではなかった。何人ものボクサーが、サラテとの試合で引退に追いこまれていたのだ。ある選手は顎を複雑骨折をして、再起不能になり、ある選手は、肋骨が肺に刺さり、救急車で病院に搬送され、それ以外にも、網膜剥離になったものや、脳波に異常が出たものなど、まさにサラテはフェザー級の壊し屋だった。直樹だって無事ですむとは限らない。サラテとの戦いを回避するのは賢明な選択だろう。しかし、まだ青い直樹には、それが逃げで、どこか卑怯だと感じるのだ。

「マックさん、怪我が治ったら沢村戦考えてくれませんか、サラテのことは、沢村に勝ったら考えてくれませんか」

「おまえ、怪我が治っていないのに、なにを焦っているんだ。沢村だって弱い選手じゃないぞ。そもそも、おまえ沢村の試合観たことあるのか。まあサラテに比べたら、格段に下だと思うが、今のおまえには、必ず勝てるような差はないぞ。とにかくおまえの希望だけは聞いておくけどな」

直樹は、沢村について何も知らずに試合をしたいと言ってしまい、さすがに浅はかだったと反省した。これ以上何を言っても埒が明かないと思い、そうそうにジムを後にした。

最近はマスコミに追いかけられることもなくなり、少しは自分の時間を持てるようになっていたが、ボクシングを離れたときは、一体なにをしたらいいのか困ってしまう。それだけボクシングに全身全霊で打ち込んでいるのだが、その反動で、ボクシング以外のなにものも持っていないのだった。同世代の若者達は、日々どんな暮らしをしているのだろうか、ふと、そんなことを考えることがあるが、それは直樹にとっては空しい想像でしかなかった。結局直樹の頭の中では、どうしたらサラテと戦えるか考えてしまう。ボクシングから離れることが出来ないのだった。……帰りに寄ったコンビニで牛乳とサンドイッチと一緒にスポーツ新聞を購入して部屋に戻った。

サンドイッチを頬張りながら、新聞に目を通していたが、なんと二面には松田直樹の名前が載っていた。記事によると、現在活躍中の天才ボクサー、松田直樹選手は、プロ野球のヤクルト・スワローズに入団した桜井和成と、中央大学に進学した金森達也選手の中学時代の同級生で、二人とも、中学時代、無口で目立たなかった松田直樹選手の活躍に、大いに刺激を受けて、自分達も負けられないと、ライバル心を燃やしている。そんなことが書かれていた。直樹は記事を読んで、二人が、直樹のことを積極的に話すとは思えなかった。きっと、熱心に取材をした記者が、直樹と桜井や金森が、中学時代に同級生だったことを調べて、質問したのだと思った。きっと彼らは優等生を装っての答えが、この内容になったのだろう。直樹は可笑しくなった。しかしバレてしまったのだから、きっと逆の質問が直樹に向けられるだろう。『そのときは、どうしようか？』自分も、いい子ぶって、二人を誉めたたえる言葉を口にしようか、そんなことを考えると、何だか鬱うつした気分になってくる。それは桜井や金森に対してではなくて、マスコミ不信から来るものだろう。確かに二人は、中学時代、不良グループにいて、直樹は不良グループに囲まれて、危ないところを中田に助けられたのが、ボクシングとの出会いになったのだ、彼らも直樹がかつあげされていたときに、その中にいたし、美咲とファミレスの出口でからまれたことも、忘れてはいないが、今となっては瑣末な出来事でしかない。しかし、二人とは親友でしたなんて言えるはずもない。直樹は、世間一般で言う、社交辞令を身につけていなかったし、そんなものに対して嫌悪感さえ持っていたのだ。『しかし、あいつらも、おれもいつの間にか有名になったものだな』。まだ道半ばなのに、周りの環境は目まぐるしく変化して、この先に待つものは何なんだろう、直樹は期待と不安の入り混じった思いが込み上げてくるのだった。

　何気なくつけたテレビに直樹は、またしても釘づけにされた。何と今度は直樹の父親と騒がれた、文部科学大臣の金川守の記者会見が中継されていたのだ。直樹は画面を食い入るように見つめた。どうやら辞任会見のようだ。

「この度は、何故こんな騒ぎになったのか分かりませんが、私には身に覚えのないことで、世間をお騒がせして、大変申し訳ございませんでした。自分としては、大臣の職責を全うしたかったのですが、今の状態では、関係者各位に迷惑を掛けるだけだと思い、断腸の想いではありますが、文部科学大臣の職を辞したいと思い、先ほど総理大臣に辞表を出してまいりました」

　記者から質問が飛んだ。

「総理は何と言ったのですか。引き止められなかったのですか」

「総理からは、もう一度考えないかと言われましたが、これ以上私が大臣に残り、政治の停滞をまねくのは心苦しいと申しましたところ、総理からも残念だがしょうがないと言われました」

　矢継ぎ早に質問が飛ぶ。

「先ほど大臣から身に覚えのないことで、世間を騒がせた、とおっしゃいましたが、本当に身に覚えのないことなのですか」

　この質問に、金川の顔は険しくなった。

「私は嘘など申しておりません。今回のことは誹謗中傷以外のなにものでもありません」

直樹はテレビを観ていて不快感で一杯になった。『こんな奴が、おれの父親なのか。間違いであってほしい。本当ならば、この世から消滅してくれ』そんな思いで金川の顔を見つめていた。金川の顔は心なしか引きつっていた。

「うちでは、入念な取材で、かなり確度の高い情報と証拠を掴んでいますが、あまり見え透いた嘘は止めて、この際、元フランスの大統領のように松田直樹選手は、あなたの子だと認めたほうが、男らしいと思いませんか」

これには金川も言葉を返せず、顔が真っ赤に紅潮してしまった。金川の脇に陣取っていた秘書と思われる男が、突然、声を荒げて叫んだ。

「すいませんが、記者会見は、これで終了させていただきます」

すぐに何人かの男達に金川は囲まれて、会場を出て行ってしまった。会場を出る間も、記者からは、「何故、見え透いた嘘をつくのですか、はっきり答えてください」

「あくまでも国民を欺くおつもりですか」など色々な質問とも、ヤジともつかない声が乱れ飛んで、会場は騒然としていた。直樹は、これでまたマスコミに追いかけ回されるのかと、うんざりしていた。部屋に一人いるのが苦痛になり、部屋を出た、何をする当てもなかったが、とても部屋で、一人で過ごすことは出来そうもない。買い物用の自転車にまたがり、動き出した。どこに行くという目的も当てもないが、とにかくじっとなんかしていられないのだった。

外はすでに日も暮れて、真っ暗だった。自転車を漕ぎ出して、閑静な住宅街を走っていると、空に星が流れるのが見えた。東京に来て初めて見る流れ星だった。思わず直樹の心はサラテとの世界タイトルマッチが出来ますようにと、祈っていた。そして直樹は思った。人の一生は儚い。ましてボクサーの選手寿命は短い。ボクサーとして流れ星になる前に、なんとしても辿り着きたい場所がある。つまらないことに心を乱されているときではないと思うのだった。直樹の胸に熱い想いが込み上げてきた。珍しく直樹は大きな声で叫んでいた。

「わぁー」

九　乱気流

五月になり、怪我も癒えて、直樹は練習を再開した。遅れを取り戻そうと焦る直樹に、マックは細かな練習メニューを渡した。

「いいか直樹、今はこれだけの練習で切り上げろ。決して、これ以上やるなよ」

と釘を刺した。それは直樹には物足りない練習だった。何故、もっとやらせてくれないのかと不満だったが、トレーナーの中村修が、マンツーマンで直樹につき、直樹がオーバーワークにならないように目を光らせていた。マックにすれは、次の試合も決まっていない直樹には、無理をさせずにリハビリも兼ねて、じっくり体作りをさせようとしていたのだった。このあたりは、マックがアメリカで学んで、日本のボクシング界に持ち込んだ、選手の健康管理を徹底するということだった。選手が無理して頑張り過ぎるのを、暴れ馬をなだめるように手なずけるのが、マックのやり方でもあった。直樹と一緒に岡崎ジムに移籍した、中田も、何か、目を見張るような特別なメニューがあると思っていたのだが、今のところ、マックは直樹をほとんど指導していなかった。彼の指導方法を学びたい中田は、一体、マックの指導のどこが、あれほどの世界チャンピオンを育てた秘訣なのかと、首を傾げるばかりだった。直樹以外の選手に対しても、直接指導をすることは少なく、練習自体も、どこのジムでもやっているような内容だった。しかし、何かあるはずだと思うのだが、その何かを中田はつかめずにいた。直樹の練習が終わり、直樹がジムを去った後に、中田は、マックから、相談があるから、会長と一緒に話しましょう。と持ちかけられた。三人は会長室で話し合いの場を持った。マックが中田にこう切り出した。

「中田さん、直樹の次の試合どうしましょうか、直樹の希望どおり、沢村とやらせましょうか。中田さんの意見を聞きたいのですが」

「私としては、怪我が治ったばかりの直樹なので、もう少し楽な相手とやらせたいと考えていますが」

「そうですか、会長はなにか、ありますか」

岡崎は、少し考え込み、中田に向かって話しかけた。

「中田さん、楽な相手といっても、直樹のモチベーションや目標から、遠回りさせることが、はたして彼のためになりますかね。この辺は、マックの意見も聞きたいけど」

マックも悩んでいる様子だった。

「会長、私も迷っています。中田トレーナーの言うとおり、あと一、二戦は楽な試合を組むのが無難かと思うのですが、今まで自分からやりたい選手を指名しなかった直樹がやりたがっていることを考えると、彼の希望を叶えてやったほうがいいのかなと……」

岡崎は、マックも次は沢村戦で行くか、迷っていると聞いて、考えが浮かんだ。

「どうだろう、これはおれの考えなんだが、直樹の試合を秋まで延ばさないか、そうすれば、怪我の後のケアも充分だろうし、また、沢村をじっくり研究できるだろ。それに、沢村の動向も見ていたほうがいいと思うのだが、どうだろう」

マックがうなずいた。

「会長の言うとおり、直樹に咬ませ犬との、つまらないキャリアを積ませるよりは、そのほうがいいかもしれませんね。沢村が、タイトルを返上するのか、まだ態度をはっきりさせていないし」

沢村は、サラテに挑戦する無謀な行動は起こさずに、さりとて直樹とやりたくても、怪我が治ったばかりの直樹とやるとは公言できない立場にいた。前にも後ろにも動けない立場の沢村に、こちらからモーションを起こさずに、じっくり行こうというのが、岡崎の考えだった。

「中田さんから、直樹に上手く伝えてくれませんかね。秋になれば沢村とやれそうだとね」

　中田も、二人の考えにうなずいた。

「そうですね、直樹はすぐにでもリングに上がりたがっているけど、あいつなら、練習させていれば、大丈夫ですね」

　三人の意見はまとまった。直樹は秋まで試合がないと聞かされて、さすがにがっかりした。中田に愚痴めいた言葉も漏らした。

「先生、なんだって、そんなに間隔を開けるんですか。もう怪我は治りましたよ」

「まあ、むやみに試合をすればいいってことじゃなくて、これからは戦う相手をじっくり選ぶってことかな」

「沢村戦は叶わないんですか」

「沢村の態度もはっきりしないんだ。世界に挑戦すると言っておきながら、はたしてどうするのやら、もう少し待てば、沢村とやれるかはっきりすると思う」

　直樹には、漠然とした目的のための練習は、昔受けていた、いじめと同じじゃないかと思うのだった。マラソンランナーだって目標があるから、辛い練習に耐えられるし、誰と戦うのか解らずに練習を積むのは、空しいだけだった。そんな空虚な心を抱えて、悶々とした日々を過ごしていた直樹に、思わぬところから挑戦者が現れた。練習中にマックに呼ばれた直樹は、会長と中田とマックの三人のいる会長室で、マックから試合を申し込まれたと告げられたのだった。

「直樹、世界チャンピオンからおまえと戦いたいと言ってきたぞ」

世界ランカーでもない自分が何故世界チャンピオンと戦えるのだろうと、直樹は理解できずにいた。

「実は、うちの世界チャンピオンの渡辺悟選手とやりたいらしんだが、その前におまえと戦って、実力を見せると言ってきているんだ」

直樹は益々、マックの言っていることが理解できなくなっていた。

「一体、どういうことですか。渡辺さんはバンタム級の世界チャンピオンでしょう。なぜ、フェザー級のおれが戦わなくちゃいけないんですか。……それと、その選手も世界チャンピオンなんでしょう？　……詳しく説明してください」

マックは口元に笑みを浮かべながら答えた。

「ごめん、ごめん。最初から話そう。相手はオーストラリアの、ジャック・ジョンソンという選手で、WBOの世界チャンピオンなんだ」

「マックさん。何故、ジャック・ジョンソンは、直接、渡辺さんに挑戦しないんですか」

「それがな、渡辺は六月に防衛戦が決まっていて、スケジュールが合わないのと、こっちとしても、ジャック・ジョンソンが何者なのか、実はまったくつかんでいないんだ。それで返事を渋っていたら、何故か、おまえとポンチャイの試合を知っていて、それなら、最初におまえとやらせろと言ってきたんだ。おまえに勝てば、次は渡辺とやらせろと言うことなんだ。おまえとポンチャイの試合を知っていておまえとやらせろと言うのだから、かなりの自信家みたいだな」

　直樹は前回のポンチャイ戦も、どこか同じような経緯で決まったことを思い出した。

「おれ、ずいぶんなめられたものですね。それで、ジャックは強いんですか」

「まあ、一応WBOの世界チャンピオンだからなあ。四団体のベルトを統一すると息巻いているそうだ。こっちで解っていることは、戦績が二十三戦していて負けがなしで、そのうち七KO勝ちしている。まあ、決して弱い選手じゃないだろうな」

「でも、バンタム級なんでしょう」

「それで、向こうが提示した条件は、おまえが一階級下げて、向こうが一階級上げて、スーパーバンタムでノンタイトルの十回戦で試合をしたいそうだ」

「おれは、誰とでも戦いますけど、やるんですか、てっきり秋までは試合が出来ないと思っていましたよ」

　ここで初めて会長の岡崎が、口をはさんだ。

「直樹、ぼくとしては、減量のことが気になっているんだが、一階級下げられそうか」

　直樹は、これまで、一階級上げて戦った、ポンチャイ戦以外は、ずっとフェザー級で戦っていたので、確かに、その部分では不安材料と言えた。

「大丈夫なのかは、ぼくも経験がないので、なんとも言えませんけど、……なんとかなると思います」

どことなく頼りない返事ではあったが、マックも岡崎も、やらせてみようと思っているようだった。そうでなかったら、こんな話は、直樹に話す前に握りつぶしていることだろう。

「それなら、八月に試合するということで、相手側とも話を進めてみよう」

岡崎は、直樹には遠回りをさせずに、最短で、世界に挑戦させたいという野望があった。フェザー級のアンドレス・サラテは、あまりにも強すぎて、無謀な挑戦だろうし、かといって階級を上げるのも、どうかと考えていたところに、バンタム級の選手から、しかも世界チャンピオンから、試合を申し込まれたことで、直樹を一階級下で、世界に挑戦させたらというアイデアが浮かんだのだった。次の試合は、実験的な意味合いが強かった。直樹は、周りのスタッフ達の思惑は、すぐに察したが、このまま秋まで、試合が決まらないのは苦痛だったので、苦しい減量に挑戦しようと決心したのだった。

降りしきる雨の中をサウナスーツを着て、直樹は走っていた。六月に入り、本格的な雨の季節になったが、直樹はジャック・ジョンソンとの試合の前に減量と戦っていた。怪我のブランクにより、筋力を落として、体重を増やしていたために、今まで経験のない苦しみと戦っているのだ。それまで、こなしてきた普通の練習がすでに苦しく、それに減量苦が拍車をかけていた。そもそも相手選手の都合で体重を増やしたり減らしたりしていては、自分のコンディション作りなんて無理に決まっている。前回のポンチャイ戦では体重を増やして、今回は減らすのだから、相手と、どう戦おうなんて作戦は二の次になってしまう。今度もリングに上がってからの出たとこ勝負なのかと思った。が、なんとマックが初めて直樹に、直接指導したのだった。

「いいか直樹、これからは右のフックとアッパーの練習をするぞ、いいな」

マックはミットをクロスに構えて、右のミットを左の頬の横に構えて、左のミットを顎の下に構えた。

「いいか直樹ダブルで、最初は右のフックで、すぐに右アッパーを打て、やってみろ」

直樹はすぐに軽快なリズムで、マックの構えるミットに鋭いフックとアッパーを打ちこんだ。中田は食い入るように見つめていた。中田にはマックの意図するところがわかった。

試合での直樹は、右のパンチが極端に少なく、それも、ほとんどがストレートしか打たないのだった。そのパンチが最大の武器ではあったが、マックは試合で、もっと右のパンチを増やして幅を広げようとしているのだ。繰り出す右のパンチを見ていると中田は、改めて、その才能にほれぼれするのだった。実に正確に鋭く怖いパンチをマックのミットに当てていた。受けているマックの身体は、パンチを受ける度に、弾かれてロープに追い込まれてしまう。その度に、マックが大きな声で、ストップをかけて、また、リングの中央に戻り、再度、ミット打ちを始めるのだった。マックの顔は汗でびっしょりだった。中田は、あの汗の半分は冷や汗だろうと見ていた。たとえミットでも直樹のパンチを受けたものなら、その怖さを分からぬはずはない。三ラウンドのミット打ちが終わるとマックは、今日はここまでと言って、リングを降りて中田に話しかけてきた。

「中田さん、明日から中田さんがミットを持って直樹のパンチを受けてください。お願いします。いやー直樹のパンチを受けてみて私も彼のパンチの怖さを実感しましたよ」

「マックさん、右のパンチを磨いて、次の試合までに、直樹の手数と引き出しを増やすつもりですか」

「中田さん、その考えは、半分だけ当たっています」

「半分だけですか?」中田は解せなかった。

「そうです、引き出しを増やすというのは正解ですが、手数を増やすとは考えていません。直樹は、右はストレートしか打っていません。試合では一発でも二発でも、ストレート以外のパンチを打てれば、それは、すごい秘密兵器になると思ってのことです」

「そうでしたか」

「直樹は、右のフックとアッパーが打てなかったのではなく、必要なかったのだと思います。今までは、それで良かったと思いますが、例えばアンドレス・サラテのような選手との試合では、今のままでは無理でしょう」

「マックさんは、直樹とサラテをやらせるつもりですか」

中田は、マックからサラテと試合するという言葉が出てきたこと自体が驚きだった。

「中田さん、サラテとやるかなんて、何にも決まっていませんよ。あくまでも、これから強い相手と戦うことを想定して、たとえで言ったまでですよ」

「そうですか、会長は直樹の世界挑戦を視野に入れて対戦相手を選んでいるようですね」

「中田さん、フェザー級のチャンピオンがサラテでなかったら、こんなに直樹の体重を上げたり下げたりしないで、素直に上を目指していけばいいでしょう。でも、サラテに勝てる選手はなかなか出てこないでしょう。私としては、早くサラテがフェザー級からどいてくれないかと思っていますよ」

　マックでもサラテには、直樹は勝てないとみている、だが、中田の考えは少し違っていた。直樹の眠っている才能を目覚めさせれば、奇跡は、奇跡でなくなるのじゃないかとみていた。

「マックさん、先日ボクシングジャーナルの高橋さんが言ってましたよね。直樹なら、いい勝負をするんじゃないかってね。笑わないで聞いてほしいんですが、私も、なんだか、直樹ならやれそうな気がするんですよ、勿論、やれそうなでは、無謀なのは承知です、しかし、直樹なら、今まで、誰一人として倒せなかったサラテを倒せそうに思えるんですがね。それと直樹は右はストレートしか試合では打たないって言ってましたけど、確か、デビュー三戦目の中尾伸治選手との試合で、右のロングフックのクロスカウンター一発で、相手を沈めていますよ。だから直樹は右のフックもアッパーも相手によっては打てると思います」

「あ、そうだった。忘れていたよ、確かに打っていましたね。そうか、もうすでに右のフックとアッパーは打てるのか」

「直樹は、器用で、左のパンチの手数が多く、その左のパンチが多彩なので、右はここぞというときの一発になったのだと思います」

「直樹は、まだ、全てを出していないのですね。そうか、あいつは底が知れないボクサーだな」

中田にしても、絶対の自信はなかった。しかし、このままサラテから遠い場所にいることが、直樹のためになるだろうかと、思うのだった。むしろ直樹なら歴史を作れるのじゃないかと思えて仕方がなかった。

マックは腕を組み考え込んだ。

「うーん、中田さんも、サラテとやれそうだと思いますか。会長も口には出しませんが、サラテ戦を視野に入れているようですね。どうやら、サラテを、ことさら怖がっているのは私だけのようですね。……どうでしょう中田さん、次のジャック・ジョンソン戦で、直樹が五ラウンド以内にKO勝ちしたなら、サラテとの試合、実現に向けて動き出しましょう」

中田の目が輝いた。

「本当ですか、きっと直樹のやつ喜びますよ」

「しかし、このことは直樹には伏せておいてください。あくまで勝ってから、次に進みましょう」

「分かりました。とにかく直樹は次の試合でいいパフォーマンスを見せることですね。

マックさん、これは私の想像なんですが、いくらバンタム級の世界チャンピオンでも、もはや直樹の相手ではないと思うのですが。決して相手をなめてるつもりはありません。直樹はポンチャイ戦を経験してから、すごい勢いでまた強くなっていると思います」

「中田さんは、子供の頃から直樹を教えてきたから、彼の成長が手に取るように分かるのでしょう。なるほど、ジャックは欲をかき過ぎて、墓穴を掘ったかもしれませんね」

直樹は借りてきたジャック・ジョンソンのＤＶＤを観ていた。そして感じたことは、『小さいな』ということだった。スピードもテクニックも抜群だったが、フェザー級の直樹からみれば、体格の違いがどうしても目につく。前回戦ったライト級のポンチャイや、ＤＶＤで観たサラテと比べると、なんとも貧弱な身体に見えてしまうのだった。やはり今度の最大の敵は減量のようだった。……


試合当日は蒸し暑く、減量で苦しんだ直樹には最悪の環境だった。会場の東京体育館は満員の観客を集めていた。直樹とジャック・ジョンソンの試合はメインイベントだった。タイトル戦でもない試合が、最後とは珍しいことだが、直樹の人気と知名度から、異例の開催となった。テレビでのゴールデンタイムでの生中継も入り、世間の注目も高いことが分かった。リングに向かう足取りが、いつになく重く、こんなところにも減量の影響が出ているようだった。直樹は、何ラウンド戦えるだろうかと考えていた。足が十ラウンドもつとは思えなかったのだ。ここで負けたら、せっかくここまで積み上げてきた、実績が音をたてて崩れてしまう。早い回で終わらせなくてはと思った。……

ゴングが鳴っても身体に力が入らなかった。ジャックは、目にも止まらない鋭いジャブを放ってきた。リーチで圧倒している直樹は下がらずに、全てガードした。懐の深い直樹には、ジャックは危険を承知で踏み込んでこなければ、パンチを当てることは出来ない。直樹は自分からは仕掛けず、様子を見ていた。ジャックは攻撃の糸口を見つけられないで、焦り出したようだった。直樹は冷静に、相手の顔の表情の変化を見ていた。そして、いきなり右ストレートを放った。ジャックはダッキングでかわして、すぐに右のストレートを直樹のボディーに打ったが、そのパンチは空しく空を切った。目の前の直樹が瞬間移動したような錯覚をジャックは感じた。直樹はジャックの右側に、移動していた。ジャックは直樹のフットワークが、想像以上に速いので、身体から冷や汗が噴き出ていた。また右のストレートが飛んできた。ジャックは今度もかろうじてダッキングでパンチをかわしたが、直後に直樹の左アッパーが、ジャックの顎を打ち抜いた。ジャックの意識は飛ばされ、前のめりに倒れた。レフリーは、試合を止めるか迷ったが、カウントを始めた。カウントファイブまで、ジャックはピクリとも動かなかった。ジャックのセコンド達は、マットを叩き「起きろ、目を覚ませ」と怒鳴っていた。その声が聞こえたのか、突然ジャックの身体が動くと、あわてた様子で立ち上がった。自分に起こったことが、まだ理解できない様子だった。レフリーの「大丈夫か、出来るか」の問いかけに、ジャックはダウンしたことを知ったようだった。ジャックの顔は、怒りとも、不安とも思える、複雑な表情を浮かべていた。ジャックのキャリアの中では、初めてのダウンだった。それだけにジャックの動揺は大きいようだった。

「ＢＯＸ」

試合再開で、ジャックは距離を取ってこの回を逃げようとした。だがダウンのダメージと直樹のフットワークにつかまり、コーナーに追い込まれてしまった。「こんなはずではなかった」顔には、恐怖の表情が浮かんでいた。今度もいきなり直樹は右のストレートを放った、ジャックは今度はもぐらずに、左手のバリーで払い、直樹の右側に逃げた。が、これは直樹が仕掛けた罠だった。直樹は右手を素早く引くと、ダブルで、右のロングフックを放った。ジャックは死角から、横面を払われた。当たりは浅かったが、ダウンのダメージもあって、また倒れた。ジャックは身体のダメージも大きかったが、心も折れそうだった。それでも、わずかに残っているプライドがジャックを立たせた。カウントエイトで、ファイティングポーズを取ると、真っすぐに直樹の目を見つめていた。その目は直樹に、『このままでは終わらないぞ』そう訴えているようだった。一ラウンド終了のゴングが鳴った。ジャックはどうにか逃げ切れた。コーナーに戻ると、マックは直樹に尋ねた。

「直樹、いきなり右を出すのは、おまえの作戦だったのか」

「マックさん、あれだけ右を打つ練習をしていたじゃないですか。結構右も使えるでしょう」

マックは、こんなふうに練習の成果を見せるとは、ずいぶん余裕があるなと思った。

「でも直樹、もう、普段のおまえの戦い方に戻したらどうだ」

「わかりました。次の回、ジャックは何かしてきそうですね」

「なぜ、そう思うんだ」

「あいつの目が、そう訴えていました」

「そうか、それならあわてずに、じっくり相手を見ていけよ。もう、完全におまえのペースだからな」

二ラウンドに入り、ジャックは足を使ってアウトボクシングをしてきた。直樹は攻めてもらっているほうが、ありがたいのだが、一ラウンドの失敗から、戦法を変えたようだ。仕方がなく、直樹はジャブを放った。ジャックは目のいい選手で、直樹のジャブを紙一重でかわした。何かを狙っているのは感じていたが、直樹は減量の影響で、いつもの追う足がなかった。仕方なく、ここはジャックの出方を待った。が、ジャックは直樹を遠巻きに回り、自分から攻めてこなかった。『こんなことしていても、時間の無駄だ』

直樹は、これも減量の影響か、冷静さを欠き、少し短気になっていた。自分から一歩踏み込み、鋭いジャブを放った。そのタイミングを計っていたジャックは前に出ながら、首を倒して直樹のジャブをよけながら、直樹の左側から、左アッパーを直樹の左手の下から突き上げた。このアッパーは、直樹の顎を直撃した。直樹はがくっと膝が落ちそうになったが、かろうじて耐えた。しかしジャックは矢継ぎ早に右のロングフックを直樹の左テンプルに当てた。なんとかダウンは耐えたが、直樹の意識は少し朦朧として、足にも力が入らなかった。ここを逃したら自分に勝機はないと、ジャックは手数で攻めてきた。棒立ちの直樹は、ガードするだけで精一杯で、滅多打ちにされてしまった。ダウンしないのは、ジャックのパンチ力のなさと、階級の違いで、かろうじて耐えていた。しかし、反撃しなければ、負けてしまう。意識は戻ったが、足に力が入らなかった。背の低いジャックを見下ろしながら、直樹はジャックの打ち終わりを狙って、脇腹にフックを当てた。最初は、軽く正確に当てていたが、徐々に強いパンチを当て始めた。ジャックは直樹を倒して試合を終わらせようと必死の攻撃を続けていたが、直樹のボディーの攻撃が、少しずつジャックの攻撃力を奪っていった。ロープに追い込まれていた直樹だが、ボディー攻撃でリングの中央まで押し返して、さらにボディーを打ち続けて、今度は直樹がジャックをロープに押し込んでしまった。直樹は、ここでは派手なパンチは捨てて、ジャックの腹をしつこく攻め続けた。ジャックの身体は折れて、顔には苦悶の表情が浮かんでいた。

　ここで二ラウンド終了のゴングが鳴った。直樹は苦しいラウンドを凌いだ。コーナーでは、マックが、少しあきれた表情で直樹に詰め寄った。

「直樹、冷やっとしたぞ。足は動くか、次の回、ボディーが効いているから、しつこく攻めろ。でも、顎だけはガードしろ、もう顎を打たせるな、わかったな」

「マックさん、この試合、最初から身体がいつものように動きません。足も、左足が痙攣して痛いです。何だか、自分の身体じゃないみたいです」

　こんな言葉を直樹の口から聞くとはマックは思わなかった。そして内心『しまった』と感じていた。やはり怪我の影響で、充分な練習が出来なかったことや、無理な減量と暑さが重なって、直樹の身体は悲鳴をあげてしまったようだ。『ここは、負けないボクシングに徹するべきだ』マックは直樹に的確な指示を出した。

「直樹、苦しいだろうが、ジャックもおまえのボディー打ちで、大分弱っている。いいか今日は、いつものおまえの華麗なボクシングじゃなくて、こつこつと相手のボディーを攻めていけ、いいな」

「はい、やってみます」

三ラウンドに入り、あの鼠のように動いていた、ジャックの足は消えた。二ラウンドのボディー打ちの効果が出ているようだ。だが直樹の足も、左足が痙攣をおこしたこともあり、やはり動かなかった。直樹は自分からロープを背負った。これまでの試合で、何度か見せていた戦法だ。フットワークが使えないので、待ちに徹したのだ。こうなるとジャックも動けなかった。自分より二階級も上で、リーチも長く、カウンターの名手に、迂闊には仕掛けられなくなった。しかし、ジャックは短気な性格だった。そして、自分はＷＢＯの世界チャンピオンだということと、相手はまだ十戦目の十九歳の少年なのに、手を出さないのはプライドが許さなかった。ガードを固めて、距離を詰めて、鋭いジャブで攻めてきた。直樹はガードを固めて防いだ。本来の直樹なら、スウェーでパンチを空振りさせてカウンターを打っていただろうが、今回は相手が二階級も下で、身体が小柄な選手のために、あえてパンチを受けながら、反撃する戦法を選択したのだ。相手の打ち終わりを狙って、この回もコツコツとジャックの脇腹を攻撃した。直樹には、ジャックのパンチに力がなくなっていくのがわかった。初めから、ジャックのパンチに恐怖がなかった直樹には、もう倒されないと確信した。ジャックのパンチの軌道を見切ると、右のボディーブローに対して、身体を折り曲げて、左肘を合わせた。そして左肩でジャックを押し返した。僅かに出来た隙間から、直樹の矢のような右ストレートがジャックのストマックに突き刺さった。

「う」

ジャックはマウスピースを吐き出し、ひざまずいた。

「ダウン」

レフリーのカウントが数えられている間も、顔には苦悶の表情が浮かんでいた。直樹は、立ってくるような気がしていた。手応えはあったが、ジャックの心は折れていないとみたからだ。予想どおり、ジャックは険しい顔で立ってきた。直樹は右ストレートを腹にもっていったことを後悔していた。こんな苦しそうで、険しい顔を見たくはなかった。何故試合中にそんな考えが浮かぶのか、なんだか、自分が残酷で、相手を痛めつけて快感を得る、そんな人間にはなりたくはないと思ってしまうのだった。

『ようし、意識を飛ばして、試合を終わらせよう』

直樹はジャックのボディーを左フックで打つ、フェイントを見せてから、軌道を変えて、横面にもっていった。ガードをかすめてテンプルに当たった。ジャックは少し意識が遠くなった。僅かに開いたガードをくぐるように、ダブルの左アッパーがジャックの顎を捕らえた。ガードは下がり、棒立ちになった。直樹の右のストレートが突き刺さる寸前で、パンチは止まった。直樹は、ポンチャイのときと同じように、レフリーを呼んだ。

「レフリー、もう意識がなくなっている」

レフリーがジャックの顔を間近で見つめると、突然、ジャックの身体がレフリーに倒れてきた。あわててレフリーはジャックを抱きかかえた。そして試合を終わらせた。直樹は二階級下で、WBOの世界チャンピオンをたったの三ラウンドでKOしてしまった。

次は本来のフェザー級に戻して、フェザー級タイトルに標準を絞るべきだと思っていた。もう下の階級まで体重を落として戦うのはこりごりだ。真っすぐに、寄り道をしないで、アンドレス・サラテに挑戦したいと、ハッキリとした目標をもった。マックも今日の戦いぶりを見て、やはりサラテとやらせなくてはいけないのかと考えていた。自分の思い描いていた以上に早く、直樹はチャンピオンロードを昇っていく。今日の直樹のコンディションは劣悪だった。しかし、WBOの世界チャンピオンに圧勝した。しかも、二試合連続でレフリーを呼び、相手の意識がなくなっていることを教えて、試合を終わらせている。並の選手の出来ることではない。こんなことが出来たボクサーは、直樹がもっとも影響を受けたモハメッド・アリぐらいだろう。やはり天才だった。世界チャンピオンのアンドレス・サラテも、直樹とは違う天才だ。二人は戦う運命なのかも知れないと、マックは思い始めていた。もはや直樹は、マックの手の平からもこぼれてしまう逸材なのかもしれなかった。

十　夢の扉

九月に入っても、残暑はきびしく、試合が終わった直樹には、夏以上に暑く感じていた。それは、緊張感の欠如からくる感覚だろう。そんな直樹の虚無感をせせら笑うかのようにスポーツ新聞には桜井や金森の活躍が躍っていた。特にプロに入った桜井は新人ながら、ここまでに七勝をあげていて、セリーグの新人王候補になっていた。プロ野球に比べたら、プロボクシングはマイナーなスポーツだ。どうしたって世間の注目は、野球にいってしまう。地元の前橋でも知名度では、彼らに遠く及ばない。しかし、彼らに嫉妬することはなかった。前橋に郷愁を感じてはいなかったし、所詮、二人とは住む世界が違うと思っていたからだ。しかし、そんな直樹の心の内とは裏腹に、スポーツ新聞の記者達は、桜井や金森の活躍について、しつこく質問してきた。ある記者は、直樹にとって聞いてほしくはない質問をぶつけてきた。

「松田君は、桜井君や金森君とは仲がよかったのかい」

直樹は、この記者はどこまで知っていて、こんな質問をしてくるのかと思った。しかし、二人と同級生だったことは事実だから、自分の自意識過剰かとも思った。

「中学時代に彼らと一緒に遊んだことはありません。彼らは中学時代から同じ野球部だったし、ぼくは部活はやっていませんでしたから、ほとんど交流はありませんでした」

記者は直樹の顔の表情から、この質問を嫌がっているなと、敏感に察した。

「なんだか、付き合いがなかったって言うより、彼らに対していい感情を持っていないみたいだね」

直樹に動揺はなかった。二人に対して、いい感情があるはずもないし、さりとて、過去の事を、今さら言いふらすつもりもなかったので、出来れば、こんな質問には答えたくもなかった。

「ぼくは、野球にも彼ら二人にも何の興味もありません」

その顔は、もう話題を変えろと訴えているようだった。山下と名乗る、記者は、仕方なく話題を変えた。

「ところで、ライト級の元チャンピオンと、WBOの現役のバンタム級のチャンピオンに勝った以上、次に狙うのは世界タイトルしかないよね」

「山下さん、次に誰と戦うかは、会長やマックさんに聞いてください。自分から戦う相手を選べる身分じゃないですから」

「そうだった。でも、君の希望としては、どうなの、フェザー級のアンドレス・サラテとは試合をしたいと思っているの」

この質問に、直樹は少し迷った。うっかり本音をしゃべったら、また、騒がしくなると思ったからだ。

「チャンピオンにはなりたいです。でも、サラテとやりたいとか、思っていません」

「本当かい。何だか、ぼくを煙に巻こうとしてはいないかい。……まあいいか。今はしゃべれないか」

直樹は、インタビューに苦手意識が芽生え始めていた。軽々に本音を語れないし、マイクを向けてくる記者に対しても、どこまで信用していいものなのか、猜疑心で、結局、当たり障りのないことしか話せなかった。直樹にインタビューする記者達は、プロなら、もう少しファンに対してもリップサービスがあってもいいじゃないかと思ってしまうのだった。スポーツ記者達にとって直樹は、リングを降りると面白くない奴というのが、共通の認識だった。……


美咲に誘われて、直樹は、美咲の指定するイタリアンレストランで、食事をした。わずかの間に、美咲は東京を我が街といった顔で歩いていた。

「もう試合が終わったから、食べて大丈夫なんでしょう」

「もう、きつい減量はしたくないから、階級を下げろと言われたら、今度は断るつもりなんだ」

「前の試合は、どうしてバンタム級の人と試合したの」

「うちのバンタム級の世界チャンピオンの渡辺悟選手と試合したくて、挑戦してきたけど、渡辺選手とスケジュールが合わなくて、それで、同じジムのおれとやらせろって、行ってきたんだってさ」

「そうだったんだ。それでジャック選手は直樹と戦うメリットがあったの」

美咲は、少し前までは、ボクシングのことは何にも知らなかったが、最近ではかなり詳しくなっていた。

「WBOだけじゃなく四団体すべてのベルトを腰に巻くって豪語していたらしい。自信もあったみたいだけど……うちの渡辺悟選手に挑戦してきたけど、渡辺選手とやれないのならおれとやって、二階級上の選手を倒して実力をアピールするつもりだったんだ」

「ふぅーん、要するにジャックは直樹の力を見誤ったわけだ。でも二階級下だっていっても現役の世界チャンピオンに圧勝したんだからすごいよ。直樹はすごい速さで強くなっているね」

「自分でも、強くなったと思うけど、でも、おれ本来のフェザー級のチャンピオンにはアンドレス・サラテっていう化け物みたいな奴がいるんだ。そいつに比べたら、おれなんか、まだまだだって思うよ」

「サラテって確かWBCのチャンピオンだよね。だったら直樹はWBAやIBFやWBOに挑戦したらいいじゃない」

直樹は、美咲が、短期間の間にボクシングに興味を持ち、いっぱしの評論家みたいなことをいうのが可笑しかった。

「誰もが、そう思うよね。だから、ＷＢＡのチャンピオンのスティーブ・マーフィーには、挑戦者が殺到していて、なかなか順番が回ってこないらしいんだ。それとＷＢＯのチャンピオンはこぶしの怪我で試合ができなくて、近々暫定チャンピオンを決める試合があるらしい。ＩＢＦは新チャンピオンになって、いつ初防衛戦があるのやら、まだ分からないって聞いているよ」

「そうなんだ。ボクシングの試合を組むのも、色々かけひきがあるんだね。……だったら、直樹の次の試合は誰とやるの？」

「まだ、決まっていないけど。東洋太平洋のチャンピオンの、沢村章一選手とやる可能性が大かな」

　美咲の顔には落胆の表情が浮かんだ。

「なーんだ、まだ世界タイトル戦は出来ないのか。ちょっと残念だな」

「おれも世界タイトル戦をやりたいけど、実際に世界戦をやるのは、もう少し先になりそうだな」

「直樹はまだ十九歳だもんね」

「昔、ファイティング原田って選手が十九歳で世界チャンピオンになっているけどね」

「そうなんだ。だったら同い年の直樹が世界チャンピオンになったっておかしくないよね」

「最近でも、十九歳で世界を獲った選手はいるけど、おれとは全然環境が違うしね」

「どう違うの」

「原田さんの頃は、団体も階級も今ほどなくて、世界チャンピオンも、世界に十人位しかいなかったそうだ。それに、原田さんは、世界タイトルまでに、二十五戦以上していたらしい。何でも一カ月に二試合なんてこともあったらしい。それでも、世界タイトルに挑戦するはずじゃなくて、世界タイトル戦が決まっていた矢尾板貞夫選手が突然引退して、代役で世界戦を戦ってチャンピオンになったそうだ。それから最近の十代でチャンピオンになっている選手は、みんなアマチュアの経験が豊富だから、おれみたいにアマチュア経験も少なくて、プロで十戦位の選手がタイトル戦をやったことは、まだないみたいだ」

美咲は、普段ボクシングの知識を語らない直樹がこんなにも日本のボクシングの歴史を知っているのかと、少し驚いた。

「さすがに詳しいね。それじゃ、直樹みたいにアマチュアの経験も少なくて、十戦前後のキャリアで世界を獲ったら歴史に残るね」

直樹は可笑しかった。心の中では、そんなに簡単じゃないよと言いたかった。

「歴史に残るか。確かに歴史に残るような名ボクサーになりたいな。でも、もしアンドレス・サラテに勝ってチャンピオンになれたら、それこそ世界に名を残すボクサーになれると思うけど、負けてしまったら日本でもあっという間に忘れ去られてしまうよ」

勝負の世界は負けたら、惨めだ。特にプロの世界では敗者に称賛は送られない。光は、たえず勝者にしか当たらないのだ。直樹は、日本という、小さな島国のボクシング界では注目されているが、ボクサーとして光り輝く場所はやはり世界タイトル戦のリングの上だけだろう。それも、勝って初めて本当の光に照らされるのだろう。いつになったら世界タイトルに挑戦できるのだろうか。直樹は、ボクサーとしては、チャンピオンになりたいが、勝算は低くても、アンドレス・サラテという最強の男と拳を交えてみたいとも思うのだった。

「ねえ、直樹はサラテと試合がしたいんでしょう」

何も語らなくても、直樹の内に秘めた思いはこぼれてしまうようで、美咲にも伝わっていたようだ。

「勝てる気はしないけれど、同じ時代に、同じクラスの最強のチャンピオンと戦ってみたい気持ちが強くなっているのは確かだな」

「あたしは、直樹の気持ちも理解できるけど、周りの人達の、まだ早いっていう考えもわかるな」

美咲も、直樹が、世界タイトル戦のリングに立つ姿を見たいと思うのだが、あまりに強すぎるチャンピオンに挑戦するのは、無謀だと思った。

「次の試合は、誰とやるのかわからないけれど、多分、十一月か十二月頃になると思う。今は、あまり先のことは考えずに、練習に集中して、階段を一段一段上っていくだけだな」

美咲は、以前、直樹に感じたことを思い出していた。それは、直樹が遮二無二突き進む場所が、光り輝く栄光の場所ではなく、何もかも燃えつくしてしまう消滅点のような気がすることだった。それは、恐ろしい思いだった。……

直樹の対戦相手はなかなか決まらなかった。対戦が有力視されていた、沢村の陣営が、直樹に対して微妙な発言をするようになった。星光ジムの会長の大山勝は、ボクシング雑誌のインタビューで、こんなことを言っていた。

「うちの沢村と、岡崎ジムの松田直樹選手の試合は、ボクシングファン待望のカードだと思いますが、私は、今二人を戦わせるのは、どうかと思いますよ。二人とも伸び盛りで、ここで二人をぶっつけて、どちらかの才能をつぶしてしまう結果になりはしないか心配ですね。二人が戦うのは、どちらかが世界チャンピオンになってから、世界タイトルマッチで戦うのがいいんじゃないですかね」

インタビューしている記者は、この後、鋭く突っ込んだ質問をぶっつけている。

「しかし、松田選手サイドからは、沢村章一選手と試合をしたい、とは言っていませんよね。つい最近まで、沢村選手のほうが、松田選手と試合がしたいと言っていたじゃありませんか。ボクシングファンも近々二人の対戦が見られると期待していたと思います。ここにきて、なぜ、急に風向きが変わったのですか。それと、沢村選手の次の試合は決まっているのですか。東洋太平洋のタイトルを獲ったら、防衛戦はやらずに、タイトルを返上して、すぐに世界タイトルに挑戦すると言っていたじゃありませんか。私は、てっきり世界戦の前に松田選手との東洋太平洋のタイトルマッチが見られると思っていたのですが、会長の話ですと、世界に挑戦もしないし、松田選手との防衛戦もやらないというのは、ファンは納得しますかね」

　雑誌を読んでいる限りでは、このときの大山会長の表情はわからないが、かなり動揺していたことが行間からもうかがえた。

「私たちは、どちらからも逃げてなんかいませんよ。誰と戦うにしても、時期というか、タイミングといいましょうか、コンディションの問題などあるじゃないですか。松田選手は、まだプロで十戦ぐらいでしょう。それに比べたら、うちの沢村は、もう二十二戦しています。だから、松田選手からしたら、時期尚早なんじゃないですかね」

　こんな答えには、当然、納得できない記者は、苛立ちを隠せないようで、なおさら質問は鋭くなった。

「会長、時期尚早とおっしゃいましたが、松田選手が沢村選手に挑戦してきたのなら、その言い草も、わからないじゃありませんが、松田選手を倒してやると息巻いていたのは、お宅の沢村選手のほうだったじゃないですか。……ボクシング関係者の間では、沢村は、アンドレス・サラテには、勝てないとみて挑戦を避けて、格下だと思っていた松田直樹選手からも逃げていると言われているんですよ。プロボクサーとしては、この先、誰とやるのかわかりませんが、このまま、松田選手との試合を避けたら、ずうっと言われ続けますよ。沢村は松田直樹から逃げたってね」

　ボクシング雑誌のタイトルには、弱腰の沢村と書かれていた。練習が終わり、ジムのベンチに腰掛け、置いてあった雑誌を読んでいる直樹に、マックが話しかけてきた。

「直樹、その記事に書いてあるとおり、沢村の奴おまえに恐れをなして逃げちまった。まあ、こちらから挑戦していないからしょうがないが、うちとしては、あいつの出方をみるつもりだったから、あてがはずれたな。今な、会長がベネズエラのビセンテ・ゴンザレスという選手と交渉中だ、もし決まったら、すぐに知らせる」

「どういう選手なんです、そのビセンテ・ゴンザレスって」

「WBCの八位で、WBAでは六位の選手だから、勝てば当然、世界タイトルが、ぐっと近づくぞ」

マックの口から世界タイトルという言葉を聞いて直樹は弛緩していた心が、改めて引き締まる思いだった。どちらかというと直樹は、世界タイトルを獲ることよりも、最強の男のアンドレス・サラテと戦いたいという思いのほうが強く、たとえ世界タイトルでなくてもサラテと戦えるのなら、それでもいいと思っていたのだった。

「ところで、サラテの次の試合が決まったってボクシングジャーナルにも載っていましたけど、結局、フェザー級で防衛戦をやるんですね」

ライト級に転向すると噂されていたサラテが、防衛戦をやると知って、直樹は自分もフェザー級で戦えるかもしれないと期待を膨らませていたのだった。

「ああ、おれも、色々と情報を集めてみたんだが、サラテのナチュラルウエイトが、普段から五十八キロ～五十九キロしかないらしくて、ライト級の身体にするには、かなりのウエイトトレーニングを積まなければならなくて、すぐにはライト級に上げられないらしいんだ、今度の防衛戦は、フェザー級の一位との指名試合で、相手のアメリカのカール・スミス選手も逃げられなくて、試合をしぶしぶ承諾したそうだ」

　ボクサーを長くやっていれば自然と体重が増えて、減量苦から階級を上げていくのが一般的だが、ごく稀に減量に苦しまない選手もいる。サラテはデビュー以来、体重がほとんど変わらずにきていて、当然、減量には苦労していなかった。ファイティング原田と同時代のライバルの海老原博幸も、減量には苦しまなかった。今や伝説にさえなった原田の減量苦も、海老原には無縁だった。結局、原田はフライ級からバンタム級、最後はフェザー級まで上げたが、海老原は、六十戦以上のキャリアを、ずうっとフライ級のままだった。しかし海老原は、カミソリパンチと言われたその強打ゆえに、何度も拳を骨折して、原田とは違う苦しみと戦っていた。……

　直樹も、普段の体重を六十キロに保っていたので、減量には、それほど苦しさを感じてはいなかった。前回の試合は一階級落としたが、このとき初めて、少しだけ減量の苦しさを体験しただけだ。

「ところでマックさん、おれには、どうでもいいことだけど、沢村は、口を滑らせて、墓穴を掘ったみたいですね」

「ああ、おまえとジャックの試合を見て、星光ジムの会長の大山さんがびびっちまったようだな。沢村は、ここまで無敗できているから、ここでおまえとやって、無残に負けたら、全て水の泡だ。世界タイトルに挑戦するって話も消えちまうだろう。でも、大山さんも頭を抱えているだろう。サラテならともかく、おまえからも逃げたと世間から言われている現状じゃ、負け犬の烙印を押されたようなものだからな」

直樹も次は沢村とやるものだとばっかり思っていたので、沢村陣営の態度には落胆を隠せなかった。……

それから一週間後に、会長の岡崎からビセンテ・ゴンザレスとの試合が決まったと知らされていた。岡崎は、ゴンザレスの試合のＤＶＤをみんなで観ようと直樹とマックと中田を会長室に呼んだ。テレビ画面に映し出されるゴンザレスの戦う姿に、全員が固唾をのんで見つめていた。

「凄い選手ですね」

最初に声に出したのが直樹だった。

「会長、この選手は資料を見るとポンチャイみたいに途中でブランクがありますね。なにか訳ありですか」

マックの質問に、岡崎は、さすがに気がつくのが早いなと感心した。

「マック、その通り。実は四年前にゴンザレスはサラテと世界戦を戦っている。その試合で顎を砕かれて一度は引退している。一年前に現役に復帰して、もう一度サラテと世界タイトル戦をやって、今度こそは世界チャンピオンになると息巻いているそうだ」

マックが、怪訝そうにつぶやいた。

「一度、顎を砕かれるほどの惨敗を喫しているのに、何だってまた、サラテとやりたいなんて思ったのかね」

「それが、自分が引退した後も、サラテはずうっとチャンピオンのままだろう。サラテに勝てるのは自分しかいないと思ったそうだ」

　直樹は、ゴンザレスが、引退しても、心の奥にサラテを倒したい思いが捨てられなかったのかと思った。岡崎はゴンザレスの経歴を話しだした。

「ゴンザレスは、二十九歳で戦績は三十五戦している。負けたのはサラテ戦の一回だけで、それから新人の頃はKOも少なくて、引き分けの試合が四試合ある。最初はバンタム級でデビューしたそうだが、この頃は非力で、KO勝ちが増えたのはフェザー級に上がってからだそうだ。フェザー級で二十戦しているけど、十四KOは全部フェザー級の試合で記録している」

　マックは引っかかるものを感じて、岡崎に再度聞いた。

「会長、つまりゴンザレスはフェザー級に上がってから強くなった選手なんですか？」

「そうらしい、何でもアメリカ人の学者がトレーナーについてから、KO勝ちするようになったそうだ」

「誰なんです、その学者って」

「アメリカの大学教授でオリバー・ウィリアムスっていう人物としかわからない。マックは聞いたことあるか」

「いや、初めて聞きました」

「そうか、マックも知らないのなら、わかるはずないよな」

マックでも知らないとは、一体どんなトレーナーなのかと、ここに集まった誰もが、戦うゴンザレスのことより、オリバー・ウィリアムスという学者のことが気になった。

「気になりますね、そのオリバーっていう学者が、どんなトレーニングを指導しているのかわかりませんかね。調べることは出来ないですかね」

マックも、相手の戦い方よりも、指導しているオリバーという学者の存在が気になりだしていた。

「マック、わかった、おれなりに調べてみる」

「会長、私も調べてみますよ。お互いわかったら、報告しましょう」

「そうだな、試合前にトレーナーの経歴を調べるなんて、おれとしては初めての経験だな」

「会長、おれも初めての経験です。ところでDVDを見た限りでは、ゴンザレスがバンタム級時代、非力だったとは思えないですね。かなりのハードパンチの持ち主ですね」

「その辺が、オリバー博士の指導の賜物らしいのだが、……何でもウエイトトレーニングを取り入れて、ゴンザレスをフェザー級に上げさせたのも、オリバー博士らしい。今のところわかっているのは、それぐらいだ」

直樹も、そのオリバーという学者の存在が気になりだした。それは画面に映し出されているゴンザレスのパンチが殺人パンチと呼べるほどの破壊力があったからだ。それでも、これほどのハードパンチの選手の顎を砕くとは、サラテの強さは桁違いだと、直樹は改めて感心して、ゴンザレスの向こう側に、サラテの幻影を見ていた。やっと、遠くにサラテの背中が見えたような気がするのだが、現実には、まだ越えなくてはならない、ゴンザレスという選手が立ちはだかっている。こうして、画面の中のゴンザレスを見ると、オーソドックスで攻守のバランスが取れていて、パンチも強い、弱点の無い選手に思えるのだった。

「会長、このゴンザレスとサラテの試合の映像は観られないんですか」

直樹は、どんな試合だったのか、たまらなく観たい要求が突き上げてくるのだった。

「あるにはあるが、おまえが戦うのはゴンザレスだぞ、まあ、参考にはなると思うが、おまえの興味はサラテだろう」

確かに、直樹はゴンザレスの弱点を探すというより、サラテがどんな戦い方をしたのかに興味があり、岡崎の指摘は当たっていた。

マックが直樹にしょうがないなといった表情で話しかけてきた。

「直樹、次に戦うのはゴンザレスだ。だから今はサラテのことは忘れろ。……といっても無理だろうから、ゴンザレス戦に集中しろ。もし観たいのならインターネットで検索すれば観られるんじゃないか。おれも二人の試合内容がどんなだったか思い出したよ」

マックはゴンザレスとサラテの世界タイトルマッチを観ていたのだが、サラテの強さばかりが印象に残って、ゴンザレスのことを忘れていたのだった。しかし、こうして他の選手との試合を観てみると、ゴンザレスが並の選手ではないことが如実に伝わってくるのだった。

「マックさん、その試合はどうでした」

直樹は、どうしても知りたかった。マックは仕方がないといった表情で答えた。

「確か八ラウンドにサラテの左アッパーで一度ダウンしてから、ゴンザレスの左フックをかわしての右ストレートで、試合は終わっていたな。とにかく凄い試合だった」

「そうでしたか、それじゃネットで探してみます」

「直樹、あんまりパソコンの画面を見つめているなよ。目を悪くするぞ。ほどほどにな」

ここで初めて中田が口を出した。

中田は、直樹の世界戦が現実味を帯びてきたことで、直樹のそばにいながら直樹が遠のいていく感覚に陥っていた。岡崎ジムに直樹と同行してきてから、岡崎やマックたちスタッフは中田に良くしてくれるのだが、指導者としては、直樹はどんどん自分を置いていってしまう。そんな焦りさえ覚えるこの頃だった。

「先生の意見を聞きたいと前から思っていました。先生は、おれとサラテは戦うべきだと思いますか」

唐突に浴びせられた質問に、中田は面食らった。どう答えたらいいのか。ここは、自分の意見を自由に言える山本ジムではない。やはり、岡崎ジムの中では客人なのだ。そんな思いが、中田を岡崎ジムの中で影の薄い存在にしていたのだった。

「おれとしては、おまえがサラテとやりたがっているのは知っているけど、正直、今戦って勝てるかは、おれにはわからないな」

　歯切れの悪い答えに、直樹も中田の岡崎ジムのなかの微妙な立ち位置を理解した。

「先生、おれが今サラテとやったら、勝つ可能性は低いでしょう。だとしたら、サラテに勝つためには、どんな練習をして、どんな武器を身につけたらいいんでしょう」

「う、どんなっていったって」

　中田は、言葉を詰まらせた。トレーナーとして、明確な指示を出せないようでは、直樹の指導者として失格だ。直樹には、もちろん、そんなつもりはなかっただろうが、直樹の不用意な質問は中田を追い詰めた。ここで、マックが助け舟を出した。

「直樹、サラテに勝つ方法なんて、そうそうあるものじゃないよ。弱点や欠点など無い選手だからな。でもサラテだって人間だ。おまえにだって勝つ可能性は必ずある。おれはトレーナーとしては、ボクシング界じゃ、そこそこの評価をしてもらっているけど、おれの指導方法に、特別な秘伝なんて何一つない。……おまえも気がついていただろうが、ボクシングの練習は、地味な練習をこつこつと積み上げていくしかないんだよ」

　マックの答えたことは、直樹よりも中田が聞きたかったことだった。岡崎ジムに期限付きで移籍したのも、世界に、その名を知られた、マック吉村の指導方法を学びたいと思ってのことだ。だが、マックの選手たちへの接し方や、指導を目の当たりにすると、何一つとして、真新しいものは見つけられなかった。そして、マック自身、ボクシングには、特別な練習法など無いと断言しているのだ。それでもと、中田は思ってしまう。それじゃ何が、世界的な指導者と、一般的な指導者を分けているのか、なお疑問は残ったままだ。いや、なおさら、疑問は深くなったと言っていいかもしれない。……

直樹は次の試合で、久しぶりに、自分の本来のフェザー級でやれることが嬉しかった。『おれはフェザー級がベストウエイトだし、このクラスで世界を獲りたい』と思うのだった。

岡崎やマックもサラテという化け物みたいなチャンピオンがいなければ、直樹をライト級やスーパーバンタムでの試合は組まなかったろう。しかし、直樹はいい経験を積んだともいえた。ライト級のパワーを身をもって知ったことと、減量苦とは無縁だったが、一階級落としたことで、その苦しさと、体調の維持の難しさを経験したことは、短いキャリアの中では、大きな収穫と言えた。……

春先に有名政治家の隠し子と騒がれてから半年が過ぎて、さすがにマスコミから追いかけ回されることはなくなったが、前文部科学大臣の金川守は、スキャンダルが命取りになり失脚した。影の薄い存在になった今は、次期選挙では危ないのではという憶測が流れていた。地元に戻り、選挙運動をしたくても、公の場所に出れば、マスコミから隠し子問題を追及されるので、身動き出来ない状態に追いやられていた。直樹は思った。実の父親にとっておれは、この世に存在していてほしくないだろう。だが直樹にとっても実の父親は、この世から消えてほしい存在だった。せめて、これからおれが昇ろうとしているチャンピオンという頂に辿り着くまでは、邪魔だけはしてほしくはなかった。

　十二月に試合が決まった直樹は、本格的な練習に入っていた。美咲は、意識的に直樹には会わなくなっていた。しかし、電話は頻繁に掛けてきた。

「直樹、調子はいいの」

「今は走り込みをしているから、疲労のピークかもしれない。今回は苦しい減量はないけど、相手がハードパンチャーなんで、体力アップに主眼を置いた練習をしているから、今は身体が悲鳴をあげているよ」

「声を聞いていても大変なのが、わかるよ。直樹はひと試合ごとに強くなっているから、この次の試合も楽しみだな」

　美咲は、直樹の身体のことは気になるのだが、試合で、直樹が負けるとは思えなかった。これまで一度も負けていないし、全ての試合をＫＯで勝っている、ボクシングのことは素人の美咲でも、直樹は天才だと思うのだった。一方の直樹は天才であるがゆえに、強敵の臭いを敏感にかぎ分けるのだった。

「次の相手は強くて、おれも真剣に練習を積まなければ、ＫＯされてしまうよ」

「え、そんなに強い人がチャンピオン以外にもいるの」

「ああ、映像を観た限りでは、かなり強いな、それに科学者でやり手のトレーナーがついているらしいんだ」

「科学者のトレーナーってなんなの」

「おれも詳しいことは知らないけど、大学の教授がボクシングの指導をしていて。今、うちの会長やマックさんが調べているけど、その教授の指導で強くなったそうだ」

美咲は、直樹の戦う相手は次から次へと不気味な経歴をもった選手が現れるものだと、少し不穏な胸騒ぎに襲われた。しかし、ボクサーの直樹と再会した頃は、まったくの無名の選手で、世界タイトルは夢のまた夢だったのに、直樹は短期間に駆けあがってきた。もうすぐ夢の扉に手がかかるところまで来ているのだ。美咲は直樹にはなんとしても世界チャンピオンになってほしいと思う。しかし、同時に休むことなく走り続ける直樹が燃え尽きてしまわないかと不安にもなるのだった。直樹には『頑張ってね。応援しているよ』としか言えないが、『直樹は、どこまで走って行くの。空高く、力一杯羽ばたいている、その翼をいつ休めるの』と聞きたい。それは愛する直樹が、壊れてしまわないかという恐怖にも似た思いが、いつも胸の中を占領していたからだ。母親にも父親にも愛してもらえなかった、渇いた心は、何に飢えているのだろうか。美咲は直樹に、高い頂上にある栄光だけが、幸せではないと言いたいのだが、それは直樹の邪魔になるだろう。今は、そっと見守るしかなかった。何を言っても視野狭窄を起こしている直樹の目には入らないだろう。もはや戻れない場所まで来ているのだ。孤独な天才ボクサーは自らの拳で、夢の扉を開こうとしているのだった。

十一　海へ

試合が近づき、ジムの中でも、他の選手達は、直樹を遠巻きに見るようになっていた。いつになく直樹の神経が逆立っていたからだ。直樹には珍しいことだった。闘争心をむき出しにすることは、めったにない直樹だけに、ピリピリした雰囲気は嫌でも周りの選手達に伝わった。岡崎ジムに移籍したばかりの頃は、直樹の待遇に嫉妬した選手達が、露骨にスパーリングを迫ってきたが、直樹の実力を認知している今は、誰もが直樹とのスパーリングを嫌がった。移籍早々に、ライト級の加藤をスパーリングで子供扱いしたことや、岡崎ジムの選手として戦った二戦は、元ライト級のチャンピオンとWBOの現役のバンタム級のチャンピオンにKO勝ちしていることで、岡崎ジムのフェザー級やライト級の選手達では直樹のスパーリングの相手は務まらなくなっていた。これにはマックも頭を痛めていた。石の拳と異名をとったロベルト・デュランがライト級時代、あまりの強さゆえに、ライト級の選手ではスパーリングが出来ずに、たえずミドル級の選手とスパーリングをしていた。この十キロも体重の違う相手とスパーリングをすることは、ボクシング界では非常識だったが、デュランは史上最強のライト級と言われていただけに、常識など簡単にぶち壊していた。マックは、岡崎ジムに来たのなら、直樹のスパーリングの相手には不自由しないと考えていたが、現実には、岡崎ジムでさえスパーリングの相手がいなくなってしまったのだった。もちろん、他のジムから選手を呼ぶことも無理だった。岡崎は心配そうに、マックに尋ねた。

「マック、直樹のスパーリングの相手は、どうしたらいいんだ」

マックも困ったといった表情で答えた。

「会長、今の直樹に、フェザー級やライト級の選手では、スパーリングは務まらないでしょう。仕方がないので、うちのウェルター級の選手に相手になってもらおうかなと思っています」

「大丈夫なのか。階級でいったら四階級も上の選手とするなんて、今まで、ずいぶんボクシングを見てきたけど、こんなのは初めてだぞ」

「会長、私としても苦肉の策です。日本で同じクラスで、直樹のスパーリング相手がいるとすれば、やはり、東洋太平洋のフェザー級のチャンピオンの沢村章一ぐらいでしょう。でも、沢村でさえ、直樹に恐れをなして、試合を避けた今となっては、もうウェルター級の選手に頼むしかないかなと……」

マックも困った様子だった。直樹なら、ウェルター級の選手とやらせても、そのスピードとテクニックで充分やれるだろうと思うのだが、ウェルター級の選手のプライドを考えると、やはり、どうしたものかと考えてしまうのだった。……

朝のロードワークも、秋風が心地よく感じられる季節になっていた。直樹の身体も、すでに五十八キロに絞られていて、減量の心配はなくなっていた。直樹は試合が待ちどおしかった。あれから岡崎は、直樹のスパーリングパートナーを探して、ライト級の日本チャンピオンや、世界ランカーで、世界タイトルを狙っている選手を口説き、直樹のスパーリングの相手をさせた。なかには自分から、是非やらせてくださいと言ってきた選手もいた。

その選手とは、東洋太平洋のライト級のチャンピオンになったばかりの柳沢和弘だった。柳沢は高校からボクシングを始めて、プロで二十七戦目で東洋のタイトルを獲っていた。アマチュア時代から目立った戦績もなく、プロでも葛飾区の大森ジムという弱小ジムの所属で、叩き上げの選手と言えた。柳沢は自分も世界を狙う身だったが、天才の名をほしいままにしている直樹の存在が気になり、スパーリング相手に困っていると耳にして、無性に直樹とスパーリングをしてみたくなったのだった。それは、ボクシング雑誌などにも、日本のフェザー級やライト級クラスでは、もはや松田直樹の相手はいないと書かれていたことに憤慨してのことだった。確かに直樹は、ライト級の元世界チャンピオンのポンチャイ・ムンサックにKO勝ちしているが、ポンチャイには怪我によるブランクがあったし、ポンチャイのコンディションが万全で全盛期だったら、三ラウンドもたないでKO負けしていただろう、というのが彼の思いだった。柳沢は、なんとしてもライト級の面目を保つためにも直樹を圧倒しなければならなかった。

岡崎ジムで、柳沢の目に飛び込んできたのは、日本チャンピオンの川崎省吾選手と直樹のスパーリングだった。次が自分の番だったので、リングサイドで二人の攻防を観察できた。リングを大勢の練習生達が目を皿のようにして、スパーリングを見つめていた。柳沢は間近で見る直樹の動きが、想像を凌駕していたので、固まってしまった。日本チャンピオンの川崎のパンチをことごとく紙一重でかわしているのだった。川崎が手を抜いているのではないことは、その表情で、すぐに察したが、直樹は完全に川崎のパンチを見切っていた。自分より二階級上の選手のパンチを恐れていないのが見ていてもわかった。むしろ楽しんでいるようでさえあった。川崎は、何としても一矢報いたいと真剣だった。だが、直樹にパンチを当てることが出来ない。直樹も真剣に川崎のパンチを見切っていた。見ていて柳沢は、直樹のコンディションが、いつでも世界戦が出来るところまで出来上がっていると感じた。三ラウンドに入り、一転して直樹は攻撃を仕掛けてきた。それも、かなり荒っぽいパンチを振り回してきた。川崎も難なく直樹のパンチをかわしている。

柳沢は、このギャップは何なのかと、理解に苦しんだ。『この素人同然のパンチは何なんだ。さっきまでの体さばきなら、すぐにでも世界チャンピオンになれると思えたのに』しかし、この後すぐに柳沢は直樹の底知れない実力を知ることになる。川崎は直樹のパンチは難なくかわせても、攻撃が出来なかった。直樹のパンチに力があることと、セオリーを無視したパンチの軌道が読めないので、自分も反撃の糸口が掴めないでいたのだった。川崎は気がつかないうちにロープに退路を断たれた。顔には『しまった』という表情が浮かんだ。直樹は、ただ、がむしゃらにパンチを振り回していたのではなく、漁師が魚を網に追い込むように、川崎をロープに張り付かせたのだった。ここにきて、直樹はいつもの教科書どおりのボクシングをした。鋭いジャブが川崎の顔面を襲った。背中にロープを背負っている川崎は、ブロックするのがやっとだった、が、わずかに開いた、脇腹に左フックの直撃をもらってしまう。「ぐえ」苦しいが、ガードを下げると、今度は顔にパンチが飛んでくるので、川崎は、必死にこらえた、が、ダブルで同じ脇腹に左フックがめり込んだ。たまらずに、マウスピースを吐き出すと、膝を突いた。

「ダウン」

レフリー役の中村修がカウントを取り始めた。川崎は、苦しさと屈辱感に顔をゆがませていた。柳沢は、直樹のボクシングを目の当たりにして、自分の直樹に対しての認識が甘かったと痛感した。この次は自分が直樹とスパーリングをしなければならない、『どう戦えばいい。なんの策もなく松田直樹と対峙したら、自分は川崎のように翻弄されてしまう』それは恐れでもあった。自ら進んで恥をかきに来たようなものだ。……

川崎から一度ダウンを奪った直樹は、後は深追いせず、軽いパンチを当てるだけで流して、川崎とのスパーリングを終了した。柳沢は、リングに入るときに、これまで経験したことのない緊張を覚えた。それは直樹の発散する闘争心が、ぴりぴりと伝わってくるからだった。テレビなどで、直樹の試合は見ていたが、いつも冷静で、感情を顔に表すことのない直樹が、獣のようなオーラを放っていて、柳沢は、こんなはずではなかったと、今さらながらに困惑していた。まるでリングの中が、ライオンの檻の中のようだった。ゴングが打ち鳴らされた。蛇に睨まれた蛙のように固まっている柳沢に対して、いきなり右ストレートが飛んできた。これは難なくかわしたが、最初に直樹は自分の攻撃をかわすと予想していたので、面食らっていた。直樹は、物足りずに苛立っていたのだった。世界チャンピオンのサラテはボクシングのセオリーなどないもののように本能的に戦い、相手をことごとくリングに沈めている。今戦っている相手達は、階級こそ二階級も上だが、誰一人として、獣のようなボクサーではなかった。そんなことはわかっていたが、こんな連中を相手にスパーリングをしていても、サラテに勝てる力がつくとは思えなかったのだった。柳沢は恐怖から、無意識にジャブを放った。直樹はジャブの届かないところにいた。身体が切れている直樹の動きは、柳沢にも捕まらなかった。入れ違いに直樹のジャブが飛んできた。柳沢の鼻を浅く叩いた。それでも、鼻の奥まで衝撃が伝わった。速いジャブを体さばきでかわすのには、直樹のジャブは速すぎた。何発かはかわせても、少しずつ顔に当てられてしまう。これが試合用のグローブだったら、一ラウンドで顔が腫れ上がってしまうだろう。柳沢も直樹のパンチの引き際にジャブからのワンツーを放ったが、またしても、直樹の身体は届かないところにいるのだった。柳沢は、自分のパンチは届かずに、直樹のパンチをよけられない状態では、もはや、身体を押しつけた接近戦しか活路はないと思った。苦し紛れに前に出た。その瞬間に直樹の狙いすました左アッパーが、柳沢の顎を打ち抜いた。スパーリング用の重たいグローブだったために、柳沢の意識は残っていたが、視界がゆがんだ。平衡感覚がなくなり、身体が勝手に傾いていく。気がつくと、柳沢は、岡崎ジムの天井を見つめていた。『おれは倒されたんだ』と気がついたが、立ち上がれなかった。意識があっても身体に力が入らなかった。耳鳴りのように、中村のカウントが、聞こえてきた。ボクサーの本能で立たなくてはと必死に身体を起こした、何をしようというのではなくて、ただ立つのだという思いだけで、立ち上がった。足はがくがく震えているのが、誰の目にもわかった。ここで終わらせようか、レフリー役の中村は心配そうに柳沢に聞いた。

「大丈夫か、もう終わりにするか」

その言葉に首を振りながら柳沢は答えた。

「お願いです。やらせてください」

困ったといった顔で中村は、リングサイドのマックの顔を見た。マックも仕方がないといった表情を浮かべていた。

「BOX」

スパーリングは再開されたが、川崎のときと同じように、直樹は軽いパンチをそっと当てるだけで、一ラウンドを流した。二ラウンド、三ラウンドと、柳沢は、全力で直樹に向かって行ったが、直樹は柳沢のパンチを軽くあしらって、力を抜いたパンチを当てるだけでスパーリングは終了した。柳沢は直樹にひと泡吹かそうと岡崎ジムに乗り込んできたのに、大勢の練習生や記者達の前で自分の力量が直樹には遠く及ばないことを見せつけられてしまった。『こんなはずじゃなかったのに』と思っても後の祭りだった。同じプロボクサーなのに、それも二階級も下で、仮にも自分は東洋太平洋のチャンピオンなのだ。……

柳沢も直樹は天才だと思っていたが、勝負となれば、どっちに転ぶかわかったものではないと思っていたのに、いざスパーリングをしてみたら、自分のパンチはかすりもしないで、いいように遊ばれてしまった。ライト級の面目を保つどころか、日本人のライト級の選手では直樹の相手はいないと証明してしまった。これまで、こつこつと築いてきたプライドとチャンピオンの地位も音をたてて崩れていってしまった。才能の違いを思い知らされて、自分のボクサー人生が無意味にさえ思えるのだった。

そのころ岡崎ジムの会長室で、岡崎とマックは困惑顔を突き合わせて話をしていた。

「マック、おれが、やっとの思いで集めてきたライト級の選手達もあのざまだ。それも日本と東洋のチャンピオンを子供扱いしてしまった。これじゃ、もうライト級の選手を呼ぶことは出来ないぞ。直樹のスパーリングは、これからどうする」

さすがにマックも困った様子だった。

「困りましたね。もう他のジムも選手をよこさないでしょう。いよいよウェルター級の選手しかいなくなりましたかね」

「ウェルター級なら相手がいるのかい」

「うーん、選手のプライドがあるから、そう簡単には見つかりそうもないですね。それに、ウェルター級の選手とのスパーリングが、はたして本当の意味で練習になるものなのか、どうなのかわからないですね」

「どうして、そう思うんだ」

「確かに体力とパンチ力では圧倒しても、身体の切れとかスピードがないですからね。やはりスパーリングはライト級までにしていたほうがいいと思います」

「そのライト級の相手はどこにいるんだ」

　岡崎の顔は憮然としていた。

「会長、日本には、もういないでしょう」

「外国に行って武者修行するとでもいうのか」

「そうです、私はアメリカにコネがありますから、向こうのジムでアメリカの選手達とやらせましょう。今、思いつくのはそれしかありません」

　岡崎も確かに日本のジムでは、直樹のスパーリングの相手はいないと思い、直樹以下、何人かをアメリカに行かせるしかないかと納得した。……

　直樹は久しぶりにあの夢を見た。夢の中に架かる橋を渡っているときは、何故か、橋の向こうに会いたい人がいるように思えてならなかった。それは、いつもそばにいない母親なのか、それとも自分の寂しさを受け止めてくれる姉のような女性なんだろうか、直樹は少年の頃に噛みしめた寂しさを思い出していた。誰もいない部屋で寂しさをこらえていたこと、いじめを受けて悔し涙をひとり流していたことなどが、胸を締め付けた。この橋を渡って、大人の女性の胸に飛び込んで思い切り泣きたかった。一歩一歩ゆっくりと歩いて行くと、いつものように霧で視界が霞んできた。やはり橋は途中で霧が前を塞いでいた。直樹はいつものように立ち止まった。この霧の中に一歩踏み込む勇気がなかった。もういい、帰ろう。心のなかで、そんな声が聞こえてきた。振り向くと、故郷の景色が走馬灯のように浮かんでは消えていく。幼い自分が公園の砂場で遊んでいる姿が見えた。周りには同じ年頃の子供達が一緒に遊んでいる。直樹はあの場所に帰ろうと思った。見えている景色が、とても懐かしいものに感じるからだ。しかし、その景色の中で、夕暮れが迫ってきた。うす暗くなる景色の中で、周りの子供達のお母さんが、子供の名前を呼びながら子供達を迎えに来ていた。一人そして一人、砂場からお母さんに手を引かれて去っていった。とうとう砂場は直樹ひとりになってしまった。自分を迎えに来てくれるお母さんは、いくら待ってもこなかった。周りの家に明かりが灯り、それぞれの家から家族の話し声や、笑う声が聞こえてきた。一家団欒の幸せの風景が直樹の寂しさに拍車をかけた。誰も迎えに来てくれないし、家に帰っても誰もいない。……

直樹は自分には帰りたい過去など無いと思い知った。霧の中は、そして霧の向こうには何があるのだろう。帰れないのなら一歩でも踏み込もうと決心した。それでも恐怖で身体が硬直してしまうのだった。迷っている直樹の耳に美咲のあの声が聞こえてきた。

『直樹、今度、その夢を見たら渡ってみればいいじゃない。だって夢なんだもの』

『そうだ、これは夢だ』

直樹は初めて霧の中に足を踏み入れた。すぐに周りの景色は見えなくなった。それでも立ち止まることなく、一歩一歩前に進んで行った。どれくらい歩いただろう。周りの景色は相変わらず霧に遮られていたが、かすかに波の音が聞こえてきた。なおも進むと、はっきりと波の音が聞こえてきた。海が近いのは潮の匂いでも感じた。霧は少しずつ薄くなった。そして晴れ上がった空の下で見えた景色は、荒涼たる冬の海だった。何と不思議な景色だろう。直樹は霧を渡れば、そこには温かな安らぎの世界が待っていると思っていたのに……。

この海は開かれた世界の入り口なのか。それとも、この世の行き止まりなのだろうか。水平線には、蜃気楼のように真っ白な冬の山脈が浮かんでいた。美しい景色なのか、限りなく寒い景色なのか、どちらにしても直樹の孤独を癒してはくれなかった。この海を渡れば、今度は何があるのだろう。きっと今度こそ、自分の望む楽園があるのではないか。しかし、この海を、どうやって渡ればいいのか、やはりおれは、ここから先には行けないのか。『寒い』身体が震えた。見ると空からは白い雪が落ちてきた。雪は海にも陸にも降り積もってきた。直樹は白い世界にぽつんと取り残されていた。……

直樹は目が覚めた。『夢か』なんだか、救われた気分だった。『目が覚めずに、あの白い雪の中にいたら、おれはどうしていたんだろう』。何度も渡れずにいた橋を初めて渡ったが、もう、あの夢を見たくはなかった。あんな世界に辿り着くとは、もっと幸せに満ちた世界に行けると思っていたのに、『おれにだって、安らぐ場所や時間があったっていい』自分で選んだ険しい道だが、心の奥深くでは、裏腹の心の安寧を求めていた。しかし、途中下車の出来ない、超特急に乗ってしまったからには、誰にも弱音を吐くことは出来なかった。それでも美咲にだけは、この息苦しい思いを伝えたいと思った。だが、それも、すぐに打ち消した。今はどんなに寂しくても、じっと耐えて走り続けていくしか明日は来ないのだ。ほんの少しのほころびでも、全てが一瞬に消えてしまう世界に生きている以上、苦しくてもやせ我慢を通すしかなかった。……

ロスアンジェルスのビル・アトキンスボクシングジムでのスパーリングは、直樹には収穫の大きいものになった。なにしろ、つまらぬ気づかいは無用だし、スパーリングの相手にも不自由しなかった。直樹は日本でのスパーリングのように、相手に軽く当てるようなことはしなかった。思い切り自分の全てを相手にぶっつけた。日本では考えられないくらい、広いジムの中でも、直樹のスパーリングが始まると、リングの周りには人垣が出来るようになった。直樹はマックと中田と三人で、アメリカに来た。生まれて初めて海を渡ったが、来てみると、直樹はすっかりこの環境が気に入った。日本のようにマスコミから追い回されることもないし、練習が終わった後の解放感は、日本では味わえないものだった。スパーリングでは、直樹は実力を遺憾なく発揮した。アメリカのトレーナーや選手達も、直樹が、天才だと口々に誉めていた。その中で、マックの旧友で、ここのジムの会長の息子のトム・アトキンスは、意味深なことをマックに語った。

「マック、おまえ、すごい選手を見つけたな。おれも、サラテとの世界戦が楽しみになったよ」

「トム、おまえにも直樹は天才に見えるかい」

「ああ、直樹は間違いなく天才だ。でもな、天才だからって弱点がないわけじゃないだろう」

「どういうことだいトム、おまえには直樹の弱点が見えるのかい」

「マック、おまえは気がつかないのかい。モハメッド・アリや、アレクシス・アルゲリョがどんなボクサーに苦戦したり負けたりしたのか忘れたわけじゃないだろう」

　マックは、その指摘に冷や汗が噴き出ていた。さすがに、一流のトレーナーだけあって、直樹が苦戦する相手とは、どういう戦い方をする選手なのか見抜いていた。

「マック、明日、黒人のライト級で、マッド・ウィルソンという選手とスパーリングをさせよう。もし、直樹が、マッドを圧倒したら、おれも直樹が百年に一人の天才だと認めよう」

「トム、わかった、どんな選手か楽しみだ」

　次の日、直樹とマッド・ウィルソンとのスパーリングが始まった。身長は直樹よりも七センチ低く、リーチも短いが、突進力は抜群で、あっという間に、直樹の懐に入ってしまう。構えも、クラウチングスタイルで、直樹はパンチを打ち込む場所がマッドの額しか見当たらない状態になってしまった。情け容赦のないパンチは直樹の脇腹に突き刺さった。直樹はフットワークを使って逃げるが、直樹との距離をマッドは、あっという間に詰めてしまう。カウンターの名手の直樹がカウンターを打つことが出来ない、ロープに追い詰められて、連打される。その繰り返しだった。直樹も打ち返すが身体が伸びきっていての、ショートパンチでは威力は半減してしまい、有効打を相手に与えることが出来なかった。

三ラウンドのスパーリングは、一方的に直樹は攻められて終わった。直樹は初めて負けたと思った。今まで、スパーリングでも試合でも、こんなに一方的に殴られ続けたことはなかった。マックはトムに尋ねた。

「トム、おまえには今日のスパーリングの結果が見えていたみたいだね」

「マック、昨日、おれが言ったときにわからなかったのかい。アリやアルゲリョがどんな選手に苦戦して、負けたか、それだけ言えばおまえほどのトレーナーなら気がつくと思っていたよ」

マックは気がついていたが、直樹のフットワークとスピードなら、クラウチングスタイルの選手でも、その順応性からいっても充分戦えるのではと思っていたが、直樹はなんにも出来ずに、ただ打たれ続けた。マックにもショックだった。直樹はリングから降りると、どっと疲れた様子で椅子にこしかけて、肩を落としていた。中田も困惑した表情で、直樹を励ましていた。

「直樹、世界は広い。おまえはアメリカに来てよかったじゃないか。今日の経験は、おまえの自信を根底から打ち砕いたと思うけど、おれは、おまえが世界タイトル戦の前に、こういう経験が積めて良かったと思っているよ」

「先生、今日のマッド・ウィルソンは、すごくやりづらくて、強かったです。これがスパーリングじゃなくて、試合だったら、おれは間違いなくKOされていました」

さすがに直樹の落胆も大きいようだった。

「そうだな、今日のスパーリングでは、おまえのいいところは何にも出せなかったし、そこがマッドの強さなんだろうな」

中田は直樹を慰めながらも、どうしたら、マッドのような相手とうまく戦えるのだろうと、やはり途方にくれていた。

「先生、今度、やっても勝てる気はしないけど、何だか大きな宿題を出されたみたいで、……日本に帰るまでに、もう一度、マッド・ウィルソンとスパーリングさせてくれませんか」

「わかった。おれからもトムに頼んでみるよ」

少し離れた場所でマックとトムが話していた。

「なあ、マック、アリもジョー・フレイジャーには負けたり、苦戦をしたよな。あとケン・ノートンには顎を砕かれたろう。アウトボクサーのアリが、もっとも苦手だったのが、クラウチングスタイルのボクサーさ。アルゲリョも三階級を制覇した後、四階級制覇を狙って当時のジュニアウェルター級のチャンピオンのアーロン・プライアーに二度挑戦したけど、やはりクラウチングスタイルのプライアーに勝てなかったじゃないか。リーチでは勝っていたけど、頭を低く、前に出てくるボクサーにアウトボクサーは弱いのさ。特に、直樹のような下がりながらカウンターを打つ選手には、マッドみたいな相手は苦手だろうな」

直樹はこれまでも何人か、頭を低くして前に出てくる選手と対戦しているが、今日対戦した。マッド・ウィルソンとは、前に出る速度に雲泥の差があった。

「トム、直樹を指導してくれないか、おまえならクラウチングスタイルのボクサーの攻法を上手く教えられるだろう」

「マック、おまえが、そう言うなら、明日からおれが直樹を教えよう。実は、彼ほどの才能を持ったボクサーを教えてみたかったんだ」

話はまとまった。マックは直樹をアメリカに連れてきて正解だったと思った。マッド・ウィルソンはアメリカのライト級のチャンピオンだった。日本では敵なしだったが、この経験は直樹の目を大きく開かせるものになるだろうと思った。……

次の日、トムは直樹を、マッドと体型も戦うスタイルもよく似た選手と、スパーリング形式の練習をさせていた。トムは細かく、スパーリングを止めて、直樹に身体の使い方を指導していた。

「直樹、クラウチングスタイルの選手と戦うときは、ロープを背負ったら、身体を伸ばすな、ガードを固めて、膝を曲げて、頭をつけろ、そして左肩で相手の顎を突き上げろ。そして、相手の身体を起こせ、その瞬間を狙って、ストマックブローやキドニーブローを打つのもいいし、直接、顎を突き上げてもいい。おまえなら出来る」

トムは自ら身体を動かして、その動きを、細かく教えた。直樹の飲み込みは早く、真綿が水を吸うように、トムの教えるテクニックを吸収していった。マックは、世界は広いと改めて思った。日本では、直樹の相手はいないだろうが、アメリカには、直樹より強い選手が、まだ、ごろごろしているのだと認識した。次のゴンザレス戦は、直樹の実力が本当に世界に通用するのか試されるものになるだろう。アメリカに来て世界は広いと直樹自身痛感しているだろう。一カ月の遠征も終わりに近づき、直樹は再び、マッド・ウィルソンとスパーリングをした。前回のように、一方的に打たれ続けることもなく、浅い当たりだったが、カウンターも当てることも出来た。そしてトムに教わったテクニックで、マッドの脇腹を打つことも出来たが、内容としては五分五分の戦いだったろう。直樹としては悔しさの残る内容だった。トムは励ましとも慰めとも言える言葉を直樹に向けた。

「直樹、今日のスパーリングは、おまえとしては悔しいだろうが、一カ月前には、全然歯が立たなかった相手に五分の戦いが出来たのだから、おまえは大した奴だ。マックがおまえの才能にほれ込んだのも、よくわかる。マッドはライト級の選手だ、おれは、あいつに近いうちに世界タイトルを獲らせるつもりなんだ。その相手と五分に戦うおまえは、やっぱり天才だな。次にマッドとスパーリングするときには、きっとマッドはおまえには勝てないだろう。お世辞じゃない、何人もの世界チャンピオンを育てたおれが言うのだから間違いないぞ。おまえは、もっと強くなる。それから、おまえが挑戦しようとしている、アンドレス・サラテは、天才というより怪物だ、サラテに勝つには並大抵の練習じゃ駄目だ。とことん自分を追い込んで、もう一皮剥けた強さを身につけて、初めてサラテと戦えると思え。短い時間で、おまえには教え足りなかったが、日本に帰っても、マックの教えを守って、必ず世界チャンピオンになってくれ。祈っているぞ」

直樹は、胸が熱くなった。しかし、もう一皮剥けた強さがなければ、サラテとは戦えないと言われたことは、わかってはいても、背中に重荷を背負った気分だった。ライト級のアメリカチャンピオンに勝てなかったことが、直樹のなかでは、サラテが遠のいていく感じだった。

「トムさん、色々ありがとうございました。アメリカに来て、少々天狗になっていたのが、よくわかりました。今はゴンザレス戦に集中して必ず勝ちます。サラテのことは、その後に、じっくり考えます」

トムの顔には笑顔が浮かんでいた。

「直樹、おまえは、まだ若い。時間は充分ある。サラテが、もっとも恐れているのは、もしかしたら、おまえのように若くて勢いのある選手かもしれない。いいか直樹、いつの時代も、歴史を塗り替えるのは若者だ。頭の堅い大人じゃない。おれは、おまえが、フェザー級に新たな歴史を刻む者だと信じているよ」

直樹は、胸が一杯で言葉が出てこなかった。トムの目をじっと見つめて日本語で、

「ありがとうございます」とだけ言った。

トムも、直樹の目を見つめて軽くハグをしてくれた。そして一言「幸運を」と言ってくれた。直樹は、これからの試合がどんなに険しくても、飢えた狼のように、相手に襲いかかるだけだと決心した。ここから先は、才能とテクニックだけでは、切り開くことの出来ない修羅という世界の入り口に、今立っているのだと思った。

十二　荒野へ

日本に戻ると、試合が近いこともあって、取材の申し込みが殺到していた。直樹は二誌のボクシング専門誌の取材に応じた。その一誌は前にも取材を受けていたボクシングジャーナルだった。前回は高橋というベテランだったが、今回は若手記者が直樹にインタビューした。武田と名乗るその男は、まだ三十歳位の年齢に見えた。そして、武田の横には、アシスタントという名目で、二十代前半と思われる女性が忙しく動いていた。ジム内や、直樹の顔を前から横からカメラで撮っていたと思うと、次は何を書いているのかわからないが、しきりとメモを取り始めた。直樹は、その女性が気になっていた。武田も直樹の視線から、そのことを察して、その女性を正式に紹介した。

「松田君には、まだ何にも話していなかったですけど、今年からうちで働いている大原美由紀です。これから時々単独で取材に来ることもあると思うので、よろしくお願いしますよ」

美由紀も自分から直樹に自己紹介した。

「大原です。ボクシングジャーナルの新人社員です。これまで武田さんの助手をしていましたけれど、武田さんから、もうそろそろ、おまえ一人でやってみろって言われているので、心細いですけど、これからよろしくお願いします」

「女性のボクシング記者に初めて会いました。珍しいですね」

　直樹の感想に武田が答えた。

「日本には少ないですけど、何人かはいるんですよ。かなりベテランの女性記者もいます。ぼくも彼女には期待しているんですよ」

　直樹はインタビューに対して苦手意識があったので、女性の存在は直樹の警戒心を緩めていた。以前直樹にインタビューした高橋は、直樹の心の内を聞き出すのには女性のほうがいいという判断から、武田と一緒に大原美由紀を同行させたのだった。その期待どおりに、美由紀は直樹に臆せず質問をぶっつけてきた。

「松田さん。ボクシング以外のことで有名になってしまったけれど、私たちボクシング関係者の間では松田直樹は三十年に一人の逸材だという評価です。私もそう思います。次の試合は勝つ自信はありますか」

　期待していた割には、ありふれた質問だなと直樹は思った。

「今まで、どの試合も自信はありませんでした。でも負けられないという思いは、いつもあります。今度の試合も負けられないという思いです」

　美由紀は記者達の間では、松田直樹から、面白い話は聞き出せないと評判になっているのが、よく理解できた。

「これまでの試合が、何というか、全て華麗なボクシングで、とても華があったと思うのですが、プロとして、その辺は意識していますか」

「ぼくのなかでは、華麗に戦うという意識はありません。ただ言えることは、自分の戦う距離は意識しています」

「その辺のところを詳しく話していただけませんか」

「つまり、自分のストレートなら、どの距離から打ちたいかということを、たえず意識はしています」

美由紀は技術論で難解だが、直樹が、何を追求しているのか聞き出せそうな手応えを感じていた。

「松田選手のなかでは、接近戦は美しくないと思いますか」

「接近戦が、美しくないなんて、思いません。ただ、自分のパンチを最大限生かせる距離は、他の選手と比べたら、ぼくの間合いは遠いと思います。だから、いつも距離の取り方は意識しています」

珍しく、直樹は正直に、自分の意識していることを語っていた。美由紀の隣で、直樹の話を聞いていた武田は、やはり女性記者ならではと感心していた。

「松田選手はカウンターの名手ですけど、カウンターに対するこだわりはあるのですか」

「カウンターも、さっきから言っている距離の取り方の延長線上にあります。つまり、相手の顔の前から、ガードがどいて、ガラ空きの顔に、自分の威力のあるパンチを当てる方法を考えると、自然とカウンターになるのです」

美由紀は、評判どおりで直樹の頭の良さを感じた。

「松田選手の頭のなかでは、勝つことよりも、むしろ、どうやって相手を倒すかを求めているように見えるのですが」

「ぼくのなかでは、勝つことは倒すこととイコールです。確かに試合中は判定で勝っているとか負けているとか、考えたことはありませんね」

「全ての試合にKO勝ちしている松田選手ならではの言葉だと思いますが、自分が倒されると言う恐怖はないんですか」

「さっきも言いましたが、試合には勝ちたいという気持ちより負けたくないという思いのほうが強いです。今までの試合で何度かダウンしているから、倒されるという恐怖はいつもありますよ」

美由紀の質問に対して、直樹の答えは、何の飾りもなく透明感さえ感じさせる。美由紀は、ボクサーにインタビューしているとは思えなかった。普段着の直樹は華奢な身体に見えるし、言葉使いも丁寧で、相手に不快感を与えないし、何より、これがリングの上で死闘を重ねてきた男なのかと思うほど、物静かで、格闘家のオーラは微塵も感じなかった。ボクシングに興味のない人が見たら、とても、強いボクサーには見えないだろう。ボクサー松田直樹の戦う姿を知っている美由紀でさえ、目の前の直樹が、あのリングの上の天才ボクサーと同一人物なのかと思ってしまうほどだった。事前に高橋から聞いていた、ボクサーとは思えない静けさを持った青年というのが、よく理解できた。

「聞くところによると、アメリカではいい練習が出来たそうですね」

「アメリカは気分転換にもいい場所でした。もちろん強い選手達が一杯いて、スパーリングもかなりこなせました」

「アメリカには、松田選手より強い選手がいたのですか」

「はい、ライト級のアメリカチャンピオンのマッド・ウィルソン選手には、全然、歯が立ちませんでした」

美由紀は、直樹から勝てなかった選手がいると聞いて、少なからず驚いた。日本にはスパーリングの相手がいなくなり、アメリカに飛んだと聞いていたので、アメリカには直樹も勝てない選手がいるなんてと思った。

「松田選手でも勝てない相手がいたのですか」

「はい、一方的に殴られました」

「いくらライト級の選手だからって、ちょっと信じられないですね。どんなタイプの選手なんですか」

この質問には、マックが慌てて口を挟んできた。

「すいません。どんな選手にどんな戦い方に苦戦したとは今は言えません。わかってください。試合が近いですから」

直樹のなかでは、マッドに負けたことを、もう引きずってはいなかったが、マックはトレーナーとしてナーバスになっていた。マッド・ウィルソンという名前を言ってしまったこともマックのなかでは『しまった』と思っていた。それまでの雰囲気が一変した。マックはスパーリングとはいえ直樹が勝てなかった相手の情報は伏せておきたかったが、名前を知られてしまった以上、直樹の攻略法をボクシング関係者に知られると思った。美由紀は言葉を詰まらせた。天才ボクサー松田直樹にも弱点があるのかと、記者としては大きな魚が釣れそうな予感に胸が高鳴った。が、これ以上何を聞いても、マック吉村に遮られそうだった。新人記者の美由紀は何を聞いたらいいのか、何を聞いてはいけないのか、迷いから質問が途切れてしまった。その様子を見て先輩の武田が直樹に質問した。

「松田君は彼女とかいないの、こんな質問、だめかな。つまり、ボクシングで疲れたときとか、色々、精神的にも肉体的にも苦しい時ってあると思うけど、そんなときに慰めてくれる恋人とかいないのかなって気がして聞いてみたんだけど」

　質問の内容が唐突に、あらぬ方向に向いて、直樹は困惑した。

「その質問には答えられません」

　武田も美由紀も、さっきまでの静かではあっても泰然自若といった雰囲気でインタビューに答えていた直樹とは、明らかに違う様子に接して、スパーリングの件とは違う意味で驚いていた。直樹のなかでは美咲のことは誰にも知られたくなかった。

「何か、嫌な質問したみたいだけど、ぼくの持っている情報のなかに、松田君が上野動物園でデートしていたって聞いているもんだから、……ぼくは個人的に興味があったんだ。なんというか天才ボクサーの素顔を見たと思ってさ」

「ボクシング雑誌の記者から、そんな女性週刊誌みたいな質問をされるとは思いませんでした」

美由紀は、直樹が、『その質問には答えられません』と言ったことが気になっていた。恋人がいないのなら、『ぼくには恋人はいません』と言えばいいものを、……美由紀は、何故、そんなことが気になるのか、自分でも不思議だった。悪趣味だとは思うのだが、武田同様に、直樹のボクサーの部分とは裏側の、一人の青年の素顔を見たかった。インタビューは、少しの気まずさを残して、終了した。ジムを出ると、武田は美由紀に、『マッド・ウィルソンのことを調べておけ』と指示を出した。美由紀は言われなくても、そうするつもりだった。それよりも、悪趣味だと思いつつも、直樹の恋人のことが気になったのは、嫉妬だと気づいた。初対面で年下の男に、こんな感情がわくなんて、『今日の私どうかしている』そんな思いが込み上げてくるのだった。……

試合当日は快晴で、真冬のような寒さだった。

汗をかきにくいこの季節は、減量に苦しむボクサーには苦手な季節だろうが、直樹には、この段階では減量苦はなかった。相手のビセンテ・ゴンザレスもバンタム級から上がってきた選手だけに、減量苦は伝わってこなかった。お互いにベストコンディションでリングに上がれそうだった。この試合もタイトル戦ではないのに、メインイベントで、テレビの生中継が入っていた。直樹の人気と知名度は世界チャンピオンよりも上がっていた。お互いに、この試合に勝てば、次は世界タイトルと言われていたために、双方にとって負けられない試合だった。リング上で、相対したビセンテ・ゴンザレスは身長こそ低いが、身体は鋼のような筋肉で覆われていた。直樹はバンタム級時代のゴンザレスの映像を見ていたが、その頃とは別人のようだった。

レフリーがいつものように反則の注意をしている間も、ゴンザレスは落ち着きがなく、苛立っていた。それは直樹に対して闘争本能を燃やしているのではなく、『こんな試合、早く終わらせて国に帰ろう』そう言っているようだった。初めから直樹は眼中にないといった様子だった。直樹は前日の計量で顔を合わせたが、直樹が握手を求めて手を差し出すと、ゴンザレスは無視して計量室を出て行ってしまった。多くの報道陣達にざわめきが起こった。直樹は努めて平静を装ったが、内心は『明日は必ずマットに這わせてやる』と闘争心に火が付いていていた。……

一ラウンドのゴングが鳴り、ゴンザレスは勢いよくコーナーを飛び出してきた。初めから、早いラウンドで直樹を倒すつもりのようだった。鋭いワンツーで攻めてきた。直樹はフェイントを掛けながらフットワークを使って、左右にゴンザレスの突進をかわした。ゴンザレスのパンチは速く強いのが空気を切る音で伝わってきた。直樹は一ラウンドはゴンザレスのパンチと、動きを観察した。ゴンザレスも、セコンド陣も、直樹がゴンザレスのパンチから逃げ回っているように映っていただろう。だがセコンドに入っているオリバー・ウィリアムスは、直樹の実力が半端ではないと見抜いていた。白髪の初老の男の目には、直樹が逃げているのではないことがわかった。一ラウンドが終了して、コーナーに戻ってきたゴンザレスに、

「いいか、松田は、おまえのパンチと動きを冷静に観察していた。決して怯えていたわけじゃないぞ。次のラウンドは用心しろ」

ゴンザレスには、そんな指示も右の耳から左の耳に通り過ぎていった。『おれのパンチから逃げ切れるものじゃない。次のラウンドからはボディーを打って動きを止めてやる』

二ラウンドに入り、直樹をロープに詰めようと、強引にゴンザレスは出てきた。そして、自分のパンチの届く間合いに入った、その瞬間に右目を直樹のパンチが直撃した。『痛い』。軽そうに見えたパンチだったが、小さな石が当たったような痛さがあった。それに、まったく直樹のパンチが見えなかった。多分、左のジャブだろうと思った。『ちきしょう』頭に血が上って、直樹に迫るが、直樹のフットワークは軽く速く、ゴンザレスの追及を許さなかった。一発当てれば、展開は、一変するはずだと攻めるのだが、今日の直樹は羽が生えているのかと思えるほど、素早かった。ゴンザレスは、自分のパンチが届く間合いに入ると又も直樹の見えないパンチが先に自分の顔を襲ってきて、自分の繰り出すパンチは空しく空を切るばかりだった。二ラウンドが終了して、さすがのゴンザレスも、『こんなはずではなかった』と思い始めていた。サラテの試合でさえ、負けはしたが、前半は互角の戦いが出来たのに、今日の試合は、いいように遊ばれているだけだった。ゴンザレスの胸中には、焦りと屈辱感と、負かされるという恐怖がないまぜになっていた。

三ラウンドも四ラウンドも、試合は同じような展開で進んだが、ゴンザレスの右目は、直樹のジャブで腫れ上がり、視力は半減していた。試合前、ゴンザレス陣営は、松田直樹戦に乗り気ではなかった。ゴンザレスも早くサラテとの世界戦を実現して、リベンジを果たしたいと思っていた。岡崎会長の示す高額なファイトマネーに目がくらんだために、わざわざ極東の島国まで遠征してきたのだった。直樹に対して警戒していたのはオリバー・ウィリアムスだけだった。他の取り巻き達は、直樹のキャリアが浅いことと、ポンチャイ戦は、戦う前に、ポンチャイは壊れていたと見ていたし、バンタム級の現役チャンピオンのジャック・ジョンソン戦は、ジャックは二階級下のバンタム級の選手だったことで松田直樹はテクニックはあっても強さではゴンザレスの敵ではないとみていたのだった。単なる消化試合だとゴンザレスも臨んだ試合だったが、松田直樹は自分の張った網をするりと抜けてしまう。ゴンザレスの思惑を超えたテクニシャンだった。一方の直樹は、今回は自分本来のフェザー級で戦えることで、ベストコンディションだった。前回、前々回とスーパーフェザー級やスーパーバンタム級で戦うのとは雲泥の差があった。それと今回アメリカで、ライト級の選手とのスパーリングを多くこなしてきたことで、ゴンザレスのパンチの恐怖がなかった。スパーリング相手は、みんな試合のための減量に入っていなかったので、全員六十五キロから七十キロぐらいの体重があった。直樹は、すでに五十八キロに絞られていたから、たえず七キロから十キロも重い相手とスパーリングをしてきたことで、目の前のゴンザレスを小さく感じていたのだった。

六ラウンドの途中でレフリーが試合を止めて、ゴンザレスの目をドクターに診せた。ドクターは腫れ上がった右目の前に左手の人差し指を立てて、「見えるか」と聞いているようだった。反対側のコーナーから、事の成り行きを見つめている直樹は『もう終わってしまうのか』と物足りなさを感じていた。直樹としては、まだ会心のパンチを当てていない。それでもゴンザレスの右目は異常に腫れ上がっていた。ドクターとレフリーは、もう無理だ、と言っているようだった。ゴンザレスの右目は見えてはいないようだ。それでもゴンザレスは「まだやれると」と訴えていた。ドクターは「もうだめだ」と首を振った。それを見たレフリーは試合を終わらせた。直樹のＴＫＯ勝ちだった。

ゴンザレスの右目は眼下底骨折の疑いがあり、続行は無理との判断だった。一方的で盛り上がりに欠ける試合になってしまった。直樹に責任はないが、ゴンザレスは全くいいところが出せず前評判が高かっただけに、控室に戻るゴンザレスに会場の客達からは罵声が浴びせられた。「おまえ日本に観光旅行に来たのか」「日本選手をなめてるんじゃないぞ」「松田の強さがわかったか、さっさと引退しろ」観客達もゴンザレスのふがいなさに不満が爆発していた。直樹にも控室に戻るときに、「松田、あんな選手と戦っているより、早く世界戦をやれ」などと八つ当たりのような野次が飛んでいた。

中田もマック吉村も、直樹は短期間に、また、強くなったと思った。マックは出来ればサラテとは戦わせたくないと思っていたが、今日の試合を見て、今の直樹ならサラテにも勝てるんじゃないかと思い始めていた。確信ではないが、トム・アトキンスの言うように直樹はフェザー級に歴史を残す選手なのかも知れない。マックは心のなかで、もう迷うまいと言い聞かせていた。次はサラテとの世界タイトルマッチの準備にとりかかろうと決心していた。……

　正月も直樹は練習をしていた。ただ一人で走り、黙々と縄跳びをこなして、シャドーボクシングとサンドバッグを叩く、全部一人でこなしていた。帰省する家も、待っている家族もいない直樹には、練習をしているときだけが様々なしがらみから解放されるのだった。頭をからっぽにして、気持ちのいい汗を流すことが出来た。美咲は実家に帰り、会えなかった。中田も前橋に戻っていた。寂しいとは思わなかった。むしろ一人になれたと思った。大都会東京も正月の三が日は人も車も少なく、いつもの喧騒が嘘のようだった。直樹も夏が来れば二十歳になる。世界タイトルも視野に入ってきた。今年は去年のように政治家の隠し子と騒がれ、マスコミから追い回されることもないだろう。それに、あまりに強いチャンピオンのサラテを避けるために、去年は階級を上げたり下げたりしたが、今年は迷わず、本来のフェザー級でサラテに挑戦できるだろう。目標が決まった以上、のんびりと正月を楽しむ気分ではなかった。……


　美咲が予定より早く東京に戻ってきた。そして直樹を食事に誘った。

「直樹、まだ減量の心配ないんでしょう。あたし、原宿においしいイタリアンを見つけたの、どう今夜」携帯を通して伝わる美咲の声は弾んでいた。

「まだ、前橋にいると思っていたけど、……今日は五日だけれど、お店やっているの」

「心配ご無用、ちゃんと調べてあるから、今日から営業するってホームページで確認済み。だから大丈夫」

その夜、直樹は約束のレストランで、久々に美咲と二人だけの食事の席についた。

「東京は、やっぱり群馬と比べると暖かいね。久しぶりに前橋に帰ったら、赤城おろしが冷たかった」

「もう少し、向こうにいると思ったよ。まだ大学は始まらないんだろう」

「なんだか、あたしが、早く戻ってきて残念そうね」

直樹は、美咲とは会いたがったが、故郷の家族と過ごす時間も、美咲は楽しみにしていると思っていたので、美咲が直樹に告げていた予定日よりも、早く戻ってきたのは、『どうして』と思った。

「久しぶりに家族と会ったのだから、のんびりしてくれれば良かったのに、おれに、変な気を遣っていないか」

「あたしも、前橋に帰りたいと思っていたけど、帰ってみたら、なんだか退屈な場所になっていた。自分でも意外なんだけど、あたしも都会に慣れてきたのかも」

直樹は、東京にいれば、地方にいるよりも自由があると思った。確かに東京はどこか寂しげで、冷たさを感じる大都会だが、直樹のような夢を追う若者達が生息するにはいい街だと思う。直樹のように求道者のごとく自らを厳しく律して生きている若者も、汚辱にまみれた欲望をむき出しにした若者も、全て飲み込み消化してしまう、そんな器の大きさが、この街にはあった。善人も悪人も、聖(ひじり)も罪人も、夢追い人も、世を捨てた者も生息していた。太陽も等しく、雨も等しく降り注いでいた。直樹は東京に愛着があるわけではないが、帰る家も、待っている家族もいない自分には、ここで生きていくしかないと考えていた。

「美咲は、おれから見ても、都会に溶け込んでるように見えるよ」

「直樹こそ、前橋にいるより、東京のほうが肌に合っているんじゃない」

「そう見える。……そうかもしれない。前橋に帰っても、家も家族もいなしね。……ここしかないよね、おれには」

「東京で、大きな夢を追って生きているんだから、それだけでもいいじゃない」

「おれも、そう思うけど。桜井や金森達が甲子園で活躍して、地元の前橋で大歓迎で迎えられるけど、おれにとって前橋は、凱旋して帰る故郷じゃないんだな」

美咲は、直樹がボクサーとして、どんなに強くなっても、たとえチャンピオンになったとしても、幼い頃の寂しさを埋めることが出来ず、故郷の景色は、ぽっかり空いた空洞のなかを、冷たい風が吹き抜けているのだと感じた。

「直樹は、あんな奴らのことを意識しているの。嫌いだったんでしょう、二人とも」

「あいつらには嫌な思い出しかないからな。でも、おれだって心は弱く寂しいときもあるさ」

「直樹、あたしは強い直樹が好きなわけじゃないよ。誰だって弱いよ。人間だもの。……でも弱いから、直樹も頑張っているんじゃない」

　美咲は、直樹が弱音を吐く相手は、自分しかいないと確信していた。物静かな天才ボクサーの素顔を知っているのはあたしだけだと、自負していた。

「美咲は、いつも、おれを励ましてくれるな。……おれとしては、もう少し、強くかっこいい男でいたいけど」

「直樹は、リングの上では、すごく強くてかっこいいよ。だからリングを降りたら普通の十九歳でいいんじゃない」

「普通か。……美咲、おれには、普通がわからないんだ。子供の頃から、普通の家庭も知らないし、普通の高校生だったこともないし、今だって、普通の十九歳の生活を知らないんだ」

　美咲は、直樹の目を見つめながら、次の言葉が出てこずに困った。直樹の抱えている、深い孤独に、手を差し伸べたいと思うのだが、どうしたら、その孤独に手が届くのか美咲にもわからなかった。

「直樹、あたし大学に入って気づいたけど、誰だって迷っているし、何をしていいのか見つけられないで、自堕落な生活をしている学生たちって一杯いるよ。それに比べたら、打ち込めるボクシングがあるのは幸せだよ」

　まるで、小学校の先生みたいなことを言うと直樹は思った。

「自堕落な生活っていうのは、余裕があるから出来ることだよ。何をしていいのか分からないのも余裕だよ。おれには、いつだって後ろは崖だった。一歩下がったら崖から転落してしまうし、立ち止まっても世間っていう闇に包まれてしまうさ。苦しくても走り続けていなければ生きてこれなかった。そんな生き方を求めたわけじゃないよ。他の選択肢はなかったよ」

美咲は寂しかった。直樹の言うことは、確かにその通りだと思った。こんなに近くにいるのに、直樹はいつも美咲には届かない世界を抱えて生きていた。普通でいいと言ったのは、美咲の直樹への思いが素直に出た言葉なのだ。『生き急いで燃え尽きないで』何度、その言葉を飲み込んだことだろう。直樹の『他の選択肢はなかった』その言葉は美咲の心には重く響いていた。返す言葉は見つからなかったが、釈然としない思いは残っていた。美咲の心の奥では、直樹への応援エールと、生き急ぐ直樹を呼び止めたい思いが、せめぎ合っていた。それは同時に、自分は直樹にとって必要なのか、それとも邪魔な存在なのか、美咲は恐かった。

「美咲、おれ、つい愚痴っちゃったけど、こんなこと言えるのは美咲だけなんだ。本当だよ。だから気にするなよ。それより外を見てみなよ。ほら雪だ」

東京の街に初雪が舞っていた。

「本当だ、あたし、東京では初めての雪だな。寒いわけだ」

雪が運んできたものは、寒さだけではなく、二人の間にあった微妙な隔たりを、暫し、忘れさせてくれた。美咲は心の奥で神に祈っていた。

『神様、お願いです。どうか直樹をお守りください。そして私のこの思いを受け止めてください』

直樹は美咲の差し出す優しさに気づいていたが、美咲を抱いたらボクサーとして、今までのように戦えるか自信がなかった。孤独を捨てても、強くなれるのなら、なにも迷いはしないだろう。だが、ボクシングを失ったら、『おれには何が残るのか』そう思うと、怖かった。直樹には何事においても余裕などなかったのだ。……

食事がすみ、二人は雪の降り積もった原宿を歩いた。直樹が他人の視線を気にしないで歩いたのは久しぶりだった。外気は冷たく、二人の頭や肩に雪は降り注いだが、直樹の心の奥に美咲の思いは、深く、深く浸透していった。『一人になりたくはない』心の底から直樹は思った。そっと左手を差し出し、美咲の右手を握った。美咲は直樹と腕を組み寄り添ってきた。直樹も拒まなかった。

「雪って冷たいけど、綺麗だね」

「今日の雪は綺麗で、温かいけどな」

美咲には直樹の言うことが理解できなかった。

「雪が……温かいの」

直樹には東京に降り積もる雪が美しく、やさしい温もりを運んできた気がするのだった。

「以前、夢に出てくる霧のかかった橋の話をしたよね。覚えている」

「ああ、いつも霧で前が見えなくなって、そこで立ち止まっていると目が覚めるって話ね」

「そう、美咲が言っていたよね。今度、その夢を見たら、勇気を出して渡ってみればいいって。だって夢じゃないって、そう言っていたよね」

「渡ったの、その橋」

「渡った。美咲に言われたので勇気を出して渡ってみたんだ。……そこには何があったと思う」

美咲には何も浮かばなかった。直樹にとって霧のかかった橋に、どんな意味があるのかさえ理解できなかった。

「ごめん、あたしには何も想像が出来ない」

「そこは冬の海だったんだ」

「え、ほんとう」

「ほんとうさ、対岸には雪に覆われた山脈が見えるんだ。とても不思議な光景で、この世のものとは思えなかったな」

美咲は知りたかった直樹の深層心理を、直樹が自ら語っていると思うと、思わず身構えてしまった。

「その海って綺麗だったの」

「いや、冷たい景色だった。それを綺麗とは、おれには思えなかった。なにもかも拒む静けさだけがあって、おれは茫然とたたずんでいたんだ。そうしていたら、今度は雪が降ってきたんだよ。みるみる浜辺は雪で覆われてさ、海にも雪は降り注いでいた。おれはなんて寒いんだろうって感じていたんだ、そうしたら目が覚めたのさ。あの夢のなかの海に降った雪はほんとうに冷たかった。……でも今日の雪は温かいと思うんだ。それに綺麗だと思う。きっと、今日は美咲と一緒にいるから、そう思えるのかな」

美咲は直樹の腕を強く引き寄せた。

「直樹、あたしは直樹がチャンピオンにならなくてもいいし、強くなくてもいいの。だから、今夜はあたしと一緒にいて。……あたしを抱いて」

「え」

直樹は言葉が出てこなかった。美咲は自分が、どんなに引き止めても、直樹は荒涼とした戦いの荒野に突き進んでいくのなら、せめて孤独を捨てて、自分と一緒に歩いて行ってほしいと精一杯の愛情を示したのだった。直樹は自分の部屋で、初めて美咲を抱いた。孤独を捨てて、命がけで守りたいものを抱きしめた夜だった。

十三　空へ

直樹のサラテへの挑戦はなかなか決まらなかった。アメリカの大物プロモーター、ジョー・キングがサラテに付いたために話がややこしくなっていた。キングはアメリカボクシング界のドンで、これまでもラスベガスで大きな興行を成功させていたが、これまでは主に中量級からヘビー級の世界タイトルをマッチメークしてきたが、中量級からヘビー級に、これといったスター選手が不在のために、今までは興味薄だったフェザー級の絶対王者のサラテに手を伸ばしてきたのだった。キングは対戦相手に不自由していたサラテにWBCのライト級チャンピオンとのタイトルマッチを企画して、着々と準備を進めているという。岡崎は、対戦相手に困っているサラテだから、直樹の挑戦はすんなり決まると思っていたが、ジョー・キングという大物プロモーターの存在は大きな壁になってしまった。キングがマッチメークする試合のファイトマネーは億単位で、フェザー級の選手にそれだけの大金を与えられるのは、キング以外にいなかった。岡崎としても、まさか、このタイミングでキングがサラテと組むとはと、歯ぎしりするような思いだった。

対戦相手のタイのルクワン・シーソンポップは、やはりムエタイの出身の選手で、ボクシングに転向して、十戦で世界チャンピオンになっていた。これまでも何度も噂に上っていたサラテのライト級の挑戦は現実味を帯びてきた。サラテのナチュラルウエイトがライト級に満たないのと、これまでのライト級のチャンピオン達が、強すぎるサラテを避けてきたために実現しなかったライト級挑戦が、キングが金の力に物を言わせて実現可能となったのだ。世界中のボクシングファンには吉報だろうが、松田直樹を抱える岡崎ジムでは、いきなり、手が届きそうだった世界タイトルから、梯子を外されたようなものだ。当然、直樹のモチベーションは下がってしまった。岡崎は仕方なく、ＷＢＡの新チャンピオンのアメリカ人のジミー・モリスの初防衛戦に矛先を変えようかとマック吉村と会長室で話し合いをした。

「マック、どうだろう、ここはジミー・モリスに挑戦したら」

「会長、サラテが遠のいた以上仕方ないですね。問題は直樹がその気になるかですね」

「おれも、そのことが心配なんだ。目標を見失っている直樹に世界タイトル戦をやらせていいものか、……マックから見ていて直樹はやると思うかい」

「会長、直樹は決まれば嫌とは言わないと思います。ただ、今の心理状態では勝てるか分かりません。世界タイトルは、勝たなければ意味がありません」

「そうだよな。どうしたら直樹の闘争心に火を点けることができるかな」

そこで二人とも言葉を失って、暫しの沈黙が続いた。マックが重い口を開いた。

「会長、直樹のやる気を引き出すには、日本人同士の対決のほうがいいんじゃないですかね」

「直樹がやる気になるような日本人選手がいるのか」

「以前、沢村章一が直樹をKOすると息巻いてたじゃないですか。こちらが沈黙して様子を窺っていたら、直樹の実力に恐れをなして、星光ジムの大山会長が二人を戦わせるのは時期尚早とか言って逃げたことがあったじゃないですか。あのときは、こちらから挑戦したわけではないけど、どうでしょう正式に沢村の東洋太平洋のタイトル戦に挑戦させたら直樹も、少しはやる気になるんじゃないですかね」

岡崎も悪い考えではないと思うのだが、やはり釈然とはしなかった。

「マックの言うことも一理あると思うけど、何というか、今さら沢村とやらせてもファンが納得するかな。……沢村は、ＷＢＡのスティーブ・マーフィーとの世界戦がなかなか実現しないので、結局、すぐに返上するって言ってた東洋太平洋の防衛戦を二回もやってる選手だぜ。当然ファンも逃げて、今じゃ影の薄い選手になっちまった。確かに実力のある選手だけど、賞味期限が切れてないか」

マックも考え込んでしまった。ボクシングファンやテレビ局待望のカードを組みたくても、組めないもどかしさに臍を噛む思いだった。

「会長、私は、正直、サラテ戦が難しくなってほっとしています。今の直樹なら、もしかしたら勝てるかもと思っていましたが、やはりサラテは怪物です。負ける可能性のほうが大きいと思います。見方によっては、直樹はチャンスを逃したのではなく生き延びたと言っていいと思います。実際問題として、こちらも世界戦を組めないのだし、直樹は今年で二十歳です。もっともっと強くなってからサラテに挑戦してもいいじゃないですか」

岡崎はボクシングをビジネスとしてとらえていたが、マックは、やはりトレーナーだった。自分の指導する選手をなによりも考えていた。岡崎もここはマックの言うことに従おうと折れた。

「マック、そうだな、おれも商売気を出し過ぎていたようだ。ここで直樹を潰してしまったら元も子もないからな。……まあ色褪せたカードかもしれないけど沢村に当たってみるか」

　直樹はサラテ戦が遠のいても練習は集中力を欠かさずにこなしていた。ミットを構えて直樹のパンチを受けているトレーナーの中村修も、並の選手なら練習に集中できなくなってもおかしくないのに、直樹にはそれがない。やはり並の集中力ではない。大した奴だと感心していた。練習でも試合でも、闘争心をむき出しにする選手ではないが、直樹はまだ十九歳なのだ。もう少し感情の起伏を表に出したっていいんじゃないかと思ってしまうのだった。だが、子供の頃から直樹を見ている中田は直樹の変化に気づいていた。それは男として守りたいものを持った目になっていると感じていた。少しぐらいの落胆で、練習に身が入らないような男ではいけないと、自らに活を入れているのだと思った。

『直樹にも、守りたい女が出来たか』

　中田は見抜いていた。そして、これで、また、直樹は強くなると考えていた。直樹の練習を注意深く見つめていたマックに岡崎が近づき耳元で話しかけた。

「マック、沢村にまた逃げられた」

　マックは驚かなかった。

「どんな理由をつけて逃げたんですか」

「星光ジムの大山さんが言うには、ＷＢＯの新チャンピオンのジミー・モリスの初防衛戦の対戦が濃厚な状態だと言っていた」

「ＷＢＯか、それで決まりそうなんですか」

「どうも、決まりそうだ。大山さんにしてみれば、沢村を世界チャンピオンにしたいだろうし、なにも無冠の直樹とやる理由はなくなったろう」

「ジミー・モリスはたしかサラテに挑戦して、二ラウンドにＫＯ負けしてましたね。サラテもいよいよ対戦相手がフェザー級ではいなくなりましたね」

マックは直樹も、もはや日本には対戦相手はいないだろうと改めて思った。

「会長、仕方ありません。うちはＩＢＦに当たってみませんか」

日本のボクシング協会は長らくＷＢＯとＩＢＦを認めていなかった。そのために名門の岡崎ジムからも、この二団体のタイトルを獲った選手はいなかった。

「マック、ＩＢＦの世界チャンピオンはどんな奴なんだ」

「オーストラリアのボクサーでダニエル・チャンという中国系の選手ですよ。ＫＯ勝ちはすくないけど、かなりのテクニシャンです」

岡崎はＩＢＦのチャンピオンのことまで即答するマックに改めて感心した。

「直樹、聞こえたか」

中村のミットに正確なパンチを当てていた直樹の手が止まった。

「ＩＢＦのチャンピオンに挑戦するんですか」

マックは、あれほど正確なパンチを打ちながら、ちゃんと、こちらの話も聞いているとは、聖徳太子みたいな奴だと思った。

「直樹、ちょっと手を休めて、こっちに来い」

直樹と中村はコーナーに来て、中田と岡崎とマックはリングの外で雑談の形式で話し合いが始まった。マックが直樹を見つめながら、事の経緯を話しだした。

「直樹の対戦相手がなかなか決まらないので、とりあえず、ＩＢＦのダニエル・チャンに挑戦状を出してみる。挑戦者になれるかどうかわからないが、いつでも戦えるように準備だけはしておけ」

　中田が、マックに聞いた。

「マックさん、世界戦のまえにノンタイトルの試合は組まないんですか」

「それが、直樹とやろうとする物好きが、日本では見つからないし……直樹の対戦相手を探すのが難しくなってきたんだ」

　岡崎が口を挟んできた。

「直樹とやったビセンテ・ゴンザレスはフェザー級ではサラテに次ぐ実力者というボクシング関係者の共通の認識だったんだが、その実力者に直樹はなんにもさせずに勝ってしまったものだから、今じゃ無名の選手ではなくなってしまった。ゴンザレスは顔の骨を直樹のジャブで砕かれたのだから、世界チャンピオンでもない直樹とは、誰もやらせたがらないんだ」

　世界チャンピオンでもなく、十代のボクサーに壊されたと評判になったら、ボクサーを廃業しなければならない。実際、ゴンザレスは、入院中の病院でインタビュー受けて、引退を表明していた。記事によると、ゴンザレスはこう答えていた。

「ナオキ・マツダと戦って、自分の時代は終わったと確信したよ。アンドレス・サラテの時代も長くはないだろう」と語っていた。それはサラテと直樹の双方と戦っているゴンザレスは暗に直樹のほうが実力は上だと言っているのだった。……

数日たって、またしても思わぬところから直樹と戦いたいと言ってきた選手がいた。それは一階級上のスーパーフェザー級のWBCの現役チャンピオンの野口力也からだった。そ日本人だが、アメリカのジムに所属していた。野口は高校時代にボクシングを始めて、インターハイで優勝していた。当然、多くのジムが獲得に乗り出しだが、野口はそれら全てを蹴って、アメリカに渡った。ニューヨークの名門ジムに入りプロボクサーとして着実に階段を上ってきて、半年ほど前に念願の世界チャンピオンを奪取して初防衛戦も判定で凌いでいた。二度目の防衛戦の相手として直樹を指名してきたのだった。

野口はフェザー級時代に二敗していた。その相手とはアンドレス・サラテとビセンテ・ゴンザレスだった。一階級上のチャンピオンになった今、自分が過去に負けたゴンザレスに一方的に勝った直樹を無視できなくなったようだ。直樹はフェザー級で戦いたかったが、IBFのチャンピオンのダニエル・チャン陣営も、直樹がビセンテ・ゴンザレスを子供扱いして引退に追い込んだ実力に怖れをなして、試合を快諾しなかった。岡崎ジムも、なかなか試合が組めない状況では仕方がないかと野口戦を承諾した。

こうして直樹の世界タイトル挑戦が決まった。場所は日本の東京体育館と決まった。野口にしたら凱旋帰国で、直樹を倒して日本のファンに認知してもらう絶好のチャンスととらえていたようだ。野口がアメリカに渡ったのは、彼の十歳年上の兄がアメリカに渡り、日本料理店を経営していて、繁盛させていたからだった。自分も兄のようにアメリカでサクセスストリーを掴みたいと日本を飛び出したのだった。ボクサーとしても、チャンピオンとしても、初めて日本のリングで戦う以上負けられない試合だった。

だが野口には絶対的な自信があった。それは野口のトレーナーのカール・スミスが、直樹がビル・アトキンスジムのマッド・ウィルソンに一方的に負けたという情報をつかんでいたからだった。野口は体型といい、ファイティングスタイルもマッド・ウィルソンに酷似していた。だがカール・スミスは、その後で、直樹がトム・アトキンスの指導を受けて、二度目のマッド・ウィルソンとのスパーリングでは互角に戦ったことは知らなかった。直樹の試合を映像で確認して野口なら勝てると判断したようだった。これまで野口はアウトボクサーには負けていなかった。それと日本人である野口に、日本でヒーローになってほしいという周りの思惑もあった。……

直樹は美咲に告げていた。

「もう試合まで、あと一カ月だから、試合が終わるまで会えなくなる」

ベッドの中で、美咲の裸の胸が美しかった。

「いよいよ世界タイトル戦だものね。寂しくなるけど、チャンピオンになれるよ。直樹はやっぱり天才だもの」

「美咲、実はおれ怖いことが二つあるんだ」

「怖いこと？」

「ああ、一つは試合で負けること。もう一つは美咲がおれから離れていくことかな」

美咲は驚きと、心に冬の風が吹き抜けていくような感覚に陥った。

「どうして、あたしが直樹から離れなければならないの」

「おれもチャンピオンになりたい。そのために毎日苦しい練習にも耐えているけど、ボクシングのチャンピオンはめまぐるしく変わっていくだろう。全盛期は短くて、どんなに強いボクサーだって、長くはチャンピオンではいられない。……おれ自身もっと強くなれると思う。……だけど、いつかは、おれより強いボクサーに倒されるよ。どんどん移り変わっていくのさ。だから……なにもかもが終わってしまう、その日が怖いのさ」

美咲は直樹の言っていることが、男と女の愛情だって、いつか悲しい終焉を迎えると言う。それは、二人の間にも恋の終わりが来るのではないかと不安を抱えていると直樹は言っているのだ。

「直樹、どうして、あたしが直樹から離れるの。あたし、誰よりも直樹のことが好きなのに」

「おれも美咲が好きさ。でもときどき、おれでいいのかなって思うのさ。……美咲は一流大学の学生だし。おれは、いつ奈落の底に落とされるかもしれない、中卒のボクサーだぜ。……これでいいのかなって考えてしまうことだってあるさ」

美咲の胸のなかには怒りと失望と悲しみの感情が入り混じり複雑だった。

「直樹、あたしと直樹がこの先どうなるかなんて分からないけど、あたし直樹を好きになったことを少しも後悔なんかしていない。それに、あたしと直樹の間に、どうして中卒だとか大学生だとか、そんなものが入ってくるの。どうだっていいじゃない。……あたしは直樹の学歴なんかどうでもいいし、ましてやボクサーの直樹を愛しているわけじゃないの、素顔の松田直樹が好きなの。だからお願い、もう二度とこんな話は止めて」

直樹は美咲を深く愛すれば愛するほど、美咲の全てが欲しかった。いつもぎりぎりで生きてきた直樹が初めて、掴んだ愛情だからこそ、失うことが怖かったのだ。

「直樹、あたしを抱いて」

直樹は美咲を強く激しく抱いた。……

試合当日、東京の桜は、ほとんど散っていた。直樹は珍しく緊張していた。相手がサラテではないが、やはり、初めての世界タイトル戦は想像以上のプレッシャーが直樹の心も身体も硬くしていた。直樹は過去にも、こんな緊張を感じたことがあったと思った。そして思い当たった。それはデビュー戦の控室だった。

『あの日も、おれはプレッシャーと戦っていたな』……

リングでは、世界戦ならではのセレモニーが、神聖な雰囲気を醸し出していた。直樹は、改めて世界タイトル戦のリングに上っているのだと実感した。人気歌手による、君が代斉唱では、ボクサーとしての、これまでの道のりが甦り、『やっとここまで来た』と、心の昂りを感じずにはいられなかった。リング中央でレフリーの注意を聞きながら、野口を見ると、野口のやつれた頬が印象的だった。身長は直樹より十センチほど低いが、身体はがっちりしていて、見事な肉体美だったが、試合前に聞こえてきた、減量に苦しんでいるという情報は本当だと思った。……

運命のゴングが打ち鳴らされた。野口は頭を低くして、最初から突進してきた。直樹は素早いサイドステップでかわした。野口が身体の向きを変えようとした瞬間だった。野口の左頬を直樹の右ストレートが直撃した。野口の口からマウスピースが飛び出し、カウンターのダメージでよろよろとロープ際まで追い込まれた。足に力が入らないので、顎を引きガードを固めた。そんな野口の頭に、直樹は頭を付けた。そして左肩を野口の顎の下に付けて押し上げた。僅かに開いた隙間に、一歩踏み込みながら、野口の鳩尾に左アッパーを突き上げた。『う』。明らかに効いていた。身体を丸めた野口の右脇腹に、左のダブルのキドニーブローが炸裂した。

このテクニックは、アメリカでマッド・ウィルソンとのスパーリングの後に、トム・アトキンスから直接指導されたものだった。野口陣営には、このあたりの情報は伝わっていなかったために、鋭い出足とクラウチングスタイルの野口には、直樹は組みやすいと見ていたところに、大きな誤算があったようだ。会場は大きくざわめいていた。一ラウンド早々に、直樹はチャンピオンを追い詰めていた。野口はボディーのダメージで身動きできなくなっていた。しかし、こんなに早く倒されては、何のために日本で防衛戦を行うのか、単なる松田直樹の引き立て役になるのはごめんだ。野口はなりふりかまわずに直樹に抱きついた。振り解こうと直樹はもがくが、野口は必死にしがみついて離れなかった。

「ブレイク」

レフリーの声で、直樹は力を抜いた。当然、野口も離れると思っていたが、野口にはレフリーの声が聞こえていなかったようだ。ＫＯされるという恐怖から、直樹を振り回すように投げた。不意を突かれた直樹は水平に飛ばされてしまった。運悪く直樹の身体はロープとロープの隙間から、頭からリングの外に投げ出されてしまった。直樹は両手を突いて、かろうじて頭を打たずに済んだが、激しい痛みが左手の前腕部を襲った。見ると左手が逆くの字に曲がっていた。骨折の痛みで直樹の身体から脂汗が噴き出していた。中田やマックや中村が血相を変えて直樹に駆け寄った。

それぞれが、「直樹、大丈夫か」と口にした。直樹の左手を見て、全員が青くなった。医者も駆け寄ってきた。そして直樹の左手を見て、

「駄目だ、完全に折れている。早く担架に乗せろ」

直樹は担架に乗せられて、控室で、応急処置を受けて、駆けつけた救急車で病院に直行した。

一方、会場では大騒ぎになっていた。リングには物が投げ込まれて観客達の怒りで騒然としていた。一人残った岡崎も怒りが収まらずに、野口陣営の控室で激しく抗議していた。あの後、リングには物が投げられて、危険でリングにはいられないので野口は周りの

セコンドに囲まれて逃げるように控室に戻ってきたのだった。

「何てことしてくれたんだ。タイトルマッチが台無しじゃないか。直樹は手を折っちまったし、テレビ中継だって台無しじゃないか。一体、いくらの損失が出たと思っているんだ」

野口はパイプ椅子に腰かけたまま茫然としていた。他のセコンド達も無表情で血の気が引いていた。全員が大変なことになったが、何をしていいのか途方に暮れていた。

「うちの選手に反則で怪我を負わせて、その上試合まで壊して、ただで済むと思っているのか、訴えてやるぞ」

岡崎の剣幕に、野口の所属するジムの会長のスティーブ・メイヤーが沈んだ表情で謝った。

「ミスター・オカザキ、今日は本当にすまない。我々は、どんな処分にも従うつもりだ、そして金銭的にも、ナオキ・マツダの怪我のことも、全ての責任は私がもちます」

岡崎は怒りが収まらなかったが、ここにいても埒が明かないと思い、控室を出た。会場の外も怒りが収まらないファンが残り騒然としていた。警察も駆けつけて、暴動にならないように目を光らせていた。幸い岡崎はスーツ姿だったので、誰もボクシング関係者だとは気づかれずに、ファンの中を通り抜けることが出来た。タクシーを拾うと、大急ぎで、直樹の運び込まれた病院に直行した。……

直樹の手は手術を受けないで、自然に治るのを待つという治療に決まった。一日だけ入院したが、次の日には石膏で固めた左手を三角巾で吊ったままで退院した。……

　試合は無効と決まり、野口はチャンピオンを剥奪されて、二年間の試合を禁ずるという重い処分が下された。しかし直樹にとっても、何一ついいことのない後味の悪い試合になってしまった。あのまま試合が続いていれば、野口を三ラウンド以内でKO出来る手応えを掴んでいたので、無効試合という結果が悔しくてならなかった。チャンピオンベルトを巻けたのに、今は練習さえ出来ない。医者の診断では全治二カ月と言うことだった。何もしていないと体力も落ちてしまうので、直樹はジムの三階にあるスポーツジムでサウナスーツに身を包んでランニングマシーンなどで汗を流していた。

　そんな悶々とした日々を過ごしていた直樹を驚かすニュースが飛び込んできた。サラテのライト級挑戦のタイトルマッチが直前で中止になったという。チャンピオンのルクワン・シーソンポップが試合直前に右の拳を骨折したために、またしてもサラテのライト級挑戦は実現しなかった。ジョー・キングはサラテの次の試合相手が見つからずに頭を抱えていると、スポーツ新聞の記事には書かれていた。直樹は不謹慎だとは思っても、何だか嬉しかった。これで、もしかしたら、おれにもフェザー級でサラテのタイトルに挑戦できるのではないかと、かすかな望みが生まれた、そんな気になったのだ。……

　ボクシングジャーナルの大原美由紀から直樹に取材の申し込みがあった。取材場所はジムから歩いて十分ほどの浜寿司という寿司屋だという。指定された時刻に店に赴くと、美由紀はカウンターに座って店主と話し込んでいた。

店主が直樹に気がつき、「いらしゃいませ」。その声で美由紀も振り向いた。

「どうも、今日は個室を借りてあるから、そこでゆっくり話を聞かせてください」

「今日は大原さん一人ですか」

「そう、一人でやってみろって許可が出たの。そういうわけだから今日はよろしくね」

直樹はこんな形でのインタビューを受けるのは初めてだったので、試合とは違う緊張感を覚えた。自意識過剰かもしれないが狭い個室で美由紀と向かい合うことに息苦しさを覚えた。

「今日はお寿司沢山食べていって。お金は取材費から出るから心配しないで。まだ減量の心配はしなくていいんでしょう」

「この怪我じゃ、当分試合は出来ないから、……でも体力を落とさないようにスポーツジムでバイクを漕いだり、ランニングマシーンで走ったりしていて、意外と体重の変化はないんですよ」

「確かに、見た目も贅肉は付いてないみたいね。でも今日は沢山食べて行ってよ。ここの店、あたしの叔父さんの店なの。叔父さんも、松田君と会えるのを楽しみにしていたよ。近所だから、ときどき松田君の走っているところは見かけるって言っていたけど」

「こういう場所だと、ボクシングの話をする雰囲気じゃないですね」

「あたしとデートでもしている気分。それもまんざら悪くないな。でもボクシングの話を聞かせてもらわないとあたし首になっちゃうから、意地悪しないで話をきかせてね」

直樹はデートでもしている気分と聞かれて、どきっとした。自分でも気がつかなかった深層心理を射抜かれた気分だった。

「ところで怪我は順調に回復しているの」

「あと半月はこのまま石膏で固めたままでいなくちゃいけないそうです。不自由なので、早く取ってほしいけど、……まだ取れそうもありません」

「前回の試合、あのままいっていたら松田君のKO勝ちだったと思うけど、松田君としては、あの試合はどう思っているの」

試合から半月が過ぎて、直樹はいくらか冷静に試合を振り返る余裕が生まれていた。

「正直、もう思い出したくもないけど、あんなことがなければ、一ラウンドで終わっていたと思います」

大言壮語をしない直樹には珍しく自信に満ちた言葉が返ってきた。

「あたしも、あのまま試合が続いていたら、野口選手は倒されていたと思う。……松田君の次の目標は決まったの」

「全くの白紙です。怪我が治らないことには練習も出来ないし、……」

「サラテの試合も流れたし、これで松田君のサラテに挑戦もあるかもね」

「ぼくにとってはサラテの背中は見えていても、近くなったり遠くなったりで、なかなかつかまらない相手だなと思っています」

「サラテはフェザー級の二位との指名試合をするそうよ」

「なぜ二位なんですか」

「知らなかったの。一位の選手が怪我をしているからよ」

「え、それっておれのこと」

「そう、ビセンテ・ゴンザレスが二位だったけど、松田君はゴンザレスに勝ったでしょう、その後に一位の選手が引退したから、今は松田君がＷＢＣのランキング一位なの」

「そうだったんだ。でもサラテがライト級に行ったら挑戦できないけど、……この怪我が治らなければ試合も出来ないから、結局、ランキングは下がるでしょうね」

　直樹は、サラテ戦がなかなか実現しないので、もしかしたら自分とサラテは戦わない運命なのかと思い始めていた。

「あたしもサラテと松田君の試合をなんとしても観たいけど、上手くスケジュールがかみ合わないね。でも近いうちに実現するとあたしは思っているけどね」

「怪我が治っても、元のコンディションに戻るのには、どのくらいかかるのか、ましてサラテと戦うとなると、ぼくは半年はリングに上がれないと思います」

　皮肉な運命の流れは直樹の心を淀ませていた。

「今は練習も思うように出来ないから、辛いと思うけど、あたしは松田君とサラテが世界タイトル戦で戦うと信じているよ」

「そうなるといいですね。今はぼくにとってサラテは蜃気楼のような存在です」

「サラテはアメリカのボクシング雑誌のインタビューで松田直樹とは戦いたいって言って

いるのを知っている」

「本当ですか」直樹は心底驚いた。

「本当よ。ライト級に挑戦するって決まった後のインタビューなんだけど、記者からフェザー級でやり残したことはないかという質問に、ナオキ・マツダとは戦いたかったって答えているの。それはね、ビセンテ・ゴンザレスが、ナオキ・マツダと戦って、サラテの時代も終わったって言ったことに刺激されたみたいなの」

直樹はサラテが自分のことを知っていて、戦いたい相手と言ってくれたのが嬉しかった。

「松田君、サラテはライト級に挑戦する前に君を倒して、心置きなくライト級に行きたいんじゃないかな」

「そんなこと言われると、やる気が湧いてくるけど、……間が悪いというか、戦える状態ではないし、ぼくとしてはサラテに待っていてくれと言いたいですね」

「あたしは松田君の、今度の怪我は空に舞い上がるための試練だと思うの。本当の強さって挫折や蹉跌を乗り越えてつかむものだと思うの」

直樹は美由紀がインタビューをしているというより、姉のような愛情で直樹を励ましていると感じた。

「ぼくも強くなりたくて頑張ってきたつもりです。でも今の状態は停滞ではなくて後退だと思います。空に舞い上がるには翼が必要だけど、ぼくには翼は生えてこないと思います」

「どうして、あたしには松田君のボクシングには華があるし、その才能なら誰も行ったことのない空にだって舞い上がれると思うけど」

「誉めてもらって嬉しいですけど、この世の果てまで飛んだと思っていても、結局はお釈迦様の手の平の中だったってことだってあるわけだし、それに、ぼくのボクシングは華麗だと言われているけど、ぼくの歩いてきた人生は地べたを這うように生きてきましたよ。そう、いつも上を見上げて生きてきました。空の上から見る景色なんて、ぼくには想像も出来ないですよ」

美由紀は直樹が、ごく普通の家庭で育っていたら、ボクシングとは無縁の人生だったろうと思った。それほど直樹からはボクサーの闘争本能を感じることがなかった。今まで会ってきたボクサー達は静かではあっても、内に秘めた闘争心や強さを感じさせたが、直樹には、それがなかった。むしろ脆さや弱さが目立つ美少年のように美由紀の目には映っていた。そんな姿が美由紀の母性本能を刺激していた。

「松田君は、お釈迦様の手の中を飛んでいるような選手じゃないよ。あたしが言っても信じてもらえないかもしれないけど、あのサラテが戦いたいと言ったんだよ。天才は天才を知るんだよ。松田君は自分に空も飛べる翼が生えていることを知らないだけだよ」

直樹は、美由紀が、ボクシング雑誌の記者として熱いエールを送っているのではなくて、一人の女性として直樹に接しているのは、薄々気づいていた。そして、おれには本当に、空も飛べる翼があるのだろうかと思った。直樹は翼があるのなら、どこまでも高く舞い上がりたいものだと思った。

十四　天国への階段

雨の季節に入り、直樹は練習を再開した。しかし、医者からは、まだサンドバッグなどは叩いてはいけないと止められていた。それでも直樹は嬉しかった。ロードワークも縄跳びもシャドーボクシングも出来る。溜まっていた鬱憤を晴らすように練習に打ち込んだ。それまで、あまりやったことのないウエイトトレーニングも落ちた左腕の筋力を取り戻すために取り入れた。松田直樹が練習を再開したと情報が伝わると、岡崎ジムには大勢の取材陣が押し寄せた。記者達の興味は次の試合はいつ、どこで、誰とやるのかということだった。岡崎は記者達の質問に対して、根気よく丁寧に対応していた。

「次の試合は、今は白紙の状態です。松田直樹は練習を再開したばかりですし、まだ、サンドバッグを叩くことも出来ません。私としては松田のコンディションが完全に戻ってから、試合のことは考えるつもりです」

気の早い記者からは、こんな質問が飛んだ。

「アンドレス・サラテに挑戦することも視野に入れているのですか」

「それも、松田の怪我が完全に治ったら考えます」

ある記者から、こんな質問も飛んできた。

「野口がタイトルを剥奪されたことで、近々WBCのスーパーフェザー級の決定戦が行われるそうですが、松田選手が決定戦に出るべきだと思うのですが、岡崎会長は、どう考えているのですか」

「その話は、私も聞いていますが、WBCから決定戦に出ないかという打診は、いまのところ、うちには来ていません」

本来なら直樹は決定戦に出るべき選手であろう。しかし、いつまでもチャンピオンが不在のままでは困ると考えたのか、WBCはランキングが一位と二位の選手で決定戦をやるという情報が流れていた。しかも新チャンピオンの初防衛戦には、松田直樹の挑戦が決まっているという。いわば暫定チャンピオンとの決定戦のような形式をとるらしいということだった。岡崎は、直樹が試合が出来ない間に正式な新チャンピオンが誕生するのはおかしなことだと考えていた。あくまでも暫定チャンピオンにしておくべきだろうと、内心は憤慨していた。直樹はもはや、誰が新チャンピオンになるのかは関心がなかった。サンドバッグも叩けない状態ではあせってもしょうがないと悠然としていた。

直樹は、美由紀の運転する車の助手席で東京の夜景を見ていた。車は首都高速を走っていた。あれから美由紀は何度か直樹をデートに誘った。直樹は美咲を思い、やんわり断ったが、美由紀は執拗に直樹に迫ってきた。

「あたしって悪い女だと思うけど、松田君は付き合っている、その彼女と独占契約でもしているの」

直樹は、女性から、そんな毒のある言葉を聞いたことがなかったので、少しの後ろめたさを感じながらも、好奇心を刺激されて美由紀とのデートに応じていた。当然、男と女の深い関係にはなっていなかった。直樹には、そのことに何の不満もなかった。それでも美由紀は直樹を色々と大人の社交場に案内した。静かなホテルの地下にあるショット・バーで、バーテンダーの勧めるカクテルを飲んだ直樹の顔を見て、美由紀はくすくす笑っていた。ボクシングしか知らない直樹にとって、美由紀は未知の扉を開き案内してくれる、水先案内人のようだった。直樹は練習が出来ても、試合の予定も決まらない苛立ちや不安を美由紀によって紛らわすことが出来た。しかし、美由紀とのデートの間も、直樹は美咲を忘れることはなかった。怪我が回復して、試合も決まれば、この関係も自然消滅すると思っていた。しかし美由紀は美咲の存在を知っていても、直樹を奪うつもりだった。きれいごとではなく、心に燃える恋の情念を打ち消すことは出来ない。直樹は気がついていたが、美由紀と一緒の時間は直樹にとっても楽しかった。軽い気持ちで美由紀とのデートに応じていたが、そろそろ楽しい時間を終わらせなければと思い始めていた。車は横浜に向かっていた。

「松田君、横浜に行ったことはあるの」

「小学生のときの遠足で行ったことがあります」

「それじゃ、ずいぶん久しぶりだね」

直樹は、こうして都会の夜景をゆっくり見たことがなかった。いつも走り続けていた生き方に、周りの景色に感動することも、季節の移ろいに心を留めることもなかったと、改めて思った。そんな直樹の横顔に美由紀は不安がよぎった。

「何を考えているの」

そばにいても、直樹がすーっと遠のいていく、そんな感覚に襲われて、思わず呼び止めるように聞いたのだった。

「いや、ただ綺麗だなと思って」

直樹がボクシングをしていなかったら、一体何をしていたのだろう。美由紀は、涼しく聡明な目や静かで知的な話しぶりから、ボクシングからは、およそかけ離れた世界の住人だったろうと思ってしまう。テレビでしか見たことのなかったベイ・ブリッジを渡り、美しい横浜の夜景を見つめながら、美由紀が案内したのは、小さな洋食屋だった。港館という古ぼけた看板がかかっていた。店内は、テーブルが二つと、あとはカウンターだけだった。

「マスター、久しぶり。約束どおり、連れて来たわよ」

「いらっしゃいませ」

筋肉質で顎ひげが立派なマスターが直樹を見つめて、にやりと微笑んでいた。

「松田君もプロボクサーなら、原田剛志って名前を聞いたことはない」

「知っています。ぼくは試合を観たことはないけど、確か伝説の世界チャンピオンですよね」

　マスターは嬉しそうに直樹を見つめていた。

「松田君、ありがとう、名前だけでも知っていてもらえて嬉しいよ。君の試合を見ていて、一度、会いたいと思っていたんだ。今日は夢が叶ったよ」

　原田剛志は現役時代にハードパンチャーの宿命で、右の拳を二度骨折していた。ボルトで折れた骨を固定する手術をしたりで、なかなか世界タイトルに挑戦できなかった。そしてやっと辿り着いた世界タイトル戦では、五ラウンドで見事なＫＯ勝ちで世界チャンピオンのベルトを巻いた。しかし網膜剥離のために防衛戦をやらずに、世界チャンピオンのまま引退した。ウェルター級のチャンピオンは世界でも高く評価される。まして原田は、二十五戦全勝で全てがＫＯ勝ちだった。ボクシング界では伝説のチャンピオンとして、語り継がれていた。引退して、すでに二十年たっていたから、直樹は名前だけしか知らなかった。美由紀は日本の名ボクサーを取材して、一冊の本にしようとして、原田とも取材で何度か会っていたのだった。原田は直樹に興味を示し、美由紀に会わせてくれと頼み込んでいたのだ。

「松田君、君のボクシングはいいね。おれも現役時代はハードパンチャーで鳴らしたけど、君のようなカウンターで仕留めたことはなかった。おれはとにかく前に前に出て行くタイプで、君のボクシングとは正反対の選手だった。ところで怪我は良くなったの」

「大分良くなりました。でも、まだ力一杯サンドバッグを叩くことは出来ないんです」

「あせらないほうがいいよ。おれも怪我で、ずいぶん苦しんだけど、……この前の試合だって、あんなことがなければ、君がＫＯで勝っていただろうね」

「もう終わったことです。……それにぼくにとっては思い出したくない試合ですね」

「そうか、ボクシングの世界は残酷で、野口は、もう世界チャンピオンには戻れないだろうな。おれも引退した頃は、現役に未練があったけど、今じゃ、あんな怖いこと、よくやっていたと思うよ」

「原田さんは、現役時代は試合を怖いと感じたことはないですか」

　直樹は伝説のチャンピオンから、技術論よりも精神的なことが聞きたかった。

「おれは、幸い一度も負けなかったけど、試合前は怖かったな。次は負けるんじゃないかってね。でも、周りには次も絶対ＫＯで勝つと強がっていたけどね。ところで大原君から聞いたけど、君は決して大口をたたかないそうだね。珍しいね。ボクサーは嘘でも、絶対負けないとか、ＫＯで勝つとか虚勢を張るものだけどね」

「リップサービスですか。……そうですね、そう言ったところは、ぼくはプロとしてはつまらない選手ですね」

　原田は直樹が、自分を客観的に見ていることに驚いた。そして、美由紀の言うように、普段の直樹からは、ボクサーの雰囲気は、まるで感じられないというのは本当だと思った。原田は会えば、お互いボクサー同士だし、きっと分かりあえる部分や、感じあえるものがあると思っていたのだが、原田自身、直樹と会った誰もが感じるように、目の前の男が、あの天才ボクサーなのかと違和感を覚えるのだった。

「今日は、うちの料理をたっぷり味わっていってくれよ。試合が決まってないのなら、減量の心配もないいんだろう」

　ここで、初めて美由紀が口を挟んできた。

「松田君。この店のビーフシチューは絶品だよ。この店はね、隠れた名店として知る人ぞ知るという店なの。マスター、あたしはハヤシライスがいいな。松田君は何にする」

「ぼくはマスターのお勧めにしたがいます」

　原田は、直樹がマスターと呼んだことで、自分を伝説の世界チャンピオンという先輩ボクサーとしてよりも、洋食屋のマスターとして接していると感じた。直樹に悪気がないのは分かっていても、ボクシングの話で熱くなれると期待していたが、当てが外れたと思った。この店自慢のビーフシチューを口にはこんでいる直樹に、原田が聞いた。

「松田君、今度はおれから君に聞きたい。君は試合を怖いと感じているのかい」

「原田さん、ぼくはいつだって、試合は怖いです。さっきボクシングは残酷だって言ってましたよね。もっと詳しく聞かせてもらえませんか」

　今度は原田さんと言った。どうやら、直樹のなかでは、ボクシングの質問をするときには、先輩ボクサーとして聞いているようだった。

「大原君から聞いたけど、君は羽の生えた天才ボクサーだと言われて否定したそうじゃないか。君なら空も飛べるって言われたんだろう。おれも君なら空高く飛べると思う。だけど、君は飛べることを知らないんじゃなくて、知っているから否定したんだろう」

「何ですか。何だか禅問答みたいですよ」

「つまりさ、ボクサーにとって天国は、世界チャンピオンになることさ。そして君なら、その翼で、誰よりも早く、そして高く舞い上がって、普通の選手が五年かかるところを、二年で辿り着けるさ。だけど、ボクサーが天国への階段を上ることは、戦う相手を地獄に突き落としていくことで、君はとっくに、そのことに気がついているんだろう」

直樹のビーフシチューを食べる手が止まり、直樹は無言で、原田を見つめた。美由紀は、直樹の横顔を見つめていた。心なしか、直樹の頬が紅潮したようだった。

「原田さん、ぼくは何も気がついていません。確かに、周りでは、ぼくのことを天才とはやしたてるけど、ぼくの中では不器用な選手が、天才と言われている選手より劣っているとは思わないんです」

「松田君、おれの現役時代は、パンチは強かったけれど、決して器用な選手じゃなかった。だから、おれは君の華麗なボクシングに魅せられるのさ。でも確かに、不器用な選手が天才型のボクサーより弱いとは限らないな。特にプロのリングの上じゃ勝ちに対する執着心が強い奴が勝つことは、よくあるしな」

原田は不思議だった。直樹が冷静に自らを俯瞰して見ていることや、ボクシングを冷めた目で見ていることが、なんとも解せなかった。この若者は、何故、世界チャンピオンになる夢を、熱く語らないのだろう。何のために、また、誰のために苦しい練習に耐えて、ボクシングに打ち込んでいるのだろうと思う。

「原田さん、ぼくは世界チャンピオンになる道が、天国への階段だとは思いません。それに、ぼくが恐れているのは、戦う相手を地獄に突き落とすことではなくて、自分が地獄に突き落とされることです」

「それじゃ聞くけど、君にとって世界チャンピオンを目指すってことは、どういうことなの」

「もちろん、単純にチャンピオンベルトを巻いて、おれはチャンピオンになったんだって喜びたいですよ。それと、そこに何があるのか見てみたいんです」

「何を見たいの」

　思わず美由紀が口を出した。

「ぼくは、ずっと夢の中で渡れなかった橋があったんです。やっと、渡れたと思ったら、そこは、荒涼とした、冬の海だったんです。ぼくにとって世界タイトルのリングに上がるのは、その荒涼とした海に飛び込んでいくような、そんな気持ちなんです。その海を泳ぎ切ったら、そこに何があるのか見てみたいんです」

　美由紀は、初めて天才ボクサーの素顔を垣間見た気がした。原田は、直樹の強さは、華麗なボクシングスタイルにあるのではなく、むしろ長い孤独に耐えてきた精神力にあるのかもしれないと思った。……

　原田の店を後にして、美由紀が運転する車は東京への帰路を急いでいた。時間は深夜の十二時を回っていた。かみ合わない会話だったのに、つい長居をしてしまい、店を出たのが十一時を過ぎてしまったのだ。

「松田君、伝説のボクサーに会って何を感じたの」

「原田さんは今でも強そうで、現役時代はどれほど強かったのかなって思いましたよ」

「試合見たことないって言っていたよね。インターネットの動画で見ることも出来るけど、あたし原田さんの現役時代の映像を持っているから、良かったら貸してあげるよ」

「そうですか、見てみたいです」

　美由紀は直樹が伝説のボクサーと会っても、感動した様子も見せずに、普段と変わらない態度だったので、原田は直樹から何を感じたのだろうと、改めて聞いてみたいと思った。

「あたし、二人の話を聞いていて、ボクシングへの思いや考え方の違いが、面白かったな。だって、チャンピオンを目指すことは、天国への階段を上ることだと言った原田さんに対して、松田くんは、荒涼とした、冬の海に飛び込んでいく気分だと言ったんだよ。ずいぶんかけ離れた価値観だよね」

　窓の外の流れる景色を見ていた直樹は、美由紀の横顔を見て、少し考えてから、話しだした。

「ぼくのほうが特別なんだと思います。美由紀さんに言われて気がついたけど、子供の頃から、いつも探していたと思います。どの方向にどれだけ歩けば、暖かい場所に行けるのか、いつも、いつも探していたんだと思います。ぼくにとって幸せの場所はどこなんだろうって、無意識のうちにも探していたんだと思います。……いや、きっと今も同じです」

美由紀は、直樹には美咲と言う恋人がいる。自分が二人の間に割って入るのは難しいと考えていたが、今、直樹は頑なな心の中を、少しだけ美由紀に開いて見せてくれたと思った。

「松田君、今夜はあたしの部屋で過ごそうよ」

「そういう関係にはならないって、暗黙の約束がぼくと美由紀さんの間にはあったと思っていたけど」

「あたしの中では、初めて会ったときから、君に恋愛感情があったの、松田君はカウンターの名手だけに、こちらから仕掛けないと、自分からは、仕掛けてこないものね」

「さすがに、記者だけに、上手いこと言いますね。逃げ道なしか。……そこには探している天国があるんですか」

「その答えは、自分で感じるものでしょう」

直樹は美由紀に対して、恋愛感情は持っていなかった。しかし、彼女に恥をかかすわけにもいかないと観念した。……

東京に梅雨明けが宣言されて、直樹の練習は、猛暑の中でも、激しくなっていた。いつでも試合が出来るように、準備に怠りはなかった。が、肝心の試合が決まらなかった。岡崎は、ジョー・キングに試合を打診しているのだが、キングは、直樹では、サラテとは格が違いすぎて、面白くないと言われてしまったそうだ。キングが言う格とは、直樹の実力ではなくて、知名度のことだった。直樹はボクシング関係者の間では、その実力は高く評価されているが、まだ、世界の一般のファン達には無名の存在だからだ。キングのビジネスは世界を意識している。ビッグマネーを動かすキングには、世界中のテレビ局に試合が売れなければ意味がなかった。WBCのライト級のチャンピオンとの試合が流れたために、キングはWBAの世界チャンピオンとの試合を画策しているらしいと、噂が流れていた。岡崎は、スーパーフェザー級の新チャンピオンに挑戦させるべきか迷っていた。何故なら岡崎はキングに、『ナオキ・マツダなどという無名の坊やとは試合は組めない』と門前払いを受けたことで、はらわたが煮えくりかえる思いだった。何としてもサラテとの試合を実現させて、一矢報いたいと考えていたからだった。例によって岡崎はマックを会長室に呼び、直樹の次の試合について相談を持ちかけた。

「マック、キングの奴、直樹にはまったく興味を示してくれない。どうする。やっぱり次はスーパーフェザー級でいくか」

「会長はサラテとやらせたいんでしょう。直樹もサラテとやりたがっているし、それにサラテも直樹とはやりたがってるそうだから、ここは積極的に、こちらから仕掛けませんか」

「何を、やろうってんだ」マックは笑みを浮かべながら、さらりと言った。

「簡単です。これからアメリカに乗り込んで、直樹にサラテとスパーリングをさせましょう。おそらくスパーリングなら、キングも直樹を見たいと思っているはずだから、断らないでしょう」

「そうか、その手があったか。よし、早速、キングに電話してみよう」

話はトントン拍子に進み、岡崎とマックと中田と直樹は、八月の蒸し暑い日に、成田から、今度はニューヨークに向けて飛び立っていった。……


初めてサラテを目の前にして、直樹は期待外れだった。それはサラテの身体を見て、一目で練習不足だと知れたからだった。サラテはランキング一位の選手との指名試合を四ラウンドでKO勝ちしたあとの二カ月ほど、軽い練習しかしていないとのことだった。それでも、周りの誰もが、サラテに直樹は軽く弄ばれるだろうと思っているようだった。それは直樹がフェザー級の身体だったからだ。サラテはスパーリングでは、いつもウェルター級の選手を相手にしていた。フェザー級の選手では話にならないだろうと言うのが、大方の見方だった。リングの周りにはジムの関係者に交じって、アメリカの記者もいた。ジョー・キングの巨体もあった。日本から来た、坊やはどの程度のものか、見てやろうという態度だった。リング中央で、間近でサラテと向かい合っても、サラテのモチベーションが低いので、直樹は内心『ずいぶんなめられたものだな』と思っていた。しかし、アメリカまで来た以上、相手がやる気があるとか、ないとかは言っていられなかった。実力を見せつけなければ、サラテとの世界タイトル戦は実現しない。直樹のコンディションだって万全ではないが、ここはひと泡吹かせなければと思った。

ゴングが鳴った。サラテはじっと直樹を見ていた。どうやらお手並み拝見といった素振りだった。そっちが仕掛けてこないのならと、直樹は長いリーチを利用して、ジャブを放った。サラテは直樹が遠く感じていたが、いきなり構えていた位置からグローブが目の前で大きくなったと感じた。顔が熱くなるような衝撃が襲った。周りから、「おー」という歓声が起こった。ノーモーションの直樹のジャブが、練習不足のサラテの顔を直撃したのだった。頭に血が上ったサラテは渾身のジャブを返した、が、そのジャブは届かなかった。フェザー級としては、長身で長いリーチと素早いフットワークを生かした、直樹らしいボクシングだった。サラテは強引に直樹との距離を詰めようと前に出た。その瞬間だった。サラテの顎を直樹の右ストレートが、まともに当たったのだった。気がつくとサラテは左ひざを突いていた。

「ダウン」

あまりにも不用意に前に出たために、直樹のカウンターの餌食になったのだ。サラテは、今自分に起きていることが信じられなかった。スパーリングでも、試合でも、こんなに早くダウンを奪われたことはなかった。まして六十戦近いキャリアの中で、ダウンの経験はあるが、まだ一度も負けていないのだ。戦った相手は全部殴り倒してきたのだ。身体じゅうが屈辱感で震えた。カウントセブンで立ち上がったが、足に力が入らず、膝が小刻みに震えていた。直樹は獲物を観察するようにサラテを見ていた。今日のサラテは練習不足で、直樹の目には、スローモーションの画像のように見えていた。足に力が入らないサラテは、顔をガードするのが精一杯の様子だった。

直樹はガードの上からジャブを当てた。その瞬間だった。パンチの引き際に、サラテの右ストレートが飛んできた。だが、直樹は、このパンチを読んでいた。サラテの試合は映像で、何度も見ていたので、このパンチが必ず来ると読んでいたのだった。サラテのストレートをダッキングでかわすと、左のボディーブローがサラテの右脇腹に突き刺さった。これは練習不足のサラテには耐えられなかった。しかも直樹のパンチはダブルでサラテの左頬を打ち抜いた。ヘッドギアをつけていても、サラテは意識を飛ばされてしまった。前のめりに倒れて、サラテの身体は、ピクリとも動かなかった。見ている誰もが、信じられない様子で、時間が止まったのではないかと思えるほど、言葉を失い、茫然としていた。しかし、記者達は、すごい勢いでカメラのシャッターを切りだした。それを見たキングは慌てて声を出して、記者達を制した。

「ノーノー、止めてくれ。撮らないでくれ」

しかし記者達はお構いなしにシャッターを切り続けた。キングの顔は涙目になっていた。頭を抱えたキングはか細い声で、懇願していた。

「頼むから、止めてくれ」

記者達は写真を撮り終えると、直樹やマックに駆けより、興奮した顔で、インタビューを始めた。アメリカでも有名で、英語が堪能なマックにインタビューが集中したが、マックも直樹も、サラテの様子が気になって上の空で彼らの質問を聞き流していた。サラテはようやく目を覚ました。三分位は、完全に意識をなくしていたようだった。意識が戻っても、まだ、自分に何が起こったのか理解できない様子だった。直樹はサラテの意識が戻って、とりあえずは安心した。本来、一度目のダウンで終わらせるべきだった。ダメージが残ったまま、まともに直樹のパンチをもらったのだから、直樹も心配だった。サラテはライト級の試合に備えて、体重を増やしたが、試合が流れたために、フェザー級に戻すために、初めての苦しい減量を経験していた。試合には勝ったが、反動で体重が増えていたのだった。年齢も三十歳になり、身体には脂肪が付き、全盛期の身体の切れとスピードがなかったのだ。それでも負けを知らない怪物は、日本から来た坊やを軽くあしらうつもりでいたことが、悲劇を生んだのだった。いや、それは喜劇かもしれない。直樹は嬉しくはなかった。直樹が戦いたかったのは全盛期の、あの圧倒的に強かったサラテだ。

騒然としているジムから、直樹達一行は逃げるように、ホテルに帰った。次の日、地元の新聞には、意識を失い、うつ伏せに倒れているサラテの写真が大きく掲載されていた。内容は、何度挑戦しても、試合を受けてくれないサラテに焦れたナオキ・マツダはニューヨークに乗り込み、スパーリングでサラテを秒殺した。と書かれてあった。サラテは精神的にも打ちのめされて、インタビューには何一つ答えてはくれなかったとも書かれていた。直樹達はホテルの部屋で、マックの懇意にしているベテラン記者の、ティム・ホワイトから、マックの通訳で、単独のインタビューを受けていた。

「ナオキ、昨日のスパーリングことを聞かせてくれないか」

「昨日のスパーリングは、サラテの実力ではなく、事故のような結果だと思います」

「私も、サラテのコンディションは最低だったと思う。それでも、あんなに短い時間で、サラテが失神するとは、誰もが驚いたと思うよ」

「最初の右のストレートのカウンターが急所にまともに当たったので、ああいう結果になったのだと思います」

「最初の一撃で全てが決まったということだね」

「ぼくのジャブをまともにもらって、冷静さを失ったことが、全てだと思います」

ホワイトは、スパーリングで見た、直樹のスピードや身体の切れや、パンチなど、全てに驚いていたが、最強のチャンピオンを倒しても、興奮するでもなく、冷静にスパーリングを分析していることも驚きだった。妙に老成しているように思えるのだった。

「サラテが冷静だったら、違う展開になっていたと思うかい」

「多分、彼ほどのボクサーなら、慣れてくれば、ぼくのパンチを見切れたはずです。始まってすぐにパンチをまともにもらったので、サラテは恥をかいたと感じたのではないでしょうか」

たしかにサラテは、あまりにも不用意に、距離を詰めたために、直樹のカウンターの餌食になってしまったのだ。

「ナオキ、これでサラテとのタイトルマッチが現実味を帯びてきたけど、どうだい本番でもサラテを倒せるかい」

「まだ、タイトルマッチがやれるか、分かりません。それにやれたとしても、本番では、昨日のようにはならないでしょう」

「ベストコンディションのサラテには勝つ自信はあるのかい」

「昨日のサラテの体重は、おそらく六十五キロ以上あったのではないですか？　あんな体形でスピードのないサラテを初めて見ました。もしサラテが練習を積み、ベストコンディションだったら、勝てるかは分かりません」

ホワイトは、直樹に顔の骨を砕かれた、ビセンテ・ゴンザレスがインタビューで、サラテの時代も長くないと答えたことを、思い出していた。そしてゴンザレス同様に、目の前の若者こそ、フェザー級の歴史に名を刻む者になると確信していた。……

次の日、マックは受話器を耳に押し付けて、困惑顔で話していた。電話の相手がジョー・キングなのは、直樹も分かっていたが、話の内容は理解できなかった。岡崎は、マックの英語を聞いて、おおよその話の内容は見当がついていた。

「直樹、どうやらサラテの奴、もう一度、おまえとスパーリングをさせろと、キングに迫っているみたいだぞ」

「本当ですか？」

　マックは電話を切ると、顔を曇らせて、直樹や岡崎に、キングからの電話の内容を伝えた。

「サラテが、何としても、おまえと、もう一度だけスパーリングをやりたいそうだ。……どうする直樹」

「いつやるんですか」

「それが、サラテは明日にでもやらせろと不機嫌極まりなくて、キングも手を焼いているそうだ。でも周りのトレーナー達は、もっと練習してからにしろ、となだめたそうだが、サラテは聞かないらしい。それで、せめて一週間だけでも、と言ったら、サラテは一週間練習したらやらせるのかって、迫られて、しぶしぶ了解したそうだ。キングはやらせたくないようだが、……直樹、一週間後にもう一度、サラテとやるか」

「いいですよ。やりましょう」

　直樹には何の気負いもなかった。前回のスパーリングでは物足りなかった。今度も期待薄だが、前よりは本気のサラテとやれるだろうと少しの期待が膨らんだ。……

十五　地獄の扉

直樹はＹＭＣＡのジムで、一週間しっかりと練習を積んだ。一方のサラテも、それなりの練習をしていたのは感じるが、いかんせん体重が七～八キロはフェザー級をオーバーしているようだった。最初の直樹とのスパーリングのときには七十キロもあったという。ライト級に上げるために、一度胃袋を大きくしたつけが、こんな形になって表れたようだ。前回と違うのはサラテのむき出しの闘争心だ。キングは記者達には内密にスパーリングを行おうとしていたが、サラテが記者達に、次のスパーリングで、ナオキ・マツダをＫＯすると吹聴してしまったので、今日は前回以上に記者達がリングの周りに集まっていた。

今回のスパーリングは五ラウンドの約束だった。ゴングが鳴った。サラテはしっかりとガードを固めて、直樹との距離を測っていた。直樹はスタンスを広く取り、不動の構えで、サラテの攻撃を待った。最初に仕掛けたのはサラテだった。鋭いジャブからワンツーと基本どおりのパンチが直樹のガードの上から襲ってきた。直樹はしっかりとサラテのパンチを噛みしめていた。直樹は下がらずにサラテのストレートのようなジャブに右のクロスカウンターを合わせた。今日の直樹は普段の戦い方とはまるで違う戦法を採っていた。この右のかぶせるような右のカウンターは試合では中尾伸治戦の一度しか使っていない。最初よりかは、身体の切れもパンチのスピードもあるが、いかんせん直樹の動体視力からすれば、サラテのパンチの軌道は見え見えだったのだ。確かな衝撃が右拳に伝わった。サラテはまたしても直樹のカウンターの餌食になってしまったのだ。半分意識が飛んで、朦朧としているサラテのボディーに左アッパーが突き刺さった。サラテは腹を抱えて尻もちをついた。記者達は歓声と同時に、カメラのシャッターを切っていた。キングはまたしても、頭を抱えていた。

「なんてこった。だから無理だと言ったのに」

サラテは、すごい形相で立ち上がった。誰もが、今度もサラテが秒殺されると思っていた。だが、直樹は止めを刺さなかった。手を出さずにサラテのパンチを全て見切った。一ラウンドは終了した。二ラウンドも直樹は全くパンチを打たなかった。サラテのパンチは直樹にかすりもしなかった。三ラウンドも全くサラテのパンチは直樹に当たらなかった。そしてサラテは肩で息をしだした。明らかにスタミナ切れだった。マックのラスト三十の声を聞くと、直樹はサラテのパンチをかわしながらボディーブローを三発当てた。それだけでサラテの動きは止まった。ボディーブローのダメージで動けなくなったのだ。直樹はまたしても止めを刺さずに、三ラウンドを終了した。

四ラウンドも五ラウンドも、サラテはスタミナ切れから、パンチを打てなくなっていた。そして直樹の軽く当てるボディーブローで、体中から脂汗をかいていた。直樹にすれば、いつでも倒せるのに、わざと倒さずに、サラテに地獄を味わわせたのだった。五ラウンドのスパーリングは終了して、サラテのプライドはずたずたにされた。ジムの中は重い空気が支配していた。サラテはスパーリングが終了すると、直樹とは握手もせずにリングを降りると、矢継ぎ早に質問を浴びせる記者達をかきわけながら、シャワールームに逃げ込んでしまった。記者達はキングを取り囲み、次々に質問を浴びせた。

「キング、サラテはこのまま引退なんてないでしょうね」

「今日のサラテのコンディションでは、ナオキ・マツダとスパーリングがすることが間違っていた。私は止めたんだが、……この借りは世界タイトルマッチのリングで返したい。これから、オカザキとマックと話を進めたい」

「キング、サラテはスパーリングで、二度もナオキに負けた。それも子供扱いされてだ。今までフェザー級の選手でスパーリングでもサラテに勝てた選手はいなかった。もはや、サラテはタイトルマッチのリングでもナオキにKOされるんじゃないか」

　キングは巨体を小刻みに震わせて、その額からは汗が噴き出ていた。サラテは、すでに富と名声を手に入れていて、ここ何年もの間、挑戦者を探すのに苦労していた。キングが付いたことで、ライト級の世界タイトル挑戦という、獲物を見つけて、ボクサー魂に火がついたが、それが流れて、フェザー級の防衛戦も楽々と勝ってしまったので、サラテのなかでは、ボクシングでは熱くなれなくなっていたのだ。そのことがサラテを脂肪の付いた身体に変貌させていたのだ。

「とにかくサラテには、死に物狂いで練習をさせて、タイトルマッチのリングにはベストコンディションでナオキ・マツダと戦わせる」

「キング、試合はいつごろになるんだ」

「それは、これからオカザキやマックと話をして決める。決まったら、必ず伝える」

直樹にも質問が飛んだが、マックが、今はノーコメントだと言い放って、記者達から逃げるようにジムを後にした。……

直樹とサラテのタイトルマッチは年明けと決まった。会場はキングはラスベガスでと主張したが、岡崎もマックも日本の大きな会場でと、譲らなかった。結局、キングが折れて、日本でやると決まった。直樹を世界に売り込むのなら、ラスベガスでのタイトルマッチが最適だろう。だが、岡崎もマックも、日本で直樹にチャンピオンを獲らせたかった。世界的には無名だった直樹が、今ではサラテを倒した男として、世界中に知られることになった。日本で行われるサラテと直樹のフェザー級のタイトルマッチは世界中が注目するビッグマッチへと化けた。……


日本に戻った直樹に取材が殺到した。取材陣の中に美由紀の姿があった。岡崎ジムに椅子とテーブルを置いただけの簡単な取材席で、シャワーのように浴びせられる質問に、直樹は辟易した。

「松田君、アメリカで、ずいぶん名前を売ったけど、どうなの本番ではサラテに勝つ自信は」

「どの試合も勝つ自信はありませんでした。ただ、今度は二度目の世界タイトルマッチなので、なんとしても勝ちたいです」

「スパーリングでは、サラテに二度も勝っているけど、実際に戦ってみてのサラテの印象を聞かせてくれないかな」

「あのときのサラテは七十キロくらいありましたから、動きも悪く、スタミナもありませんでした。だから、タイトルマッチの参考にはならないと思います」

例によって、直樹の答えは、良く言えば真面目だが、悪く言えば面白くない答えだった。美由紀の質問が飛んだ。

「松田君は、サラテに勝ってチャンピオンになったら、その喜びを、最初に誰に伝えたいですか」

美由紀の質問の意図することは、何なのか。一瞬、直樹は計りかねた。少しの沈黙の後に、直樹は強張った表情で答えた。

「それはチャンピオンになってみなければ分かりません」

直樹は美由紀の熱い視線に息苦しさを覚えた。周りの記者達の間には、しらけた空気がただよっていた。なんて的外れな質問をするんだ。仕切り直しの質問がベテラン記者から飛んだ。

「松田君、君は二度目のスパーリングでは、わざとサラテをＫＯしなかったそうだけど、それは武士の情けじゃないよね」

この質問にも、直樹は考え込んだ。

「そうですね、何というか、つまらなかった、……からかな」

「つまらなかった。どういう意味」

「何て言うか、ぼくとすれば、もっと凄いサラテとスパーリングをしたかったのに、あの体形だったし、それなのにスパーリングを受けたことで、不愉快だったから、二度目は、こちらも手を抜いたんです」

直樹とすれば、そんな贅肉をつけても戦えるほど、おれは甘くないぞ、と言いたかったのだろう。

「サラテは、君と戦う前に減量と戦っているみたいだけど、来年のタイトルマッチにはベストコンディションに仕上げてくるだろうね」

「ぼくも、強いサラテと戦いたいです」

記者達は次々に質問をぶつけたが、内心、直樹は、勝つか負けるかは戦ってみなければ分かるものかと言いたかった。……

美由紀は直樹の携帯に今夜、会えない？　とメールを入れていた。直樹は困ったと思った。しかし、もう会うまいと決心して、もう会うのは止めましょう、とメールを返した。美由紀は記者会見のときから、直樹の目を見て感じていたことが現実になり、喪失感で仕事が手につかなくなった。分かってはいた。直樹には美咲がいる。二人の間に、割って入り強引に直樹を奪うつもりで直樹に接していたが、やはり無理だったのだと悟った。悔しかった。……

直樹は時差ぼけもあったが、練習に打ち込んだ。すでに体重も絞れていたし、あとは実戦的なスパーリングを数多くこなすという、練習方針をマックから告げられて、益々、直樹は気合いが入った。……

美咲は直樹がわずかな間に、逞しくなったと感じていた。相変わらず優しいのだが、少年のような脆さが消えたと感じていた。そして感じていた。自分以外の女性の存在だった。美咲は、聞きたくても聞けなかった。それでも、こうして自分のそばにいてくれる。直樹にとっては大事なときを迎えている。彼の神経を逆なですることだけは避けようと、胸の思いを飲み込んでいた。美咲の不安を察したのか、直樹は美咲の唇に口を重ねた。美咲は強く直樹の身体を抱きしめた。直樹も応えるように美咲を強く抱きしめた。……

台風の接近で、九月にしては蒸し暑い夜だった。風が強く電線が不気味に鳴り響き、直樹の部屋の窓もカタカタと音を立てて賑やかだった。いつもなら練習の疲れも手伝って、すぐに深い眠りにつけるのに、吹き荒れる風が直樹を眠らせてくれなかった。

直樹は寝るのを諦めて、サラテのＤＶＤを観ていた。画面のなかのサラテは、直樹とスパーリングをしたときとは別人だった。次元の違う強さだった。まだ三十歳だ。全盛期は過ぎたかもしれないが、強さが失われる歳ではあるまい。世界タイトルのリングでは、この化け物のような強さのサラテと戦いたいと直樹は切望した。その獣のような野生を覚醒させせろ。殺伐としたリングの上で、おれを噛み殺しに来い。獣の咆哮をおれに聞かせろ。

それがおまえの矜持だろう。富と名声を手に入れ、野生の牙を抜かれたサラテに勝って、何の価値があろう。ジョー・キングと言う金をこよなく愛するプロモーターが付いたことはサラテにとって転落の序曲だったのかも知れない。しかし、無名の日本人のボーイに恥をかかされて、結果としては、直樹は寝た子を起こしたのかもしれない。それでいいと思った。命を削る戦いをしたいと、ただただ、それを願っていた。

それまでの試合前に、直樹は、いつも冷静で、試合でも知的なボクシングに徹していたが、今回は、自分の身体になにかが、取りついたのではなかと思えるほど、心の昂りを感じていた。それはスパーリングに表れた。手加減を加えずに、無慈悲に相手を殴り倒してしまう。スパーリングパートナーを直樹のために、貸してくれた会長達から、苦情が来た。

「いくら、気持ちが入っているからって、選手を壊すほど、やらなくたっていいじゃないですか」これ以上うちの選手が壊されたらたまらないからと、直樹のスパーリング相手が不足する事態に陥ってしまった。これには岡崎も頭を抱えた。

「どうするマック。困ったぞ」

マックも頭を抱えていた。

「会長、どうやら直樹には日本は狭すぎるのかもしれません。仕方がないので、またアメリカで、トムに頼んでみますか。彼なら、スパーリング相手を集めるのは簡単だと思うし、それにアメリカなら直樹の相手をしたい選手も沢山いるんじゃないですかね」

「それしかないか」

ところが、思わぬところから、スパーリングの申し入れがあった。それはスーパーライト級の日本人世界チャンピオンの高山勝次選手からだった。マックは何でまた、日本人で、三階級も上の世界チャンピオンがと思った。最初は、やんわりと断った。

「いくらなんでも、三階級も上の世界チャンピオンとは、直樹でも無理だと思います」

だが執拗に高山はスパーリングを迫ってきた。

「高山さん、中村会長も了解しているの？」

「それは大丈夫です。今、会長と代わります」

電話は中村ジムの会長と代わった。

「マックさん。高山が、どうしても松田直樹とスパーリングをしたいときかないもんですから、どうかやらせてください」

「中村さんが、了解しているなら、うちとしてはありがたいですけど。……分かりました。お願いします」

こうして現役の世界チャンピオンとのスパーリングが実現した。岡崎ジムには、入りきれないほどの取材陣が押し寄せていた。「おい、押すな」「見えねえじゃないか。頭下げろ」などなど、すでに異様な雰囲気がジム内を支配していた。

リング上の二人は、身長はほとんど同じぐらいだったが、骨格の違いが、誰の目にも明らかだった。体重も直樹が、五十九キロで、高山は六十九キロだった。普通ならありえないスパーリングが始まろうとしていた。

　ゴングが鳴り、高山は果敢に打って出た。ジャブは直樹の髪を擦ったが当たらなかった。高山は自信があった。おれから逃げ切れるはずないと。……繰り出すパンチは紙一重で届かなかった。五ラウンドのスパーリングで、いつまで逃げ続けられるだろうか。見ている記者達も直樹が捕まるのは時間の問題だと思っていた。ラスト一分で、直樹は攻撃を仕掛けた、鋭いジャブが、高山の顔面にヒットした。なんて軽いパンチだと、高山は感じた。三階級下のパンチは恐さはないとさらに自信を深めていた。その後、直樹のジャブは高山の顔面をとらえていたが、大したダメージを与えることなく一ラウンドを終了した。高山は気がついていなかったが、見ている記者達は、何かおかしいと感じていた。マックと中田は、直樹が何をしているのかを理解していた。

　二ラウンドに入り、高山は倒せると確信して、強引に前に出た。綺麗なボクシングでは、判定負けの結果になると考えてのことだった。だが直樹は一ラウンドよりも、高山のパンチからは遠くにいた。どういうことだ？　高山は、理解に苦しんだ。マックには全てが分かっていた。一ラウンドに直樹は、高山のパンチをやっとよけていたのではない。余裕で見切っていたのだった。高山の思考は狂いだした。距離を詰めようと前に出ると、カウンター気味のジャブが顔面を襲った。「痛い」。一ラウンドでは、蚊が止まったほどにしか感じなかったジャブが痛かった。カウンターのせいだろうと高山は思った。すでに高山は直樹の妖術に落ちていた。一ラウンドは、直樹はわざと力を抜いた。スピードだけのジャブを打っていたのだ。ビセンテ・ゴンザレスの頬骨を砕いたジャブは封印していたのだ。直樹の身体は一ラウンドより遠く、そして、打ってくるパンチは、一ラウンドよりも速く強かった。一発当てれば、全て終わる。その思いだけでパンチを繰り出すが、それは直樹の思うつぼだった。高山は戦法を変えて、じりじりと直樹に迫った。体格差を利用して、ロープに追い詰めて仕留めるつもりだった。さすがの直樹もロープを背負った。ここでボディーを一発叩けば、それで終わると高山は考えていた。

そしてボディーを打とうと思った瞬間だった。高山のガードをくぐって直樹のノーモーションの右ストレートが、高山の顎を打った。続けざまに左アッパーも顎を突き上げた。一瞬意識が飛んだが、かろうじて耐えた。無意識に右ストレートを返したが、そこに直樹はいなかった。振り向くと、直樹はリング中央に立っていた。追い詰めたと思ったが、先に顎を打たれてしまった。しかも、最初の右ストレートは見えなかった。小さく鋭く最短距離のパンチをかわせなかったのだ。高山は、ようやく自分が窮地に追い込まれているのだと認識した。

『もし、自分がフェザー級の選手だったら、あの二発でダウンを奪われていただろう』

体格差でダウンを免れたが、いかんせん、高山には経験のないパンチの速さだった。自分のパンチは届かず、直樹のパンチをよけられない現実を突きつけられて、高山は、なんて恐ろしい奴なんだと、恐怖を感じていた。それは、三階級も上で、現役の世界チャンピオンとしての立場から来るものなのか。『なんとかしなければ。どうしたらいい』至近距離からの打ち合いになれば、直樹に勝ち目はないだろう。だが、マット上を滑るようなフットワークとノーモーションの鋭いジャブとストレートは、高山には直樹を捕まえることも、直樹の繰り出すパンチをかわすことも出来なかった。高山は五ラウンドあれば、ポイントでどんなにリードされても、かならず捕まえて、体格差を生かして勝てると思っていた。だが、まったくいいところを出せずに、二ラウンドが終わってしまった。セコンドに付いていた中村会長も強張った表情で、高山を激しい言葉で叱りとばした。

「高山、何しているんだ。このままじゃあ、おまえのパンチを一発も当てられないままスパーリングが終わっちまうぞ。おまえ先輩チャンピオンとして、松田に教えてやるつもりで来たんじゃないのか。これじゃ恥をかきに来たようなもんじゃないか」

そう言っている中村の考えも、実は高山と五十歩百歩だった。松田直樹がいかに天才ボクサーだとしても、高山には体力負けするだろうと、たかをくっていたのだった。中村は、高山をただ叱り飛ばすだけで、的確な指示を与えられないまま三ラウンドを迎えてしまった。直樹は高山から近い間合いを取った。またしても高山は裏をかかれた。インターバルの間に考えていたのは、どうすればフットワークを駆使する松田直樹を捕まえられるかだった。ところが三ラウンド早々、直樹は目の前に立っていた。お互いのパンチが届く距離に松田直樹は構えているのだった。高山は、とにかく手を出した。直樹に距離を取られては勝機はない。だが当たらなかった。直樹は高山のパンチを下がらずに、バリーで払い、ヘッドスリップやダッキングやスウェーでことごとくかわした。そして、パンチの引き際を狙って鋭いパンチを返した。見ている誰もが、直樹のパンチが、高山の倍ぐらいのスピードがあると感じていた。体重と体力に勝る高山のパンチ力は直樹のパンチ力を大きく上回っている。だが、スピードでは、直樹が圧倒していた。

二ラウンドで、直樹は完全に高山のパンチを見切っていた。高山は直樹のパンチをかわせなかった。変則なのではなく、あくまでも基本に忠実な最短距離を打ってくる軌道が見えなかったのだ。それでも高山は手を出した。打ち合いにしか活路はないからだ。何発か顔にもらっても、その間に松田のボディーに一発入れれば、逆転する。それしかないと前に出た。直樹は下がらずに、身体をするりと入れ替えた。直樹の体さばきは、速く柔軟な動きが出来た。階級の差を苦にしない技術を身につけていた。それは、元ライト級のチャンピオンのポンチャイ・ムンサックとの死闘の経験から学んだものだった。ポンチャイ戦で直樹は、ポンチャイのボディーブローで肋骨を折られている。階級の上の選手にボディーを打たれる危うさを知っているだけに、打たせない技術を短期間のうちに身につけていたのだった。『ちきしょう』半ば捨て鉢になり打った右ストレートを、直樹はダッキングでかわすと同時に、狙いすました右ストレートを高山の鳩尾に突き刺した。カウンターで、まともにもらったため、高山は口からマウスピースを吐き出した。苦悶の表情を浮かべ耐えたが、次に放たれた左アッパーに顎を打ち抜かれた。膝が崩れて、片膝と両手を突いた。レフリー役の中村修は、カウントを数えずに、高山の顔を覗き込むと、

「大丈夫か、もうやめるか」と聞いた。

高山は、必死に立ち上がろうとするのだが、足が言うことを聞かなかった。悔しさで、右手でマットを叩くが、立ち上がれなかった。セコンドの中村会長とトレーナーが立てない高山を抱えて、コーナーの椅子に座らせた。体格差と首の強さで意識は残っていたが、足は、まるで力が入らない。高山は屈辱感で涙が出そうだった。約五分後に、高山は立ち上がったが、その落胆は誰の目にも隠せなかった。それでもインタビューをしようとする記者達が何人かいたが、中村会長は語気を荒げて、記者達を振り払うと、高山をトレーナーと二人で抱えてロッカールームに逃げ込むように連れて行ってしまった。あの状態の高山にインタビューをしようとする記者達の行為はプロ意識からだろうか？　直樹は自分の放ったパンチ以上に、彼らの行為に冷酷なものを感じて、胸の中には嫌悪感が広がっていた。……

次の日のスポーツ新聞には一面ではなかったが、「現役の三階級上のチャンピオンがKOされる」と大きく掲載されていた。岡崎ジムの会長室で、マックと岡崎は新聞を読みながら、ぼやいていた。

「マック、これで日本からは直樹のスパーリングの相手は消えたな。中村ジムに対しても、何だか気まずいものを残してしまったな」

「うーん、向こうから申し込んできたのだから、……こちらがわびるようなことではないと思いますが。……困りましたね」

「でも、マック、おれは、あんなに一方的に直樹が勝つとは思わなかったよ。マックはどう見ていたんだ」

「実は、私は今の直樹のコンディションなら、ああいう結果になるんじゃないかと、ある意味期待とも不安とも言えない気持ちでした」

「直樹はうちにきて、一体どれだけ強くなったんだ」

「会長、高山は直樹をなめすぎましたね。直樹は元ライト級のチャンピオンにも勝っていますし。無効試合になったけど、スーパーフェザー級のチャンピオンにも勝っていると言えるでしょう。それに贅肉を付けたサラテも直樹に子供扱いされています。ただ、自分のほうが三階級上で、体力勝ちできると考えたのが早計でした」

「普通なら三階級の違いは途方もない違いで、まず下の階級の選手は勝てないだろう」

「そうですね、普通なら勝てませんね。でも直樹は普通の選手では無くて、誰もが認める天才です。今ではあり得ないことですが、昔はミドル級とヘビー級の選手の試合がありました。そしてミドル級の選手がヘビー級の選手にKOで勝っているという記録が残っています。あの石の拳と言われたロベルト・デュランもライト級時代は、スパーリングでは、ミドル級の選手が務めていたそうです。だから体重が重いほうが必ず勝つというわけではないんです」

近代ボクシングでは階級の違う選手との試合は禁じられているが、ボクシングの黎明期には、そうした試合が数多く行われていたのだった。……

松田直樹が三階級上のチャンピオンをスパーリングでKOしたことは、あっという間にアメリカにも伝わり、キングは血圧が心配な身体なのに、不安から、サラテのトレーナーのホセ・トーレスを怒鳴りとばしていた。

「ホセ、大丈夫なんだろうな。マツダは絶好調だぞ。我々は日本で恥をかくなんてことにならないだろうな」

「キング、サラテは気持ちの入った練習をしている。ここ何年も、あんなに一生懸命に練習しているのを見たことはなかった。だから試合当日には、万全に仕上がっていますよ」

サラテは練習熱心な選手ではなかった。ただ、子供の頃から喧嘩に明けくれていて、本能的に強かった。それは、プロのリングに上がっても同じで、本能のままに、戦う相手を殴り倒してきたのだった。しかしプロの試合で、まだ長いラウンドの経験がなかった。全ての試合を五ラウンド以内でKO勝ちしていた。元々が太らない体質で、貧しい家庭で育ったサラテは空腹に耐えて育ったせいか、胃袋も小さかった。それが幸いしたのか、減量には苦しまず、ロードワークも縄跳びも嫌いで、上の階級の選手とのスパーリングに明けくれる、そんな練習だった。幼い兄弟が六人もいるサラテはチャンピオンになっても裕福ではなかった。それが、キングがプロモーターに付き、アメリカでの試合が実現すると、ひと桁違うファイトマネーが転がり込んできた。様々なスポンサーも付き、サラテにはあぶく銭が入った。そのことで飽食を覚えてしまった身体は、サラテの体型を変貌させてしまったのだ。

「ホセ、今サラテの体重は何キロだ。おれにはあの体型を見ていて不安が募るばかりだ」

ホセは、困った表情を浮かべた。

「キング、実はおれもサラテの体重が、なかなか落ちないんで、心配しているんだ」

「何言ってるんだ。おまえ、サラテのトレーナーだろ。奴を、どこかに缶詰めにしても、食事制限をして、減量させろ」

サラテは、トレーナーの指示をほとんど聞いたことがなかった。それでも強かった。今まではそれに減量の経験が、一度しかなかった。それは前回の一位との指名試合で、一度ライト級に上げていたために、初めての減量を経験したのだった。計量後の試合当日は、六十五キロもあった。それまでの試合で見たことのない体型のサラテがいた。試合が終わった後のサラテは、さらに脂肪を付けてしまっていたのだった。サラテも苦しんでいた。ボクサーになってから、誰一人として、サラテに勝った選手はいなかったのに、スパーリングとはいえ、松田直樹に全く歯が立たなかった。これほどの屈辱はなかった。タイトルマッチのリングの上で、世界中が注目するなかで、必ず松田直樹をマットに這わせると、珍しく練習に力を入れていたが、悲しいかな、一度身に付けてしまった脂肪がなかなか落ちなくなっていた。直樹に恥をかかされたのも、全て、この脂肪のせいだが、その脂肪が悪性の腫瘍のようにまとわりついて離れてくれない。自業自得だが、苦しい練習と、苦しい食事制限にサラテの心は苛立ち、周りのトレーナーやスタッフに当たり散らして、手に負えない状態になってしまった。今までのように好きな練習だけをしていれば精神も安定していただろうが、体重が落ちなければ試合が成立しない。嫌がるサラテにサウナスーツを着せて、ロードワークや縄跳びをさせる度に、サラテは爆発した。見かねたキングは、サラテに苦言を呈した。

「サラテ、おまえの頭はからっぽか。いいか、これ以上おまえが、暴れるなら、おれはおまえとの契約を破棄にする。体重が落ちなければチャンピオンだって剥奪されるんだぞ。おまえ、それでもいいんなら。今すぐアメリカから出て行け」

これにはサラテも青ざめた。キングが離れたら、豊かな暮らしともおさらばしなければならない。その日を境に、サラテは従順になり、練習に打ち込んでいった。だが、元の体型と、元の獣のような強さを取り戻すのは容易ではなかった。……

直樹もいつになく神経が逆立っていた。周りの誰もが、また一段と強くなったと感じていたが、中田は不安だった。

「直樹、怖い顔になっているぞ。嫌でも気合いが入るのは分かるけど、何だか、おまえらしくないな」

「先生、おれ、そんなに怖い顔をしていますか」

直樹は、自分でも神経の昂りを感じていたが、怖い顔と言われて、はっと我に返ったような気がした。

「今まで、どんな試合でも、おまえは表情を変えずに、冷静に戦ってきたじゃないか。それが、おまえの強さだった。そんなに怖い顔して戦っているのを初めて見たよ」

子供の頃から直樹にボクシングを教えてきた中田には、直樹が、自分のボクシングを見失ってはいないかと気がかりだった。

「先生、確かにおれ、入れ込み過ぎていたかも知れません。何だかおれ、地獄に落ちて行くような恐怖で、夜に目が覚めるんです」

直樹も見えない敵と戦っていた。

「直樹、おまえはいつだって背水の陣で戦ってきた。だけど今度の試合は、何としても勝って、その勝利を誰かに祝福してほしいと考えていないか。それも悪くはないよな。きっと命に代えても守りたいと思っている女性がいるんだろう。だけどな直樹、そのことで邪心が生まれているんじゃないか。今までのおまえの試合は、冷酷と言っていいほど、冷静な試合運びが、おまえの強さだった。今のおまえを見ていて、おれは心配なんだ。直樹。おまえなら地獄に落ちても、地獄の鬼を殴り倒せるさ。だから恐れるな、決して油断をするなと言ってるわけじゃないぞ。必要以上に、心の中で相手を大きくさせるな」

直樹は、中田は美咲の存在に、ずうっと前から気がついていたのだと思った。そして、中田の言うとおり、たとえ地獄に落ちても、おれらしさを失わずに、自分のボクシングに徹するだけだと、心に吹く臆病風を受け止めていた。

十六　翼

　十二月に入り、東京の喧噪の中で無秩序だが、どこか規則正しく、うごめく人の群れは、あわただしくなっていた。直樹の練習もいよいよ佳境に入った。直樹は中田に言われるままに美咲と距離を取った。

「試合が終わるまでは、会えなくなる」

　美咲は黙ってうなずくだけだった。美咲にとっても、直樹にとって、次の試合がいかに大きなものなのか理解していた。

「ねえ、直樹、あたしは、なんだか、いつもの直樹とは違う直樹を感じていたんだけれど、直樹はどうなの」

　中田と美咲は同じものを感じていたようだ。

「先生からも同じことを言われたよ。確かに、いつもとは違っているな。なぜ、何が違うのか分からなかったけど、先生に言われたんだ。おまえは挑戦者なのに守りに入っているって言われたよ。おれには、そんなつもりはなかったけれど、好きな女を守ろうとしているって。……守るんじゃなくて、奪い取りに行けって。……そのとおりだった」

「直樹にとって、あたしが負担になっているの？　……ねえ直樹、いつだってリングの上では、余計なことは考えないで戦ってきたんじゃない。中田さんの言うように、守ろうとしたら弱くなるのじゃないかな。あたしのことなんか、ただの行きずりだと思っていいよ」

「美咲、どうして、そんなことを言うんだ。今まで、おまえを、そんな目で見たことなどないよ。守りたいと思うから弱気になるのは勝負の世界ではマイナスだけど、一人の男としては、たった一人の女を守れないようじゃ、やっぱり、駄目だと思うんだ。色々なものを背負っても勝ち上がっていく強さがなければ、本当に強いチャンピオンにはなれないと思うんだ」

直樹は幼い頃から、孤独からの脱出を模索していた。それだけに美咲は救世主だった。美由紀との火遊びも、直樹の心を満たすことはなかったたし、美咲に対しての罪悪感は、今も残っていた。直樹にとって美咲は、ただの女という存在ではなかった。母であり、姉のように、素顔のままに接することの出来る、唯一の存在だった。美咲は、直樹の火遊びを、本能的に気づいていたが、騒ぎたてもせずに、じっと耐えていた。直樹には、自分を待っている女がいる、そのことは束縛ではなく、励みだった。……

東京に冷たい雨が降った。雨の中を直樹は黙々と走っていた。寒さが、直樹の体温を奪い、身体は熱くなれなかった。マックの練習方針により、タイトルマッチを一月の東京で行うために、あえて暖かい場所でキャンプを行わないで、東京で走り込みをしていたのだ。直樹には減量の心配がなかったので、汗をかけない、この寒さも気にはならなかった。スパーリングも、直樹は相手をとことん痛めつけることをしなくなった。そして相手のパンチを紙一重でかわすことに神経を集中した。高山をKOした後は、スパーリングパートナー達は恐れをなして、本気のパンチを打ってこなかったが、直樹が、どの選手にも軽いパンチしか打たないと分かると、自分を売り込むチャンスと考えたのか、遠慮のないパンチを直樹に打ってきた。さすがの直樹も押し込まれることが多くなったが、マックも中田も、何も言わなかった。周りで見ている記者達は物足りなさを感じて、マックに詰め寄り、心配顔で、大丈夫かと聞いてきた。

「マックさん、あんなことがあったとはいえ、松田選手は本気のパンチを打っていないじゃないですか、あれで大丈夫なんですか」

直樹はマス・ボクシングに徹して、相手は力一杯のパンチを当ててくるのだから、いくら直樹が天才でも、無理があったが、マックも中田も、直樹には何も指示を出さなかった。

「もう試合も近いし、今までだって、おれは直樹には細かい指示を出したことはないんだ。でも、みんなも承知のとおり、直樹は、まだ一度も負けていない。それどころか、元ライト級のチャンピオンにも、現役のバンタム級のチャンピオンにだって勝ってきているじゃないか。スーパーフェザー級の試合は無効になっちまったけど、あの試合だって、事実上、勝っていた試合だろう。だから、おれは何にも心配していないよ」

直樹は、スパーリングとはいえ、スーパーライト級のチャンピオンにもKOで勝っている。

マックは次の試合は絶対勝てるとは思っていなかったが、直樹が練習で手を抜いているのじゃなくて、直樹なりにテーマを持って、練習に打ち込んでいると見ていた。サラテがコンディションを戻してリングに上がってきたのなら、直樹にとっては、最強の相手だろう。はたして、サラテは、どこまでコンディションを戻してくるのか、それがマックにも読めなかった。中田は、直樹の身体から発する、ほとばしるような熱量が消えて、静けさを感じさせる、今の状態に、凄みを感じていた。今の直樹なら、大抵の相手は、瞬時に切り殺されるだろうと見ていた。直樹はスパーリング中にも背中に刺すような視線を感じていた。その視線の主が美由紀なのも分かっていた。練習に集中したい直樹には、身から出た錆とはいえ、さすがに鬱とうしいなと感じていた。美由紀も女の意地なのか、それともプロ意識からか、マックにいつもと変わらぬ態度で質問を浴びせていた。

「マックさん。サラテは減量に苦しんでいて、ジョー・キングも頭を抱えているって情報が入っていますが、そのことを、どう思いますか」

「こちらとしては、サラテの調子が悪いほうがいいさ。でも、相手の調子を窺うよりも、試合までに、直樹をベストのコンディションに仕上げる、それだけだな」

「松田選手の状態はどうなんですか。高山選手とのスパーリングの後は、何だか、調子がいいのか悪いのか、記者達も意見が分かれていますけど」

マックも、美由紀の質問には、色々な感情が交じっていると感じていた。

「松田は、今のところ、どこも故障していないし、調子は、うーん、いつもどおりじゃないかな」

「いつもどおりでいいんですか？　相手は、減量で苦しんでいるとはいえ、あのサラテなんですよ、大丈夫ですか」

憮然とした表情でつっかかってきたので、マックも少し、毅然と返した。

「今の段階で、この状態なら、試合までに、ギアを、あと一段か二段上げられると思うけど」

「スパーリング相手に不自由しているようですけど、その辺は大丈夫なんですか」

美由紀には、心に渦巻く複雑な感情からか、直樹の調子がいいのか悪いのか、分かりかねていた。そして試合が近づいた今は、やはり心配になるのだった。

「会長と相談して、アメリカでスパーリングの練習を積もうかと考えたんだけれど、何て言うのかな、サラテみたいなタイプの選手ってどこにもいないじゃないか。それに試合が東京で行われることを考えると、日本で練習を積むってことで、松田選手も納得してくれたんだよ」

美由紀には、マックの言い草が、自信があるようには感じるのだが、心配を払拭するほどの迫力は感じられなかった。だが、直樹がどんなに調子がいいと聞かされても、やはり不安は消えなかったろう。……

その夜、直樹は疲れた身体に訪れた、深い眠りの後の浅い眠りの中に浮かぶ幻想に、外の冷気以上に心を吹き抜ける風は冷たく感じていた。カラスの群れが犬の死骸を奪いあい、食い散らかしていた。荒涼とした荒野に、無数の廃品が捨てられていた。ネックの折れたギターや、タイヤが取れ、錆びた自動車や、ブラウン管の割れたテレビなどが無造作に捨てられていた。

「ここはどこだ?」

もう、用済みになり、捨てられた物の中に、なぜ、おれはいるんだろう。こんなゴミ捨場に何の用があるというんだ。風が吹く度に粉塵が舞い目を開けているのが困難だった。少し風が収まると、人影が目に留まった。恐る恐る近づくと、どこか見覚えのある外国人の男達が、ゴミを漁っていた。

「あなた達は、ここで何をしているんですか」

「見て分からないのかい。おれ達は、まだ使えそうなガラクタを探しているのさ」

「ここには、何一つ使えるものはないじゃないですか」

男達は皆、悲しそうに顔をゆがめた。

「そんなこと言うなよ。おれ達だって、もう、おまえらは使い物にならないと言われて、こんなところまで流れてきたんだぜ、そんなに簡単に人も物も見捨てるなよ」

「あなた達は、どこから来たのですか」

「おれ達は、全員、チャンピオンを目指していたんだ。だけどアンドレス・サラテというチャンピオンに挑戦して、みんな壊されちまったのさ」

「え、あなた達はボクサーだったのですか」

直樹は、どうりで、どこかで見た顔だと思った。

「そうさ、おれはこのとおり手の震えが止まらなくなっちまった。あいつは呂律が回らないし、あの野郎は左目が見えなくなっちまったし。向こうでボーッとしている奴は頭がいかれちまったのさ。みんな捨てられて、ここに流れ着いたのさ。ところでおまえもボクサーかい」

「ぼくもボクサーです。これからサラテとタイトルマッチを戦う予定です」

「よしな、おれ達を見て、サラテと戦うことが、いかに恐ろしいか分かったろう。あいつに勝った奴はいない。あいつは化け物みたいに強い。おまえも壊されるぞ。おれ達みたいになりたくなかったら、ボクシングなんか止めちまいな」

ここは地獄か？　直樹はボクサーの亡霊達を茫然と見つめていた。……

目が覚めると自分の部屋だった。直樹はいつもと変わらない部屋の中に美咲を探した。だが、美咲はいなかった。試合が終わるまでは会えないと、自分から美咲を遠ざけたのに、……直樹は日増しに大きくなる恐怖と孤独に苛まれていた。押しつぶされそうな心の奥で、直樹は、木霊のように響く声を聞いた。

『真の勇者とは、恐怖を知らぬ者ではない。恐怖を克服した者こそ、真の勇者なのだ』

そうだ、おれはサラテと戦う前に、この恐怖を克服しなければ。直樹はチャンピオンへの道のりが、天国への階段だとは、どうしても思えなかった。……

岡崎ジムには、アメリカからも取材が来るようになった。スパーリングでサラテに二度勝ったことで、実力が認められて、直樹はサラテに初黒星をつける男になるのではないかと、テレビ局も駆けつけて、たえず直樹にカメラを向けていた。アメリカの取材陣達は、日本の記者達と同じで、直樹に質問をしても、記事に出来るような面白い答えが返ってこないので、英語が堪能なマックが広報担当のような役割をしていた。

「マック、君はアメリカでも名の通ったトレーナーだけど、君としては、今度のサラテとのタイトルマッチは、どれほどの自信があるんだい」

マックは、直樹が試合前に大口をたたくのを嫌っていたので、リップサービスではなくて、比較的、正直に答えていた。

「ぼくとすれば、サラテを避けたかったけど、なんていうのかな、ナオキ・マツダのサラテとやりたいという想いに、気がついたら乗せられていたって感じなんだよ。でも勝ち目がないと思ったら、絶対にやらせない試合だけれどね」

「マック、ナオキはアメリカでのスパーリングで、サラテに二度も勝っている。あなた達は、大いに自信を付けたのではないですか」

「そりゃあ、そうだけど、あのときのサラテは練習不足で、身体はぶくぶくで、あんなサラテに勝ったからって、喜べないよ」

サラテが減量に、まだ苦しんでいるようだと、マックは情報を掴んでいたが、直樹には黙っていた。

「マック、ぼくが掴んでいる情報では、サラテの体重は、まだ四キロほどオーバーしていて、それからが、なかなか落ちずに、サラテは精神的に不安定になっているそうだ」
アメリカ人なのに、アメリカのジムに所属している選手の不利になる情報をマックに伝えるとは、やはりサラテがあまりにも強すぎたので、誰もが負けるサラテを見たがっているのだろうか。……しかし、マックは、すでに、この情報をトム・アトキンスから聞いていたのだ。トレーナーとして、さまざまなボクサーの減量に立ち会ってきたマックは、本当の苦しみはこれからだと思っていた。試合前の一週間を、ほぼ絶食で計量にパスして試合に臨んだ選手などを、何人も見てきているが、共通するのは、ボディーが打たれ弱くなっていることと、五ラウンド以降に、急に失速することだった。なかには足が痙攣を起こして動けなくなる選手もいた。今まで減量に苦しむことなく、全ての相手を倒してきたサラテが、初めて経験する試練なのだろう。フェザー級のタイトルを返上して、ライト級に上げれば、こんなに苦しまなくて済むものを、直樹にスパーリングで二度も負かされたことで、直樹から逃げたと言われることが悔しいのだろう。直樹もインターネットからの情報でサラテが減量に苦しんでいるのは知っていた。しかし、喜べなかった。直樹は強いサラテと戦いたかった。フェザー級史上最強のチャンピオンに勝ってこそ、そこには天国があるかもしれないと思うのだった。……

美咲は、大学の友達たちと、クリスマスパーティーに参加していた。何校か合同のパーティーで、青山にあるフレンチレストランを借り切って行われていた。同じ大学の女友達に誘われて来てみたが、同世代の大学生達のなかにいることに違和感を覚えるのだった。今こうしている間も直樹は戦っているだろうに。確かに、あたしは大学生だけど、こんなに彼とかけ離れた世界にいていいのだろうか。美咲は、大学生活を謳歌する気分にはなれなかった。友達の菜々美には、いつも「付き合いが悪い」と言われていたので、断り切れずに来てしまったが、直樹のタイトルマッチが、あと一カ月後に迫っていることを思うと、やはり楽しめなかった。直樹のことは、大学の友達にも、何も話していなかった。ぼんやり考え事をしていた美咲に声をかけてきた、男がいた。

「竹内さんですよね。ぼくK大学三年の山口直人と言います。となり、いいですか」

「え、あ、はい」

「なんか、ぼんやりしていて、……ワイン嫌いですか」

「いや、なんか、今日はあんまり飲みたい気分じゃないんで。どうして、あたしの名前を知っているんですか」

「いやー、あなたの友達の松本菜々美は、高校の後輩なんで、彼女から、一緒に来た美人の名は何て言うのって聞いたら、彼女、すんなり教えてくれましたよ」

美咲は周りを見渡すと、菜々美と目が合った。彼女は片目をつぶり、上手くやれよっと言っているようだった。内心『余計なことを』と思ったが、これもパーティーかと観念した。

「いきなりだけど、竹内さんの一番の関心ごとって何ですか？」

「それを聞いてどうするんですか」

　思わず、強い口調で返した。

「いやーぼく、ここに来てから竹内さんが気になっちゃって仕方がないんです。なんか、難攻不落の城みたいで、男を近づけない、そんなオーラが出ていましたよ」

　美咲は露骨なナンパには辟易だった。シカトするのも大人げないと思うのだが、内心では、『あたしに近づかないで、あっちに行ってよ』と言いたかった。

「山口さん、もしかして、あたしを口説いているんですか」

「いけませんか」

「すいませんが、今は、そんな気分じゃないので」

　美咲は背中を向けて、口の軽い男から遠ざかろうとした。山口はあわてて美咲を呼び止めた。

「え、そんな。あ、竹内さん、最初に聞いた質問に答えてもらっていませんよ」

「え、何を聞かれましたっけ？」

「ほら、一番の関心ごとは何ですかって聞いたじゃないですか」

「あ、そうだった。それならボクシングです」

「え、ボクシング、……ですか？　へえー人は見かけによらないですね。竹内さんがボクシングファンだったとは。……でも最近じゃ女性のボクシングもあるし、オリンピックでも正式種目になるっていうから、不思議ではないのか」

そう言っている山口の顔は、美咲とボクシングを結び付けることが出来ない様子だった。

「あたしボクシングそのものに関心があるんじゃなくて、あたしの恋人がボクサーだから、次の試合の世界タイトルマッチのことが気になっているんです」

「恋人がボクサーなの。……そんなこと松本から聞いてなかったよ。彼女、君には、付合っている男はいないって言っていたのに」

「ごめんなさい。菜々美にもなんにも言ってなくて、だから彼女も知らないことなの」

「それで誰なの、その恋人のボクサーって」

「年明けに、両国国技館で、フェザー級のチャンピオンのアンドレス・サラテに挑戦する松田直樹が、あたしの恋人です。今まで誰にも話していなかったけど、以前、上野動物園でデートしていたって、週刊誌に書かれたことがありましたけど、あのときのデートの相手も私です」

「今話題になっている天才ボクサーの松田直樹が、君の恋人なの」

「そうです。半分同棲しているんです。試合が近づいたから、今は彼とは別々に暮らしていますけど」

同棲までしていると聞いて、山口の顔には驚きと落胆が入り混じった表情になった。

「チャンピオンになれるといいね」

「ありがとうございます」

山口はなんともバツの悪そうな顔で美咲から離れて行った。今まで直樹との交際は誰にも話していなかったが、今日は松田直樹の恋人だと宣言したい気分だった。美咲は菜々美に近づくと、申し訳なさそうに、もう帰ると告げた。

「菜々美、あたし悪いけど、もう帰る。ごめんね。なんだか楽しめなくて」

「山口さんのこと、気に入らなかったの。彼、あなたに一目ぼれだったみたいだけど。いきなり振っちゃったの？」

「そうじゃないの。菜々美にも何にも話していなかったけれど、実はあたし、ボクサーの松田直樹と同棲しているの」

「え、本当なの」

「彼の試合か近いと思うと、何だか楽しめないの。ごめんね」

松本菜々美は、美咲が天才ボクサーと騒がれている松田直樹と同棲していると聞いて、なんて意外な組み合わせなんだろうと、思った。美咲は店を出ると、閑静な住宅街を黙々と歩いた。どこに行くという当てもなかったが、直樹に会えないのなら、一人で歩いていたかった。少なくとも、あのパーティーの雰囲気は拷問だった。それでも菜々美に、松田直樹と同棲していることを告げたことで、心は軽くなっていた。美咲の心に去来してくるものは、シャドーボクシングで汗を流していた直樹に心を留めたあの日から、自分は、いつも直樹の生きる世界とは、離れた場所の、上から目線で接してきたことだった。同棲している今だって、直樹は、あたしと同じ場所にいるとは思っていないだろう。後ろめたい気持ちは、絶えず、付いて離れなかった。彼が苦しんでいても、何にも手助けできない。ましてボクシングは、あたしには何も分からない。直樹が、もっと弱音を吐いてくれたらと思う。しかし、直樹は美咲といても、恐怖や苦しみを語ることは少なく、いつも自分一人で戦っていた。それが美咲への思いやりなのは、分かっているが、どうして、いつも自分一人で抱えているの。どうして、あたしに甘えてくれないのと言いたかった。でも、その言葉を直樹に投げつけることが、どれほど直樹のボクサー人生の邪魔になるかと思うと、美咲は感情を飲み込んでいた。松田直樹の突き進む道を遮ってはいけないという感情や態度が、直樹との隔たりを埋められない原因だろうが、女として彼に寄り添っていたい。『会いたい』

美咲は、やり場のない苛立ちを鎮められないまま、顔をクチャクチャにしながら、歩いていた。人の視線も気にならなかった。……

大みそかを迎えても、直樹はいつもと変わらぬ夜を過ごしていた。世間が年明けのカウントダウンをしているときに、自分も、タイトルマッチまでの、いよいよカウントダウンだと、昂った心は、眠りを遠ざけていた。練習で疲れていたが、睡魔がやってこないのだった。眠れぬ長い夜は辛いが、夜明け前が一番寒く暗いものだと、自分に言い聞かせていた。しかし、本当に夜明けは来るのだろうか。こんなに寒く凍りつくような孤独に耐えて、手に入れたいもの、それはサラテから奪う、チャンピオンベルトだと思うのだが、もしかしたら、ずうっと欲していたのは、そんな華やかな勲章ではなく、ありふれた日常なのではないだろうか。直樹はいつか見た。霧の掛かった橋の途中で振り向き、見た景色を思い出していた。砂場で子供達と遊んでいた幼い自分だが、他の子供達のように、砂場に母親が迎えに来ていたのなら、おれは決してあの橋を渡らずに引き返していただろうに。戻っても一人ぼっちで、突き進んでも、やはり孤独に苦しんでいる。結局、逃げ道のない世界で生き残っていくしかない、光明は見えてはこないのだろう。直樹も美咲に会いたかった。サラテを倒して奪う栄光は喉から手が出るほど欲しい。だが今は、長い夜の中で直樹は美咲との心静かな時間が欲しかった。……

　年が変わり、サラテはすぐに来日した。タイトルマッチまでは、あと半月だった。テレビで空港での様子を見ていた岡崎ジムのスタッフ達は、サラテはけっこう絞れているという、共通の見方だった。直前まで減量苦を伝えられていたので、マックは、反対の意味で期待外れのサラテだった。

「直樹、おまえとスパーリングをした頃のサラテとは別人だな」

　直樹も、引き締まった体と、精悍で、鋭い眼光に、野生の強さを取り戻したと見ていた。

「画面を通しても怖そうですね。でも、なんだか、ぴりぴりしますね。この感覚は、いよいよ試合が近づいたなって感覚ですかね」

　強者は強者を知るという。マックは獣の魂を呼び戻したサラテを見て、怯えるどころか、五感を震わせて、喜んでいる直樹をたのもしくも感じたが、あきれもした。一体、この二人の試合は、どんな戦いになるのやら。マックほどのトレーナーでも読めなかった。サラテにいわゆる普通のボクシングのセオリーは通用しない。マックでも作戦が立てられなかったのだ。何度ＤＶＤでサラテの動きを見ても、彼のボクシングは、マックの理解を超えていた。教科書どおりの正しいフォームで打つパンチも当たらなければ、意味をなさない。しかしサラテは当てることにたけていた。一見むちゃくちゃに振り回しているように見えるパンチも、サラテは相手の急所に簡単に当ててしまうのだった。相打ちでも、自分の急所を僅かに外して、相手には致命的な一撃で沈めてしまう。ボクシングの技術で勝つのではなく、持って生まれた強さで勝っていると言っていいだろう。

一方の直樹はボクシングは抜群に上手い。戦い方も精密機械のように、寸分の狂いもなく、相手の急所を打ちぬく技術は右に出る者はいないだろう。どちらも、誰もが認める天才だろうが、そのボクシングスタイルは正反対だった。マックは、おそらくサラテは一ラウンドから攻めてくるだろうと見ていた。いつもの直樹なら下がりながらもカウンターを狙うだろうが、はたして、獣のようなサラテに通用するだろうか。マックにはサラテの戦法も、直樹の対応も読めなかった。本来、直樹に対して、戦略を授けなければならない立場だが、今度の試合に限っては、マックにも予測不能で迷路の中で苦しみもがいていた。予測が立つとすれば、可能性としては低いが、二人の戦いが、もつれて長いラウンドに入ったら直樹が圧倒的に有利だろうということだった。サラテは長いラウンドの経験がないことと、減量に苦しんだこと、年齢も直樹より十歳年上ということなどから、長引けば直樹の勝ちとみていた。しかし、この二人の天才ボクサー同士の戦いに、長いラウンドがあるだろうか、それは、実に低い可能性だった。

マックは何度も頭の中で、二人の戦いをシミュレーションしたが、やはり結論が出なかった。スピードでは、直樹が上で、パンチ力では、サラテか？　離れて戦えば直樹が有利で、接近戦ではサラテが有利になり、カウンターでは、直樹が上で、乱打戦ならサラテだろう。直樹に不安があるとすれば、経験の差だろう。それでも、マックはひいき目ではなく、直樹が勝つのではないかと、思えてならなかった。トム・アトキンスも直樹はフェザー級の歴史を塗り替える男だと言っていた。その根拠は勢いだろう。短いキャリアで直樹は、元ライト級のチャンピオンと、WBOの現役バンタム級のチャンピオンに勝っている。無効試合にはなったが、スーパーフェザー級のチャンピオンとの試合だって、直樹が一方的に押していた。スパーリングでも、直樹はサラテに二度も勝っているし、スーパーライト級の王者の高山にもKOで勝っている。スポンジが水を吸収するように直樹はひと試合ごとに強くなってきた。マックは上昇気流のような勢いがサラテのキャリアを蹴散らすのでないかと見ていた。失うものの大きさからいっても、追い詰められているのはサラテなんじゃないか。…………

寒波が居座って、東京も冷え込みが続いていた。岡崎ジムの中は、強い暖房で暑いぐらいだった。減量のために汗をかかなければならない選手達が沢山いたからだ。試合が近づき、怪我を避けるためにスパーリングを減らしていたために、直樹はジムでの練習よりも、まだ明けない街を、ひたすら走っていた。薄暗い道を黙々と走り、時々、立ち止まっては、シャドーボクシングをして、また走り出す。頬を伝う風は刺々しく、優しくはないが、直樹には、もっとも落ち着いて、自分と向かい合える時間だった。まだ眠っている街で行きかう人達は、新聞配達など、限られた人達だった。名前は知らないが、すっかり顔なじみになっていた。直樹が走っていると、後ろから近づき、バイクの速度を落として、直樹と並走すると。

「松田さん。頑張ってください。おれ松田直樹が世界チャンピオンを奪取したって、印刷されている新聞を配りたいんです。だから、おれの夢を叶えてくださいね」

「ありがとう」

新聞配達の若者は、笑顔を返すと、速度を上げて遠ざかって行った。『おれの夢を叶えてください』か、おかしな応援だと思う。『おれがチャンピオンになることが、彼の夢を叶えることになるとは』それは、張り詰めた心の中に、さわやかな風が吹いた出来事だった。直樹が朝のロードワークを終え、クールダウンを兼ねて、ゆっくりと部屋に歩きだした頃、空が徐々に明るくなってきた。かすかに明るくなった空に、カラスやら雀やらの、鳥達が、少しずつ飛び始めていた。寒さに耐え、朝を待って空に飛び立つ鳥達は、空の広さを知っているのだろうか。直樹は、懸命に翼を広げて、空に舞う鳥と自分を重ねていた。

自分も、朝を待っている。そして、あの鳥達のように、どこまでも空高く舞い上がりたい。直樹は、心の中で、美咲を呼んでいた。

「美咲、もうすぐ、おまえを迎えに行くぞ」

十七　冬の海へ

試合まで、十日と迫り、サラテのスパーリングでの強さが、連日報道されていた。日本のウェルター級のチャンピオンも相手にならなかった、サラテの熱の入った練習を目の当たりにした記者達は、直樹の練習に物足りなさを感じていた。記者達が感じていたのは、練習内容ではなく、練習嫌いで有名なサラテが、珍しく鬼気迫る闘争心をむき出しにしているのに対して、直樹の練習には、それがなかった。ベテラン記者の高橋が、疑問をマックに向けてみた。

「マック、おれ、松田直樹の身体から、まるで熱いものを感じられないんだけど。サラテが獣のように、スパーリングで、相手を殴り倒しているときに、なんとも静かで、……おれ、何だか不安になるだけど、マックは、今の状態を、どう見ているんだい」

「高橋さん、今まで直樹の練習を見てきて、直樹が怖い顔して練習している姿を見たことありますか」

「そう言われれば、いつも松田選手の練習は静かな雰囲気だな」

「そうでしょう。いつも通りですよ。逆に、おれから見たら、サラテとのタイトルマッチでも、いつも通りの直樹に凄いと思いますよ」

直樹も、試合が決まった当初は、いつもとは違う昂りで、スパーリングなどに、荒っぽさ、が目立ったが、今は、いつも通りの直樹の練習風景があった。

「マックさん、相手はサラテだ。松田君は、怖くはないのかな。確かに、練習不足のサラテにスパーリングでは勝っているけど、タイトルマッチのリングの上のサラテは怪物だと思うけど」

「高橋さん、直樹もきっと怖いでしょう。でも、私は直樹がいつもとは違っていたら、そっちのほうが心配ですね。記者の皆さん達には直樹が弱々しく見えているかもしれないけど、私や、中田トレーナーの見方は違います。今の直樹は、きっとサラテでも、五ラウンド以内に、葬ると思います」

マックの自信はどこから来るのだろう。高橋はブラフではないかと思いもしたが、マックからは演技臭さは感じられなかった。

「マック、サラテの闘争心は見ていて怖いぐらいだよ」

「高橋さんほどのベテラン記者でも、今度のタイトルマッチに冷静ではいられないようですね。サラテは練習嫌いで有名だったではないですか、一生懸命練習していること自体、いつものサラテじゃないですよ。多分、減量の苛立ちと、直樹にスパーリングで負けたことで、歯車が狂っているんじゃないですか」

マックの指摘に高橋は、おれは何年ボクシング記者をやっているのかと思った。そうだ、確かに、マックの言うとおり、サラテは練習嫌いで有名だった。そのサラテが遮二無二練習をしているということは、いつもとは違うということだった。それでもと思う、練習しないでも、あれほど強いサラテが練習をしている、一体、今度の試合でのサラテとは、どんな戦い方を見せるのだろう。

「マック、いつもと違うサラテって言ったけど、練習を積んだサラテを君は、どう見ているんだい」

マックも、この質問には顔を曇らせた。

「うーん、実は、そこのところが読めなくてね。……もしサラテが減量に苦しんでなくて、練習を積んでいたら、それは恐いと思うけど。どうなんだろう、今度の練習は、体重を落とすために苦しい練習を仕方なくやっていたとしたら、どれほどの効果があるのやら、いずれにせよ、スタミナに難があると思うけど」

「マック、サラテは長いラウンドの経験がない。それなのに、君は松田直樹が、五ラウンド以内にサラテを葬るって言っている。その自信は、どこから来るの」

この質問にもマックは、困った表情を浮かべた。

「これまた、どう答えたらいいのやら、おれも、はっきりとした根拠はないんだ。だけど今の直樹ならサラテに負けないと思えて仕方がないんだよ」

「ふぅーん、君ほどのトレーナーが言うのだから、何かを感じているんだろうな。……何だか試合が楽しみになったよ」

試合前、直樹は目の疲労を防ぐために、テレビも見ず、読書もしなかった。部屋では疲れた身体をベッドにあずけると、ＣＤプレーヤーで音楽を流して、静かに物想いにふけることが多かった。心地よい音楽は疲れた身体には子守唄の効果があり、直樹はＣＤを全部聴くことはなく眠りに入っていた。直樹の聴く音楽は、流行りのポップスではなくて、ショパンのピアノ作品集や、モーツァルトの交響曲などのクラシックだった。直樹はクラシックに詳しくはなかった。ただ、疲れた身体には、ハードなロックは受け付けなかった。浅い眠りの中で直樹はショパンやモーツァルトといった天才たちと会話をしているような錯覚が訪れることがあった。彼らも天才だった。短い生涯で、数え切れないほどの傑作を残している。おれも、ボクシングでは天才ともてはやされているが、はたして二百年後の世の中で、松田直樹の名前は残っているだろうか。残っていたとしても何の意味があるだろう。作曲家なら、その作品が演奏され続けているだろうが、殴り合いのボクシングでは、何が残せるのだろう。名声のために戦ってきたわけではないが、結局、ボクシングとはスポーツの名を借りた野蛮な見せものなのだろうか。……そんな否定的な思いを打ち消すように、もう一人の直樹がつぶやいた。ショパンやモーツァルトといった天才音楽家と自分を比べて、どんな意味があるというのだ。そもそも松田直樹は二人の天才と比べられるほどの天才なのか。二百年後に自分の名前が残っていようがいまいが、どうでもいいことではないか。身体は疲れているのに、頭の中は様々な思いが走りまわっている。早く試合を終わらせて、この妄想たちを追いやりたかった。……

　試合までに一週間と迫り、直樹は、アンドレス・サラテとの記者会見に臨んだ。

「サラテ選手、試合前は減量苦が伝えられていましたけど、率直に言ってコンディションはどうなんでしょう」

　予想された質問だったが、サラテは目元に怒りを滲ませて答えた。

「調子は最高だ、今すぐにでも戦いたい気分さ。早く試合を終わらせて、暖かい場所で身体を休めたいね」

　努めて余裕があると見せている、そんな印象が残る話しぶりだった。

「松田選手、試合に対しての意気込みを聞かせてください」

「ぼくも、試合に対しての準備は整っています。早く試合がしたいですね」

　普段大言壮語をしない直樹だが、その答えには自信が表れていた。

「ずばり勝つ自信はありますか」

「あります」

　会場が大きくざわめいた。今まで、直樹の答えは面白くないと言われていて、実際、面白くなかったのだが、今日はハッキリと勝つ自信があると言いきったのだ。ここに来ている記者達の誰もが、直樹の口から、そんな言葉が出てくるとは思っていなかったのだ。この雰囲気に苛立ちを隠せなかったのはサラテだった。記者達の表情とはしゃぎぶりを見て、直樹が何を語ったのか、おおよその見当はついたが、通訳から聞かされた言葉に、怒りを露わにした。

「サラテ選手、松田選手は、あなたに勝つ自信があると言っていますが。あなたなら、何ラウンドに松田選手を倒すつもりですか」

サラテは、深呼吸をしてから答えた、自らを落ち着かせようとしているようだった。

「私に勝つ自信あると言った選手に、初めて会ったよ。もちろん私も勝つことしか考えていない。ここで私を怒らせたあたりは、松田選手は頭の良いボクサーと聞いていたが、どうやら過大評価のようだ。松田選手はきっと、今日の発言を後悔することだろう」

サラテの声は震えていた。それはプライドをズタズタにされた怒りからだろう。

「松田選手、サラテはあなたを倒す気まんまんのようですが、あなたに秘策はあるのですか」

「秘策はありません。ただ、ここに来るまでに七年間練習を積み重ねてきました。だから、リングの上で、これまでの練習で培ってきたものを、全て出しきるだけです」

二十歳の若者の言葉としては、重い言葉だった。勝つ自信があると言ったのも、決して虚勢を張った言葉ではないのを記者達は感じ取っていた。

「松田選手、サラテは負けを知らない選手です。あなたも負けを経験していませんが、もはや伝説になったと言っていいサラテに勝つことは、あなたも新たな伝説を作るということですね」

その質問は美由紀からだった。直樹は記者達の中に美由紀がいたので、質問が来なければばいいと思っていたが、美由紀は臆することなく淡々と質問をしてきた。

「ぼくの中では、ここまで、ずいぶん長い道のりだったと思っています。ボクシング雑誌には、ぼくは天才とか、世界戦に最短で挑戦と書かれていますが。ぼくの中では七年かかっています。だから歴史を塗り替えるとかいう意識はありませんが。必ず勝って、ここまでぼくを支えてくれた人達に恩返しをしたいのです」

何の気負いもなく、恩返しがしたいと言う直樹には、静かな覚悟が滲んでいた。記者の高橋は、岡崎ジムでマックから聞かされた、今の直樹なら五ラウンド以内にサラテを葬ると言った、あの言葉を理解できるような気がした。サラテは直樹が挑発的な物言いをしていないのに、苛立ちは頂点に達していた。それは直樹の横顔にはおごりもなく、恐怖も微塵も感じられなかったからだ。自分より十歳年下の若者は、言動も態度もゆるぎない自信がみなぎっていた。サラテは屈辱感で一杯だった。口にこそ出して言わないが、おまえなど、もはやおれの相手じゃないよと言われているようなものだ。こらえ切れずに、サラテは目の前のテーブルを叩くと、大きな声で宣言した。「私は、この挑戦者を三ラウンド以内にKOで葬る。そして、この試合が、フェザー級での最後の試合になる。私はタイトルを返上して、ライト級のタイトルに挑戦する。私の戦いは、新たにライト級の歴史に刻まれることだろう」

高らかに宣言したわりには、記者達の反応は冷ややかで、会場はしらけた空気がただよっていた、サラテの実績からいったら、今の発言が、決して大言壮語ではないはずだが、今日のサラテからは負け犬の遠吠えのように響いていた。それは、誰もが直樹には昇る太陽のような輝きを感じるのだが、サラテからは、すでに落日の近さを感じるからだろう。サラテは苛立ちを静められないまま記者会見は終了した。

直樹はサラテのコンディションがいいと見ていた。マックも中田も同じ見方をしていた。減量苦を伝えられていた割には顔色もよく、疲労も蓄積されているようには見えなかった。ただ、三ラウンド以内に直樹をKOすると宣言した以上、はなから、長い戦いをするつもりはなさそうだった。マックは直樹に尋ねた。

「直樹、おまえも初めからいくつもりか」

「マックさん、作戦はありません。でも最近のサラテの試合を見て気がついたことがあるんです」

「何に気がついたんだ」

「ここ八試合全部KOで勝っているけど、全部TKO勝ちなんです。途中でタオルが入ったりレフリーが試合を止めたり、または三回ダウンを奪ってのTKO勝ちなんです」

マックは、さすがに直樹は鋭い観察力を持っていると感心した。

「そうか、全盛期のように、相手を完全に失神させていないんだな」

「そうなんです。スパーリングのときも感じたんですけど、サラテの前進するスピードが落ちていると思います。全盛期のサラテは、相手を連打で倒す選手じゃありませんでした。でも最近の試合は、連打で、相手をふらふらにしているところをレフリーストップでのKO勝ちばっかりです」

サラテの全盛期は決して手数の多い選手ではなかったが、ほとんどの試合をワンパンチで、相手を沈めていたのだった。だが最近の試合は相手から意識を奪うことが出来ていなかった。直樹の観察どおり、サラテは練習嫌いと、三十歳という年齢が、以前の芸術的なKOから遠ざけていた。忍び寄る衰えとサラテは戦っているのだろう。マックは今回、初めてサラテは厳しい練習を積んできたようだが、それでも全盛期の身体の切れはないだろうと見ていた。

直樹の練習は相変わらず静かな雰囲気で行われていたが、試合直前になって、直樹の身体から闘気が出ているのをマックや中田は感じるようになった。直樹には、そんな意識はないのだろうが、自然と身体から発する、熱い気が出ていた。ずうっと直樹を見てきた中田には、今の直樹が、最強だろうという確信があった。中田は直樹がサラテに勝つこと以上に掴みたい愛があることを知っていた。しかし、サラテを倒さなければ、ここまでの努力が水の泡だ。直樹の中に、絶対負けられない想いと、絶対にKOで勝って、新たな歴史を刻む男になる決意が、氷の心と氷の拳に、火を灯し、胸に灯した青白い炎が、身体からほとばしっていた。中田は、これまでの試合では、直樹は能力の全てを出していないと見ていた。それだけに直樹の潜在能力を引き出す選手はサラテしかいないと思うのだ。眠っている才能が目覚めるとき、直樹はどんな選手になるのだろう。中田は身震いするような興奮を感じていた。……

試合が近づき美咲も眠れぬ夜を過ごしていた。直樹や試合のことが頭から離れなくなっていた。そして怖かった。サラテというチャンピオンを知れば知るほど、直樹が壊されてしまうのでないかと、それは、美咲の胸の内で、ずうっとくすぶっていた、直樹の辿り着く場所が光り輝く栄光の場所ではなく、何もかも燃やしつくしてしまう、消滅点なのではないか。……不安は日増しに大きくなっていった。彼を愛すれば愛するほど、ボクサー松田直樹は遠のいていく。直樹だって、欲しいものは戦いの荒野で掴む栄光だけではあるまい。いや、そもそも直樹には、そんな大それた野心などなかっただろうに。家族の団欒も知らない、孤独でひ弱な少年は、ボクシングに出会って、希望の光を見つけたのだ。親にも愛されず、兄弟もいない直樹には、苦しい現実からの脱却や、一人の男として独り立ちのためには、ボクシングで頑張るしか道がなかったのだ。直樹が心の底から欲しているものは愛だろう。愛情に飢え、寂しさにじっと耐えていた少年時代から、求めているものは強さではなく、愛だったはずだ。あれほど強くなった今でも、直樹は孤独な青年のままではないか。美咲は直樹に聞きたかった。直樹にとって安らぎは、いつ来るの。そして、あなたと一緒に歩ける日は、もうすぐ来るの？　と。……

試合前日の計量で、サラテは見事に贅肉をそぎ落とした肉体を披露した。直樹もスパーリングのときの体形とは、大違いのサラテに期待が高まったが、恐怖はなかった。むしろ、強いサラテでなくては戦う意味がないと感じていた。しかし、記者会見のときとは違うサラテに気がついていた。唇が乾いていた。目にも力強さを感じられずに、覇気がなかった。やはり、減量には、最後まで苦しんだようだ。明日の試合までに、どれほど調子を戻せるものなのか。……

二人とも計量は一回でパスした。サラテは、無言で部屋を出ていった。記者達は直樹に、質問を浴びせた。

「松田選手、今日のサラテを見て、どう思いましたか」

記者達もサラテの減量苦を察しての質問だったが、直樹の答えは意外なものだった。

「強そうだなって思いました」

直樹流のジョークのつもりだろうが、質問をした記者には言葉のカウンターのように聞こえたことだろう。直樹にしても内心、『今さら、そんな質問するなよ』という感情が、思わず出てしまった返事だった。試合前日で、さすがの直樹も神経は昂っていた。

試合当日は、前日から降っていた雨が、昼ごろからみぞれ交じりの雨になり、夕方には雪になっていた。試合会場の両国国技館の周りの景色も白く染まっていった。控室のテレビでは、雪のため新幹線の遅れが出ていることや、飛行機の発着も見送られていると放送で流れていた。ストレッチで身体をほぐしながら、直樹はいつか見た夢を思い出していた。霧の掛かった橋を渡ると、そこには荒涼とした冬の海に出た。茫然と見つめていると、追いうちをかけるように雪が降ってきたのだった。確か夢はそこで終わっていた。おれは、まだ、あの海に挑んではいなかった。今日の雪は何かの暗示なんだろうか。おれに、あの雪の降りしきる冬の海に挑み、泳ぎきってみろということなのか。おれの人生は難破船のように大波にもまれながら、やっとここまで来たのに、ここが新たなる航海の船出のときなのかもしれない。嘆くまい。いつ終わるのか知れないが、修羅の道を突き進むだけだ。

会場でちらっと見たサラテの顔は、前日の計量のときとは違い、血色の良い顔をしていた。漏れ伝わった情報では、サラテは直前まで、リミットを二百から三百グラムほどオーバーしていて、サウナで出ない汗を絞り出して、計量に臨んだらしい。喉がカラカラに渇ききっていて、しゃべることもままならなかったようだ。無事計量をパスして、どのくらいの水分や食事を摂ったのか分からないが、生き返ったといった表情だった。わずか一日で体重もフェザー級のリミットの五十七・一キロから五キロほど増えたようだ。直樹も二キロ増えていた。選手の体重が計量時より五キロ〜六キロ増えることは、ルールが改正されて、当日計量から、前日計量に変更されてからは、よくあることだった。マックは軽いストレッチなどで身体をほぐしている直樹の表情から、緊張感はないと見ていたが、いつもの試合にはない、独特の覚悟のようなものを感じて、声をかけるのをためらうほどだった。直樹には、そんな意識はないだろうが、近寄りがたいオーラを感じずにはいられなかった。マックは集中の邪魔になると思っても、聞かずにはいられなかった。

「直樹、サラテのスタミナはないだろう。当然初回から倒しに来るぞ、トレーナーとしては、無理に打ち合わないで、サラテのスタミナが切れて、動きが鈍くなったら反撃しろと言うのは、あたりまえだけど、おまえは、どうするつもりなんだ」

マックはついついサラテを倒すことより、確実に勝つことを考えてしまうのだった。

「サラテほどの選手の攻撃から逃げ切れるか、ぼくにも分からないですよ。確かに全盛期のスピードはないと思うけど、はたして、簡単にカウンターを当てられるものなのか、実際に戦ってみなければ分からないですよ」

直樹が今日の試合は絶対に勝つと言わないあたりに、冷静さを保っていると思えた。

「サラテには早いラウンドに倒さなければ負けるという恐怖がある、追い詰められた者の攻撃は恐いぞ、逆にチャンスも生まれるがな」

マックは自分自身が情けなかった。今まで沢山の世界タイトルマッチをトレーナーとして経験してきたが、これほどの緊張は初めてのことだった。ボクシング界では名伯楽として世界中に知られているが、今日ほど試合展開を読めないことはなかった。思えば、直樹の才能にほれ込んで、山本ジムから、強引に岡崎ジムに引き抜いたのも、直樹なら世界チャンピオンになれるという、確信があったからだ。そして直樹は想像以上に早く、世界戦に駆け上ってきた。しかし、マックにとって誤算だったかも知れないのは、十歳年上のサラテと直樹は戦うことのない相手だと思っていたことだ。直樹がマックの見込み以上に早く世界戦に辿り着いてしまったために、二人の天才ボクサーは戦うことになってしまったのだ。衰えの見えるサラテとはいえ、まだ負けていない、生きる伝説となった男に二十歳の若者が挑もうとしているのだ。もし負けたら、直樹はサラテがこれまで葬ってきた沢山のボクサー達と一緒に、ボクシング界から忘れ去られた存在になってしまうだろう。しかし勝てば、その名前は長く後世に伝えられるだろう。ここまで来ても、珍しくマックには迷いがあった。賢明なトレーナーや、プロモーターなら、サラテが返上したあとの、空位の世界タイトルに照準を合わせるのが妥当だろう。だが交差しないはずの二人は、もうすぐリングでグローブを交える。結局運命だったのだと、言い聞かせるしか、落とし所が見付からなかった。……

控室に岡崎会長の後ろから、山本会長が入ってきた。顔は笑っているが、緊張は隠せなかった。直樹は笑顔で山本に声をかけた。

「会長、お久しぶりです。元気でしたか」

「おまえこそ調子はいいのか。今日はKOを期待しているぞ」

山本の声は上ずっていた。やはり冷静ではいられないのだろう。山本は、直樹と向かい合うと、初めて中田に連れられてジムに来た、あのひ弱な子供が、世界戦を戦うのかと思うと、感慨深かった。目が潤んでいた。

「会長、今日は会長のためにも、いい試合をしますよ」

「勝てそうか」

「勝ちます」

直樹は山本の目を真っすぐに見つめて、ハッキリと勝ちますと答えたのだ。直樹は、自分のために、岡崎ジムへの移籍を快く承諾してくれた山本に感謝の気持ちで一杯だった。山本のためにも、今日の試合は是が非でも勝ちたかった。控室のドアが開き、係員が、

「松田選手試合です。リングに上がってください」

と伝えてきた。マックが分かりましたと返事を返した。マックは直樹や中田や岡崎や、山本など、控室にいる皆を見渡して、一声、

「いよいよだな。直樹、行こうか」

「はい」

ドアを開けて、岡崎が先頭で、後にマックが続き、直樹は二人の後に続いた。後ろには中田がつき、その後ろには中村がいた。思えば不良達に囲まれて袋叩きになりそうだった危機を、中田に救ってもらったことが、ボクシングとの出会いだった。あれから七年間、ただひたすらに練習に打ち込んできた。こんな大きな会場で、世界タイトル戦をやれるなんて、直樹には、こんな日が来ることは想像もできなかった。しかし、今、確実に一歩一歩夢の舞台に向かっている。夢ではない。途中で霧など掛かっていないのだ。通路を抜けて会場に入ると大歓声に迎えられた。直樹はデビュー戦でのガラガラの後楽園ホールを思い出していた。あれから三年でここまでこられたのは幸運だった。今日は新たなデビュー戦なのかもしれない。この先に、どんな荒海が待っているのか知れないが、恐れることなく進むだけだ。守るのではなく、奪い取るために。もしおれに安住の場所があるとすれば、振り向いた過去にはない。荒れ狂う海の向こうにこそ、この手に掴みたい幸せがあるはずだ。命を削る戦いの中に魂が燃焼するような充実感を感じていたが、同時に心の中に吹く木枯らしに、じっと耐えてもきた。そんな孤独を今日限り捨てよう。直樹は自らの拳

で、新たなる運命の扉を開く、その決意に燃えていた。リングに向かう途中で、長身の男二人が立って直樹たちを待っていた。二人を見て、直樹ははっとした。それは桜井和成と金森達也だった。今ではプロと大学野球での活躍で、直樹以上にスポーツ紙を飾ることの多い二人が、直樹を待っていた。近づくと、桜井が先に声をかけた。

「松田、久しぶりだな。勝てよ。おれ達も応援しているから、チャンピオンになってくれ」

金森も、直樹に熱い視線を送っていた。

「松田、試合が終わったら、竹内も一緒に皆で飲んだり食ったりしないか。そのためにも、今日は勝ってくれ。おれ達にチャンピオンベルトを見せてくれ。応援しているぞ」

直樹は、どんな対応を取っていいのか戸惑ったが、立ち止まっている暇はなかった。

「ありがとう。負けられないな。きっと勝ってチャンピオンになる。応援よろしく」

桜井と金森は、グローブの上から直樹の手を熱く握ってきた。彼らの目には邪心はなかった。純粋に友の勝利を願っていた。通り過ぎた直樹の背中を見つめている桜井は、身長こそ伸びたが、ガウンを纏っている後ろ姿は、相変わらず華奢に見えて、その分、あのひ弱でいじめられっ子だった中学生の直樹の面影が、心をよぎり、胸に熱いものが込み上げてくるのだった。金森も思いは同じと見えて、金森の目も潤んでいた。二人はボクサーになった直樹の活躍を、そっと見つめていたのだが、その分自分達が過去に直樹に与えた行為がだんだん重く苦しくなっていたのだった。そしてこんな形で再会して、曇りのない心で直樹を応援しているのだった。中田が後ろから直樹に聞いた。

「あいつらと、いつから友達になったんだ」

直樹は口元に笑みを浮かべながら答えた。

「おれの記憶では一分前からかな」

二人と最後に会ったのは、まだ群馬にいた頃で、ファミレスから美咲と出てきたところだった。そのときからまれたことは忘れてはいないが、それも瑣末なことと、今は割り切っていた。

「直樹、応援してくれる友達のためにも、勝たなくちゃな」

中田も、桜井と金森のことは、ぼんやりだが覚えていた。たしか直樹と初めて会ったのは、直樹が不良達に囲まれていたときだった。直樹を囲んだ少年達の中にあの二人もいたはずだ。中田も感慨深かった。あのときのいじめられっ子が、フェザー級史上最強のチャンピオンに挑もうとしているのだ。ずうっと一緒に歩いてきた中田は、何としても直樹にチャンピオンになってほしかった。そして中田にも決意があった。それは今日の試合に直樹が勝っても負けてもトレーナーとして直樹と歩くのは最後だと決めていたのだった。もちろん試合前に誰にもこの思いは告げてはいなかったが、自分のすぐ後ろを歩く若いトレーナーの中村修に全てを託して、自分は家族の待つ前橋に帰ろうと決めていたのだった。

直樹も気がつけば沢山のファンに応援され、自分をいじめていた桜井や金森も応援に来ていた。背中にはボクシングを一から教えてくれ、今日まで一緒に歩いてきた中田の思いをひしひしと感じていた。直樹は気づいていないが、会場の最上階の席から母親の真知子も直樹を見つめていた。ボクシングのことは何も分からないが、直樹にはチャンピオンになってほしかった。会えば直樹に迷惑がかかると思い、こうして遠くから息子を応援しているのだった。リング下の階段の手前で直樹は立ち止まった。コーナーのすぐそばの最前列の席に美咲がいた。直樹と美咲は目を合わせた。美咲の目には祈りが込められていた。直樹は何も言わずに、美咲の視線から目をそらし、リングの上を見た。リングを照らすライトが太陽のようにまぶしかった。直樹はうつむき目を閉じて、右手を胸に当てて、黙とうした。つられて中田や中村も黙とうをささげた。直樹は今日の勝利を祈らなかった。今日の試合の祝福を祈った。目を開けると、後ろから中田が肩を叩いた。

「よし、行くぞ」

「はい」

直樹には、もはや恐怖も迷いもなかった。人生には霧の掛かった橋を渡るときが、何度か訪れるだろうが、そこに何があろうとも、おれの道は、おれが切り開く。ここからは荒海にこぎ出すときだ。太陽のように眩しいライトを見つめながら、直樹の右足はリングに上る階段を力強く、一歩踏み出した。

終わり

著者プロフィール

中山 謙治（なかやま けんじ）

昭和31年（1956）、東京都生まれ
群馬県立伊勢崎工業高等学校（機械科）卒業
群馬県伊勢崎市在住
平成20年（2008）、『五月雨』文芸社
平成22年（2010）、『圏外／仮面の素顔』文芸社
平成29年（2017）、『怪獣がぼくたちのヒーローだった』文芸社

幻の橋

2020年12月15日　初版第1刷発行
2024年8月10日　初版第2刷発行

著　者　中山 謙治
発行者　瓜谷 綱延
発行所　株式会社文芸社
〒160-0022　東京都新宿区新宿1－10－1
電話　03-5369-3060（代表）
03-5369-2299（販売）

印　刷　株式会社文芸社
製本所　株式会社MOTOMURA

ISBN978-4-286-22198-4